U0919860

新力量原创小说大系

怀雨人

弋舟 ◎著

HUAI YUREN

时代出版传媒股份有限公司
安徽文艺出版社

图书在版编目(CIP)数据

怀雨人/弋舟著.—合肥:安徽文艺出版社,2015.9
(新力量原创小说大系)
ISBN 978-7-5396-5504-8

Ⅰ.①怀…　Ⅱ.①弋…　Ⅲ.①中篇小说-小说集-中国-当代②短篇小说-小说集-中国-当代　Ⅳ.①I247.7

中国版本图书馆 CIP 数据核字(2015)第 189233 号

出 版 人:朱寒冬　　丛书策划:朱寒冬
责任编辑:姜婧婧　　装帧设计:许含章　徐　睿

出版发行:时代出版传媒股份有限公司　www.press-mart.com
安徽文艺出版社　www.awpub.com
地　　址:合肥市翡翠路 1118 号　邮政编码:230071
营 销 部:(0551)63533889
印　　制:安徽新华印刷股份有限公司　(0551)65859551

开本:880×1230　1/32　印张:10.5　字数:250 千字
版次:2015 年 9 月第 1 版　2015 年 9 月第 1 次印刷
定价:35.00 元(精装)

弋舟，祖籍江苏，二十世纪七十年代生于西安。有大量长中短篇小说见于重要文学刊物；作品入选中国小说学会年度排行榜、当代中国文学最新作品排行榜，获郁达夫小说奖《小说选刊》年度大奖、《西部》文学奖、《青年文学》奖、《十月》文学奖、鲁彦周文学奖、《小说月报》百花文学奖等多种奖项；著有长篇小说《跛足之年》《蝌蚪》《战事》《春秋误》《我们的踟蹰》，长篇非虚构作品《我在这世上太孤独》，随笔集《从清晨到日暮》，小说集《我们的底牌》《所有的故事》《弋舟的小说》《刘晓东》等。

目 录

锦瑟 / 001

我主持圆通寺一个下午 / 022

赖印 / 042

寰球同此凉热 / 061

蒂森克虏伯之夜 / 088

鸽子 / 112

光明面 / 143

桥 / 163

时代医生 / 190

把我们挂在单杠上 / 201

爱情诗 / 222

平行 / 242

怀雨人 / 264

后记 / 328

锦瑟

上篇

我被人叫作“老张”已经有四十多年了,从三十岁开始,一直叫到了现在。这说明我真的是老了,从骨头到心脏,都向着死亡打开。我不知道其他像我一样老朽的家伙是怎么活着的,他们在电视里幸福地举着小红旗跋山涉水,说“腰好,背好,腿脚好”,这令我感到羞耻。我以为这羞耻只是属于我的——一个枯槁的老年琴师,连皮肤都已经发脆,睡一觉都不知道还能不能再醒来的家伙,却不愿意搬回去和子女们住在一起颐养天年,死皮赖脸地留在剧团的院子里,为的只是能够时常看到那些如花朵般新鲜的女孩子。这真的是令人羞耻。因为我干瘪的身体里还不恰当地保存着欲望的水分,它们腌渍着我,像是在酱着一根老黄瓜。我常常躲在窗角下,用浑浊的目光偷窥窗外。剧团里的那些女演员们常常会从我的窗前走过,那时她们刚刚练完功或者洗完澡，热腾腾，水淋淋，神态慵懒。我用眼睛就可以呼吸到她们身体微酸的气味。这种用眼睛呼吸到的气味令我发抖，身子像是被锐利的光刺中，却冷得出奇，只有那个部位是热的，尽管热得微不足道，但与整体的冰冷对比成了灼烧。一个完全意义上的老年人，还被灼烧，这就是羞耻。

这种羞耻真正成为内心的煎熬，是从我的外孙女杀了人那天开始的。之前，我基本上没有明确过它。我只是藏在自己的窗下用眼睛呼吸，没有侵犯过任何人的利益，而且我是那么的衰老，心都像皮肤一样地长满了褐色的斑，一个老年人应该具备的豁达我早具备了。我已经逼近了肉体的本质，一般不会再对肉体的问题进行谴责了。可是林杉杀了人。她是我们一家人的骄傲，读书读到了博士的份儿上，怎么会不让人骄傲呢？但林杉却杀了她们学校里的一位女校工。所有的人都痛不欲生，他们都在声嘶力竭地问为什么、为什么，林杉杀人的理由何在？——这一点连公安局都给不出答案。只有我不去问这里面的究竟。我只是在一个刮大风的日子，一个人去了看守所。我等在那扇大铁门的外面，从早上一直等到了黄昏，终于见到了那位具体办案的警察。他是一个毛头小伙子，嘴巴上刚刚长出灰灰的绒毛。我郑重其事地对他说，你把我抓进去吧，把林杉放出来。他看都没看我一眼就郑重其事地骑上摩托车走掉了。我知道这种不可理喻的话他一定是听得太多了，已经没有耐心再去做解释教育的工作。其实这一点常识我也是懂得的，但我还是要来这一趟，要把这句话说出来。我已经是走到生命出口的人了,就像一个穿越了漆黑隧道后已经看到光的胜利者,我已经有资格用生命的方式提出自己的要求。我一个人往回走,风很大,黄昏恍惚的光似乎都是被风吹来的,它们刺痛了我。我走在空虚的光和空虚的风里,出神地想,这一切都是我造成的,老天给了我最严厉的处罚,他把一头老公羊犯下的错施加在了一头无辜的小羊身上。这么想着的时候,我的左腿就被一辆飞奔而过的农用三轮车卷在了轮子下面。我没有感觉到一点的痛,心里面更加坚定了自己的判断:这都是给我的惩罚——那天夜里,我就是用这条左腿迈进的那家洗头店啊。

那天是重阳节。上了年纪的人就比较注重阴历了,我们就活在阴历的气氛里,更何况还是重阳节。我的身体在那一天出现了反常,它在没有任何气味的刺激下一整天都间歇地灼烧着。这似乎说明,我的欲望其实是来源于头脑的。节日的气氛就可以暗示和感染我,令我的身体被腌住,蠢蠢欲动地发酵。甚至这种来自头脑的欲望比女人微酸的气味更加凶猛,它令我的心在那一天的清晨就突然被烫醒。朦胧中,我的心突然像是一块滚烫的铁被淬进了水里,嗞啦一声冒出了烟。我从梦中醒来,立刻就做出了那个决定。这个决定和重阳节一样不可动摇,它来自时间的陷阱,理所当然,没有进退的余地。我身陷其中,只能够随波逐流,就像岁月一样,无法转圜。但我还是尝试着做出了抵抗。我靠一壶酒打发了整个的白天。一个老年人似乎不应该如此地优柔寡断，他应该更多地被身体牵着往前走。这一把年纪，就应该是最妥帖的理由。但是，这时身体的干瘪又已经可悲地成了障碍。所以，那一整天我一边喝酒，一边还有一些悲愤。我不知道，我家林杉这一天也是靠着一壶酒打发掉的。悲愤和在酒里，让我在傍晚的时候失去了知觉。当我再一次灼烧着醒来时，已经是深夜了。就是说，已经过了严格意义上的重阳节。时间已经向前流转，我已经错过了节日才有资格放纵的机会。我固执地认为，如果这时我接着睡觉，我家林杉现在也会顺顺当当地继续读她的博士。但是，黑暗怂恿了我。在黑暗中，我用手战战兢兢地抚摸自己瘦骨嶙峋的肋条，突然就感觉到了安全，它们隐匿在黑暗里，好像被保护了起来。我从床上摸索着起来时，打碎了那把陪了我一整天的酒壶，残存的酒气洇进我张开的毛孔里。

我从自己的屋里出来，许许多多的回忆都等候在漆黑的夜色里，一下子就包围了我。我想起了自己恋爱的时光，想起第一次和女人做成好事的那一刻，还有那个唱青衣的女子，每次上床前都要求我先拉一段胡琴……夜晚的寒露和回忆一同给我的身体以水分，令我所有的器官都灵活起来，以致当我经过剧团澡堂时，耳朵敏锐地捕捉到了里面传出的那种声音。那种像是生病的声音，立刻加重了我的灼烧。我知道这声音是那个看澡堂的女人发出来的。她是一个粗鲁的中年妇女，肥胖不堪，挤在澡堂的门框里，任何一个逃票的人都休想闯过去。但是，就是这样的一个女人，在那一刻都令我觉出了可人。我走在黑暗里，四周都是壅塞着的，像是被这个肥胖女人的身子挤在了门框里。那种绵软的挤压令我的骨头发出咯咯的响声。那一刻，我家林衫也行走在黑暗里。

我们剧团的四周布满了那种叫作“洗头店”的小房子，有关里面所做的营生的消息早已经灌满了我的耳朵。步入老年后，我所有的器官似乎都变成了鼻子，我靠嗅觉活着。看到的、听到的、摸到的，最后都会变成一种味道，直接扑到我的肚子里，然后成为温度。这些洗头店的消息也成了气息，对我构成了温度，并且在今夜如火如荼。我对那里一直心存幻想。我已经有将近二十年的时间没有触摸过女人的身子了，我几乎已经要忘记她们究竟是什么模样了，我幻想着在洗头店里重温她们。但我对自己的身体没有把握，我不知道那种对于我而言的灼烧还能不能对女人有效。我佝着背在黑暗里摸去的方向，也许还不完全和胯下有关，我想要重温的，也许不光是女人的身子。这么说，我的目标就似乎不是那么明确了。我是在将要迈进那家洗头店时产生出了这样的疑惑——我究竟想得到什么呢？但是已经不由我多想了，那扇贴着玻璃纸的门一下子拉开了，一个胸脯鼓鼓的女孩子伸手就把我拽了进去。我脑子晕晕的，只看到是自己的左腿先跨进了那道门槛。后来这条左腿就被卷进了车轮子下面，谁能说这不是报应呢？

我被女孩子安置在一张破烂的椅子上，她笑嘻嘻地问我先洗头还是直接进去按摩。她说的“进去”是指一面布帘的后面，从那里扑出的一种味道令我一下子变得六神无主了。我嗫嚅着跟她讲，我洗头，我都八十岁了我还进去做什么？我不知道为什么要跟她讲自己的年纪，而且我也只是七十岁刚刚出头，可是为什么我要夸大其词呢？她依旧笑嘻嘻的，说八十岁才要过老神仙的日子呢。我觉得她有些傻兮兮的，不知道再跟她怎么讲了，僵硬地坐在椅子上，从镜子里看她把我的头抱进了怀里。这时候我发现，我所要求的“洗头”有多可笑了。我的脑袋上已经没有几根毛了，它们零乱地倒伏在头皮上，让脑袋看起来像是一只布满了灰白色疤瘌的皮球。这只皮球如今被委屈地挤在两只饱满的乳房之间，像是它们的赘生之物，挤来挤去，随时有被吞没的危险。她甚至没有使用任何洗涤用品，就是这样用两只乳房揉搓着我的头。她的身体是一只熟透了的石榴，而我的头，就成了她身体裂开后爆出的一粒石榴籽。我的头被她的胸脯挤坏了，已经空空如也。随后，我被她带进了那面布帘的后面。一进去，她就用手握住了我的那里。我像被一口冷风呛进了喉咙里，呀地叫了一声，又冒出一句“我都八十岁了”。她哼哼唧唧地拽住我的裤带，对我的惊叫充耳不闻。我的裤带一瞬间松开，裤子唰地掉在了脚面上。我骨瘦如柴，上了年纪后就没有穿过合身的裤子，宽绰的裤腰总是靠着裤带才能固定住，一旦松开，就会势不可当地掉下去。掉在我脚面上的，是我下身全部的遮挡，外裤、秋裤、内裤。我看到了自己的下身，两条标本一样的枯腿，一簇稀疏的白毛，还有那根半举着的东西。它的姿态可笑至极，灰溜溜的，进退维谷，像一个胆怯的贼。当它被女孩子的手拿捏住的一瞬间，我也像一个被人揪住的贼那样地发起抖来。我想，一定就是这一刻，我家林杉把那位女校工推下了楼。

我的心里就是在那一刻充满了不祥的忐忑，羞耻像刀子一样砍进了身子，齐刷刷地斩去了里面残存的所有欲望。我把裤子拎回腰上，我说我都八十岁了，除了洗头我还能做啥？她居然对我说，你有老年优待证我就可以给你打折扣。说着又不依不饶地贴过来。我慌了，两只手死死地攥住裤腰，说我不要她优待，多少钱给她好了。她果真就把手伸进了我的裤兜，从里面扯出了我的钱夹。我的两只手被固定在裤腰上，一松开，我的身体就会暴露出来，所以只好夹紧膝盖缩成一团，眼睁睁地看着她从我的钱夹里往外扯出三张一百元的钞票。我根本没有感到心疼，因为我的心已经乱成了一团麻，说不出的恐慌夹在烦躁当中，令我只想快一些逃出去。

我像一条丧家的老狗一样地跑回了自己的窝，蜷缩在床上，瑟瑟发抖，惊恐不安地等待着某种灾难灭顶而来。

第二天，我家林杉就被公安局带走了，说她把学校里的一个女校工从正在施工的楼上推了下去。家里立刻陷入悲惨的气氛当中。我女儿从早到晚哭哭啼啼地问为什么、为什么，为什么会这样？她不能够理解自己读博士的女儿怎么会在一夜之间成了杀人犯。这也是全家人的疑问，大家如此悲伤，似乎都是因为不了解，好像如果有个足够的理由，林杉杀了人他们就不会痛苦。只有我不作声，躲在阴影中，偷偷地用鼻子嗅着他们不住口的追问。我在想，既然我这样一个老家伙都可以跑去嫖娼，林杉为啥就不可以去杀人呢？这同样都是不可理喻的事情，冥冥之中让它们互为了因果，根本就不需要理由的。我无限相信自己的感觉，认为自己令人发指的荒唐就是导致我家林杉杀人的根本原因。

我真正地体会到了衰老，已经没有丝毫的力气用来伤心了。有时候我企图调动起一点情绪来让自己痛恨自己，哪怕只有很微弱的一点感觉都好，但是我还是做不到。我已经成为一具空空的壳，连情绪都不听我指挥了。直到那一天，张老出现在了我的面前，给出了我家林杉杀人的理由，我才放声大哭起来。我哭得那个凶啊，好像把一辈子积攒的眼泪都哭了出来。我不在乎别人怎么看我，即使我知道，自己哭得像一条呜咽的老狗。

张老有着和我相同的年纪，但是我被人叫作“老张”，他被人叫作“张老”。他完全有理由被称为“张老”，他是大学问家，不然也做不成博士的导师啊。我家林杉就是他的学生，所以他能够给出我家林杉杀人的原因。

那天下午，我坐在轮椅上，在医院的草坪上晒太阳。我远远地就看到他缓慢地从明亮的光里走向我，一种类似樟脑的陈旧又亲切的气味由远而近。那样的情景很缥缈，一头银发的老头，一身灰色的布衣，一柄桃木手杖，像神话里的人，即使脚步蹒跚，也有种让人敬重的风度。他在我面前的石凳上坐下，告诉我他叫张君励。他说你是林杉的外公吧？我今天是特地来找你的，希望你有耐心听完我下面要讲的话。这些话我本来是要讲给林杉父母的，他们当然也有权利知道事情的真相。但是昨天夜里我突然改变了主意，我想，也许把一切讲给一位同我一样老迈的人，他更能够做出准确的判断。我这么做，不是为了博得同情和宽容，我只是想得到最恰当的判决，哪怕它是最严厉的。

他的话让我在阳光下发冷，但我没有力气表达异议。他其实也没有打算征求我的意见，二目半睁半闭，声音细微地自说自话，嘴巴里专心地咬着每一个字，像是咬着肺腑里的每一段肠子——

下篇

我被人称作“张老”已经很多年了，自从我又可以站在讲台上，他们就这么称呼我了。其实那时候我还不到五十岁。他们认为我是研究唐代诗歌的权威，尤其是对李商隐的研究，在国内已经无出其右。李商隐你应该知道的，就是那位写“相见时难别亦难”的唐代诗人，他的有些诗常被用在戏文里，你是京剧团的琴师，应该不会陌生。你看，我又扯到了李商隐，习惯了，请原谅吧，我们都老了，很多毛病已经长在了骨头上，改不掉了。

我已经快八十岁了，成了名副其实的“张老”，这个称呼伴随了我三十多年的时间。它是一种荣誉吗？现在我也说不清楚了。林杉是我要带的最后一名学生，她来得太晚了。她应该在我三十岁之前出现，而不是在我的垂暮之年。你的确有一个相当出色的孙女。林杉有着很独特的精神气质，天生就具备某种诗性，非常贴近义山的诗意（哦，义山是李商隐的字），有着透明的虚无。这种透明的虚无是我所钟爱的，我的一生都浸沉其中。所以当我第一眼看到林杉，就有一种被光灼伤的心悸和紧张。这种感觉，我只有在吟诵义山的那首伟大的《锦瑟》时才会有："锦瑟无端五十弦，一弦一柱思华年……"你看，我又离题了。

我也可以感觉到林杉对我的爱戴。你听出来了吗？我用"爱戴"，但没有力量使用"爱"这个字。我和你一样，已经丧失了那种明朗的勇气，也许我从来就不具备率真和果决的气质，年轻时不具备，到了老年，被"张老"定义后，就更加不具备了。

那一次，林杉要求我写一幅字给她，提起笔来，我不由自主就写下了"锦瑟"二字。我知道，这首诗也是令林杉非常着迷的。但她却阻止了我，用一只手拉住我的袖口，声音低低地说，老师，我要你写那首"昨夜星辰昨夜风"。我回过头看她，发现她的神态像喝醉了酒一样地漫漶，双眼迷离，两颊微酡。那是一个午后，阳光正打在她的脸上，犹如被一面同样明亮的镜子反射过来，一下子就刺痛了我的眼睛。你知道，林杉要我写的这首诗，是义山非常有名的一首情诗，其中有两句你一定不陌生——"身无彩凤双飞翼，心有灵犀一点通"。这之前，林杉虽然明显地对我表现出了某种眷恋，但从来没有像那天这样直白。她不知需要鼓足多少的勇气，才敢于如此清晰地向我示意。后来我才知道，她果然是喝了酒的。她把酒藏在包里，趁我展纸研墨的时候，偷偷地在我身后大口大口地把酒灌进了自己的肚子。这样的举动，本身就具有烈日的特质。在那个光明的午后，我这样一个老朽，突然被如此众多的光明的事物包围住，一瞬间就有了炽热的眩晕，两眼也像是被强烈的光线刺盲了一样，在短时间里失去了方向感。我感觉自己被林杉从身后拥抱住，她的两只手从我的腋下穿过来，紧紧地揽住我，头贴在我的背后，反复厮磨。我身上所有的血突然都涌向了同一个地方，让那里膨胀起来。这种身体上的反应令我惊恐，就像一个成年人在某天夜里不可思议地尿床了一样。我哆嗦着去掰林杉揽在我胸前的双手。但她的十指非常执拗，我根本无法掰开它们。她那么年轻，我们的力量根本形成不了对比。我只有把身子向下缩，因为直立着，那里就明显地微微凸起一块，令我无地自容。这样的状况就有些滑稽了，我像一个顽童般地要滑到地上去，林杉就只好不遗余力地从身后架住我，阻止住我的下坠。这样僵持了一段，林杉终于失去了信心，小心翼翼地松开我，然后一言不发地走掉了。我喘息着瘫倒在地板上，心像被烈日暴晒过一样地裂出许多的缝隙。

你相信吗？我就相信，每个人的身体里都隐匿着另外一条命。更多的时候，它是以鬼的面目跳出你的身体，驱赶着你掉到一个又一个黑暗的洞穴里。年轻的时候，我曾经历过女人，那是我这辈子唯一经历过的女人。那时候，我下放在一座林场，当地的一对中年夫妻给予了我人类最朴素的关怀。但我身体里的那个鬼却跳出来，把黑暗中最弥足珍贵的这点微弱光芒也掐灭了。那是最困难的时期，饥饿死死地扼住每个人的喉咙，只给人留下一口气，从嗓子里咝咝啦啦地呼进呼出。你应该有这样的记忆，你知道，饥饿能够让人的呼吸都变成一件痛苦的事，仿佛空气都成了刀子，吸进身体里会锐利地刮割你的肺腑。那天夜里，我东摇西歪地走向那对夫妻的家。我已经饿过了头，脑子里都有了幻觉，觉得黑夜其实是被漫天的鸟翼遮住了太阳，我甚至都听到了无数只翅膀扇动时发出的喧哗。我已经很多次在这样的夜晚饥饿地走向他们家。这家的男主人经常会潜入林区里面，用一杆祖传的火枪猎取到一些食物。尽管林子里的动物也已经十分罕见了，但他凭借着高超的手段，总是能够带回些什么。这么做，当然是有很大风险的，一旦被抓住，他就有可能被送进监狱里。那些从林子里带回来的食物有多么珍贵，我想任何一个从饥饿年代走过的人都会懂得。但是，他们总是慷慨地与我分食，一次次把我从喧哗的幻觉中拉回这个世界。那天夜里，我从改造自己的地方摸出来，一步三晃地去赴他们赐予的盛宴。我在下午劳动时就得到了邀请，那家的大嫂悄悄地告诉我，大哥又进林子了。走到他们家门口时，我感觉自己已经剩下最后一口力气了。我几乎是扑倒在那扇门上。门是虚掩着的，我踉跄着冲进去，眼睛立刻被强烈的白光灼伤了。那光来自一具女人的身体，她在无尽的黑暗里发散出无尽的亮。大嫂赤裸着立在一口木盆里，浑身的水渍在我眼里就成了席卷而来的大水。一切都被放大了，饥饿已经促成了谵妄，它挤出了我身体里所有的本能，并且在这一刻，无限地放大。我不知道自己怎么会做出这样的事情，我绝不想开脱自己，但是我真的只能把一切归咎于饥饿。饥饿的时候，人只是肉体的。当我被一声响亮的撞门声唤回到现实中，我发现自己竟然压在那女人赤裸的身子上。男主人一身寒气地立在我的面前，一杆火枪威武地扛在肩上，枪筒上挂着一只无比丑陋的瘦弱的野鸡。我真的没有感到恐惧，我像一个濒死的人，安静地望向他，望向他，等待着他的枪口指向我的头颅。但是，他没有对我进行任何暴力的惩罚，只是凝视着我，目光里充满了怜悯。这怜悯是何其深切，子弹一样地穿透了我，推涌着我从虽生犹死的肉体中复活。我从他的目光中逃离出来，虚弱地跑进黑暗的夜，像一个溜进了巨大子宫里的贼。风吹草动，我的耳朵里、心里，响彻了那首《锦瑟》的词句……我是如此地，空虚。从此，我再也没有触摸过女人的身体，并且，对自己的身体也充满了警惕。

你看，我为什么会跟你讲这些呢？这些我从来没有对第二个人讲过，对林杉都没有，但是现在却对你讲了。我想，任何事情都应该是有因果的吧？你听完我所有的话，也许就不会觉得我啰唆了。

还是回到林杉吧。我已经到了垂暮之年，生命已经残弱暗淡，本来以为已经剥去了生命所有的限制，却在那个午后，被自己身体里奇迹般涌出的欲望吓坏了。如果没有肉体的参与，也许我会毫无顾忌地接纳林杉。但是肉体曾经深刻地戕害过我，使我在壮年时就刻意地去规避它，更何况如今。我不仅已经气血衰竭，而且还被那些大而无当的荣誉覆盖着，我已经丧失了正确地使用自己身体的能力了。我很惭愧，义山一生经历过酣畅淋漓的磨炼，甚至敢于和女道士相恋，才有了一唱三叹的抒发，而我，却一辈子没有拥有过真正意义上的女人。林杉的到来，给了我最后的机会，但是我已经耳聋目瞑。爱，不仅需要心灵，而且还需要有体力啊，从某种角度讲，它甚至更关乎肉体。是的，肉体，这才是所有问题的根源，我也许夸大了精神层面的东西，这不是我来见你的目的。我来见你，是要实话实说的。可是你看，我还是不由自主地伪饰了自己。我要对你说的就是肉体，甚至我应该更直白地告诉你，林杉杀人，完全是因为我——一个老年人的性欲问题！

你在发抖吗？请你一定不要动怒，允许我把事情讲完。我今天来见你，已经做好了被你——一个老人——唾弃的准备。我拒绝了林杉，哦，其实应该是我的身体在排斥她。她是如此锦绣的一个女孩子，像义山的诗句一样，朴素而又华丽，对于一个老人来讲，她几乎是不可逼近的。她对我形成的压迫更甚于诱惑。她虽然唤起了我的身体，但我的欲望却无力指向她。这样，后来发生的一切就成了宿命。一天中午，我坐在椅子里睡着了。

睡梦中我吟诵着《锦瑟》，这几乎已经成为了一个标记，每当我的命运发生重要转变的时候，这首诗就会回响起来。我从梦中跌落，摔倒在地板上。我的左腿摔坏了，喏，就像现在的你一样，被送进医院里。就这样，那个女人出现在我的生活里了。

她叫秦美，是学校派来护理我的，四十多岁的年纪，有着非常健康的身体。她的丈夫我见过，是学校车队的师傅，两年前出车祸，和车上的一位副校长一同死掉了。当时秦美好像是下岗了，一个人抚养正在读大学的儿子，学校照顾她，就让她做了校工。秦美把我护理得相当好，我很快就出院了。但是我的左腿还没有痊愈，于是她就顺其自然地跟到家里去照顾我。我说过，秦美有着非常健康的身体，我所说的“健康”，是指中年女人那种独特的丰硕和饱满。尤其她的臀部，总是让我无端地担忧，我总感觉她裤子的缝合处会突然间被绷裂。我也不知道自己为什么会对她的身体这么留意。也许是腿上的伤让我对肉体的意识空前地苏醒过来，也许这与先前林杉已经对我形成的诱惑有关，总之，我身体里的欲望居然可耻地在自己的老年泛滥起来。我非常羞愧，甚至羡慕起学校里那些退休了的行政干部，他们总是扛着球杆，和睦地聚在一起打门球，非常具有老年人应该具有的庄严感，显得纯稚、整洁。而我，一个被他们称作“张老”的人，却陷入在了对于女人屁股的担忧之中。这样迟早是要出事情的。终于在那一天，我身体里那个鬼又一次跳了出来。可是这一次我不再能够得到悲悯的宽恕，那个鬼直接葬送了林杉，并且永远不会再给我获得救赎的机会。

那时候正是盛夏,我用不惯空调,所以需要天天冲凉。秦美会伺候着我进到浴室里,等我洗完后,再进来架我出去。但是那一天,我刚刚泡在浴盆里,她却进来了。她对我说,先生,我来帮帮你吧,说着就很自然地过来替我撩水。起初我还是很平静的。人老了,就是这样奇怪,有时候对自己的身体非常紧张,有时候却又非常松弛。但是当她的手抚弄到我的那个部位时,我的脑子一下子就紊乱了。我的耳朵里刹那间布满了那种不祥的鸟翼之声。她在我的那里涂上了浴液,并且用两只手交替着轻揉。那种温热、滑腻的感觉令我战栗。我感觉自己的器官在缓慢地昂起,并且在轻微地跳动。这样的变化当然逃不过秦美的眼睛,她望了我一眼,突然把头埋了下来,将我含在了她的嘴里。我震惊了,看着她的脸在水面上沉沉浮浮,我的喉咙里像打嗝一样地呻吟起来。我的心里在一瞬间涌起了无限的感激。我是如此地,凄凉。我衰老的身体在柔美如林杉这样的女子面前充满了卑下,只有在秦美这样非常具体地拥有着肉身的女人面前,才坦然地昂扬了。是她,令我有生以来第一次品尝到了身体的快乐,品尝到了诗歌以外那一种同样能够使人自由坠落的空虚。我的背有力地弓起来,双手不自主地去一下一下摁着她的头。一股温热的液体缓慢地滑出了我的身体。我看到秦美用一块手帕掩在嘴上,把它们吐了出来。

只有这一次,其后不久,秦美就离开了我,继续回到校园里维护花木了。但是,这仅有的一次就足以使我怅惘。我的左腿已经恢复,我常常会走到窗前,出神地向外张望。因为,有时候我可以看到秦美在我房子不远处的那个花坛侍弄花木。看到她,我就会温暖,就会情不自禁地去用手抚摸自己。

如果事情就到此为止,那该多好。但是秋天的时候,秦美走进了我的房间,带着泥土和花木的气味,带着巨大的影子。她十分坦率地告诉我说,先生,我们应当结婚,并且从衣兜里掏出了那块手帕,作为“应当”的注释。我的喜悦一瞬间消散,我看到了混世的阴谋和卑劣的诡计。也许她有足够的理由这么做,她很艰难,收入微薄,还要供养正在读书的儿子,并且转瞬间也会苍老。但是,她不应该把这一切指向一个老人。我的愤怒在当天夜里却平息了。因为我在黑暗中突然看到了一双充满了怜悯的眼睛,它凝视着我,深切地凝视着我,整个世界都为之发出了集体的叹息。我做出了决定,和这个女人结婚。直到现在,我也不认为自己的这个决定是错误的。我最大的错误,是不应该把这个决定告诉林杉。林杉在听完我的决定后,瞳孔一下子就放大了。她一言不发地听我讲了上面我对你讲的这些话,然后泪流满面地离开了。

第二天,林杉在清晨就出现在我面前。她穿着一身白色的衣服,手里还捧着一壶酒。她说,老师,今天是重阳日,我来陪你过节。我根本没有料到,她已经约好了秦美在那天夜里见面,说是要跟她谈关于我们的事情。她把地点定在了那栋正在施工的图书馆。秦美真是蠢啊，居然会跟着她爬向七楼。我们整整喝了一天的酒。那壶酒似乎永远也倒不完。我们是平滑地进入了醉意。朦胧之中，我的手被林杉握住，一点一点伸进了她的衣内。我的手被她牵引着，抚摸在她的胸前。当我的指尖触碰在她的乳头时，我感觉到她的身体微微收缩了一下。我的心，也随之收缩。她引导着我的手在她的身体上游走，让我感受她的潮湿与温热。她芬芳的脸紧紧地贴在我的脸上，在我的耳边呢喃着说，老师，女人的身体都是一样的，身体只是身体……我真的是醉了，唯一记得的是，那天夜里，我吟诵了那首《锦瑟》：

锦瑟无端五十弦，一弦一柱思华年。
庄生晓梦迷蝴蝶，望帝春心托杜鹃。
沧海月明珠有泪，蓝田日暖玉生烟。
此情可待成追忆，只是当时已惘然。

天色微亮的时候，我被一个男人发出的惊骇的叫声惊醒。法学院一位年轻教师晨练的时候，被脚下的什么东西绊倒了，用手一摸，就摸了一手的脑浆。接下去就是响彻校园的警笛声了，凄利，纷乱，犹如鸟翼扇动时发出的喧哗。一名让人看不出年龄的警察敲开了我的门。他有着一张沉郁的脸，并且脸色青灰，令人过目难忘。他自我介绍说自己姓吴。他在我的对面坐下，开始讯问有关秦美的事情。当然是没有所指的，我听得出，他只是例行公事，因为秦美在刚刚过去的那个夏天是终日与我为伴的。但是一听到他的嘴里说出“秦美”这两个字，我的腋下就渗出汗来。我感到有什么东西正从自己的指缝中滑过去，流失掉，无可挽回地奔涌而去。我们没有交谈几句就被打断了。又一名警察闯进来，兴奋地对姓吴的警察说，已经抓到了，你绝对想不到，居然是一个女博士生，是她自己投案的。我的脑子里一片空白，恍然地看着地板上一些亮晶晶的碎片——它们源于一把打碎的细瓷酒壶。姓吴的警察临走时留下一张名片给我，并且对我说他十分喜欢李商隐的诗，希望有机会能够来请教一些问题。

学校里充满了各种猜测，他们都在分析林杉杀人的动机。但是这里面实在缺乏合理的逻辑，一个如花般美丽的女博士生，纵是有一万种可能，也似乎不足以构成她杀一个普通女校工的理由啊。当然也有联想到我的，因为毕竟这两个人，一个是我的女弟子，一个曾经照料过我。但我“张老”的称谓对他们的想象力构成了阻碍，他们也只能把一切定格在“偶然”这样的层面上。校领导甚至登门来慰问我，怕我在这件事上受到什么刺激，影响了身体的健康。从他们的嘴里我得知，警方也没有获得合理的动机，林杉被抓进去后，就变成了一个哑巴。但是证据非常充分——正在施工的大楼里很容易留下痕迹，林杉的脚印赫然在目。这样一来，林杉似乎注定会被定罪了。我想，只有我可以救她了。

我按着那张名片找到了姓吴的警察。他如约在一个傍晚走进了我的房子。我平静地对他说了自己和秦美的关系，说她借此要挟我，于是我杀了她。姓吴的警察同样平静地听完了我的话，然后用一双非常严酷的眼睛盯住我。我知道，这一定是他惯用的手法——坚定地与对手凝视，直到对方的眼睛开始躲闪。但是他选错了对象，他一定很少遇到过八十岁的罪犯，他不该和一个老人对视。这一点你一定会赞同的，我相信，你也一定不会惧怕看着别人的眼睛。没有一个老人的眼睛会是软弱的，如果他们决定要凝望出去，那目光就会是用整个岁月炼就的。我们就这样对视着，足足有十多分钟。这十多分钟里，整个世界在我眼中无限扩张然后无限收缩，最后变得空无一物。他终于认识到了自己的失败，站起来点了一支烟。然后他对我说，我们出去走走吧。我以为他已经决定对我采取行动了，只是出于对一个老人的尊重，才使用了“走走”这样的词。

我们走出了房间，但是他却没有向那辆停在我家门前的警车走去，而是向着相反的方向。我不安地问他，怎么，你还是不相信我的话？他面无表情地说，我相信，我们从秦美的口袋里找到了那块手帕。尽管我已经做出了替林杉顶罪的决定，而且那也是我迫切想要达到的目标，但是听到这个消息，还是禁不住微微战栗起来。我一下子变得心烦意乱，一切都理不出头绪来了，只是茫然地跟在他的后面。直到走到那栋正在施工的大楼前，我才有所醒悟。他一言不发地走进了大楼，自顾沿着楼梯向上走去。我跟在他的背后，一级台阶一级台阶地向上爬。四面通风的大楼里洒满了夕阳的余晖，也灌满了秋天的风。我佝偻着身子，边爬边幻想着那天夜里的情景：两个女人如夜晚绽放的昙花，她们也是这样拾级而上，最后终于抵达了死亡。我的眼泪突然夺眶而出。因为我终于发现自己已经面临了失败。我的身体再一次背叛了我，那个鬼，他不允许我救赎自己——我真的是老了，已经根本无力爬上七层的高楼了。当我已经用尽了所有的气力，甚至把命压上后，我发现只是攀上了四楼。我的生命只能抵达这样一个高度了，七楼，那个死亡之地，却荒谬地超出了我生命的范围。

姓吴的警察和我一起坐在四楼满是灰尘的楼梯上，他安静地抽着烟，安静地看着我像一条苟延残喘的老狗那样地泣不成声。他的目的达到了，他用这种方法戳穿了我的谎言。我是被他背回去的，他把我放在了床上，临走时居然轻声背诵了两句义山的诗："天意怜幽草，人间重晚晴。"

哦，你为什么也流泪了？这不是我来见你的目的，我不是想要博得你的原谅。我只是想把这把老骨头抛掉，只有死亡才是针对着身体，就像这夕阳，这空虚的光，针对我们。

我主持圆通寺一个下午

它破败

它空无一人

我嗅到了我点燃的清香

我看到了花木上拂过的冷风

——独化

那几天兰城被春天里惯有的沙尘笼罩着，于是我住在了山上。山是兰城空气质量恶劣的罪魁祸首，它们裹挟了这座城市，让风不能有效地驱散各种浑浊的废气，使得废气与尘埃悬浮于天空之上，成为一个巨大的盖子。这一点我在山上看得分外清晰和轻松。清晰是因为高度——那个巨大的盖子如今在我的脚下，将我的兰城笼罩在一种灰心丧气的情调之中。轻松是因为这种隔岸观火的姿态，那种灰头土脸的生活仿佛与我无关了。尽管它依然是灰的，但是蛰居在山上的我向下俯视，它们就成了情调。所以每到春天，只要我还在兰城，就一定会躲到山上去。

这种暂时的躲避与虚拟的逃离，总会令我的情绪进入一种写作的状态中去，充满了臆想的热情。

那一天傍晚，我从山上招待所的房间里再一次俯视兰城，看到一个人从那稀薄的灰色中艰难地露出了脑袋。他沿着山路而来，渐渐清新的空气似乎令他张皇起来，他在停下来喘息的空隙，不时地茫然四顾，并回身对着盖子下的兰城无限遥望。他一步三叹地走着上坡路，渐行渐近，成为一个白暄的胖子。这一点还不足以让我辨认出他——因为现在到处都是白暄的胖子。直到我看清楚他肩头斜挎着的黄色书包时，他才变成了我的朋友独化。毕竟，现在挎这种布书包的人已经寥寥无几了，更多男人肩头晃着的，是那种粗糙劣质的电脑包。我遥望着独化，嘴角不由得咧上了笑：呔，你这厮何以如此诡异！

我住在山上的日子里，很少有人造访，所以独化的到来在我眼里便有种梦幻般的虚假。他坐在我对面的椅子里，浑身的肉都跟着喘息一同起伏。他问我：你的小说写好了吗？我说还没有，如果兰城的春天总是被沙尘所笼罩，这部我在山上写的书，就永远不会有结尾。他定定地看着我，突然上气不接下气地笑起来：呔，你这厮何以如此诡异！放肆的笑延缓了他恢复气息的过程，他用了很长的时间才成为那个我所熟悉的气定神闲的白暄胖子。平息下来后，他问我，那么，《我主持圆通寺一个下午》写完了吗？

《我主持圆通寺一个下午》是独化一首诗的题目，我曾经对他说过，这个题目更适合成为一篇小说的名字，事后我也尝试过完成它，但这却是困难的。因为它已经属于这个白暄的胖子，而这个白暄的胖子是真实的——一种物理意义上的真实，他妨碍了我虚构的勇气。更加要命的是，圆通寺在独化那里也是真实的——一种地理意义上的真实，它矗立在某个具体的地理位置上，而那个具体的位置我却从未涉足其间。于是，这种双重的真实，成了一篇小说不可逾越的障碍。我没有把这首诗兑现为一篇小说。可是现在，在兰城的山上，某种如同春天一般蠢蠢欲动的情绪却让我对独化郑重其事地说道：写完了，它已经是一篇出色的小说了。

因为少有人光顾，所以我的房间里没有多余的椅子，如今独化占据了它，我就只有斜躺在床上，看他从那只黄书包里翻出的新诗。它们被严肃地打印在白纸上，等待着在我的眼睛中成为诗。翻过几页后，一张旧照片从中跌落在我的胸口。照片上是一个面色苍白的少年，他神情仓皇，在一片西边的晚霞中忧伤而又惊骇地注视着镜头，注视着我。我问独化，他是谁？独化漫不经心地说，是我，少年时期的我。我有短时间的怀疑，因为，我不能够把照片上的苍白少年和眼前这个白暄的胖子联系起来，他们是截然不同的，就像山上和山下，有一个巨大的盖子横亘其间。后来我仔细端详，终于确定了独化没有开玩笑。照片上的少年的确是他，那只黄色的帆布书包就是确凿的证据——它同样斜挎在少年的肩头，连上面红色的五角星都同样斑驳。一瞬间，我在这个少年惊悸的注视下获得了力量，我知道《我主持圆通寺一个下午》已经成了小说。因为，所有苍白少年的神情都是一致的，就像那只黄色的书包一样确凿，它的真实大于物理与地理的真实，它是无可置疑的，哪怕少年们最终都成了白暄的胖子。

晚上我们挤在那张单人床上，独化庞大的身体挤占了太多的空间。但这并不妨碍我的叙述，因为我叙述的故事就是瑟缩的，它不舒展，尽管它是一个与成长有关的故事，而成长却是一个“舒展”的姿态。

又是徐未？看来你是跟我虚构了，你小说里的女人都叫徐未。独化对我叙述的真实性不屑一顾。

不是虚构，它是真的，听完后，你就会明白为什么我的小说中总是以徐未来命名女人。我认真地纠正他，不想让自己的叙述在一种虚假的前提下展开。

那是一九八三年。具体到我的个人阅历，那一年代表着我十五岁，写《蝇王》的戈尔丁被授予诺贝尔文学奖，全国范围内展开了“严厉打击刑事犯罪”的行动——我的父亲是一名警察，所以对此事我记忆深刻。春天里，我的在工厂做行政干部的母亲把我托付给了她的同事徐未，只身前往南方——我的父亲在一次长途追捕罪犯的行动中负了伤，躺进了南方的一所医院，母亲需要去照顾并且慰问她的丈夫。

宣传女干事徐未，以一九八三年的审美标准去衡量，是一个比较怪异的女人，年纪大概已经接近三十岁了，脸和脖子几乎是一样的比例，好在不是由于脸特别地短，而是由于脖子特别地长。脖子长到和脸一样的程度是一件非常可怕的事，那会令人面对徐未时总是处于一种不安的情绪中，你会为她担忧，担忧她的脖子会随时咔的一声折断，而向下跌落的脑袋一直会低垂到腹部。这种幻想出来的情节总是在我的脑子里盘旋，它令我紧张，在面对徐未时总有些忧心忡忡。我想，徐未长脖子造成的这种紧张一定是普遍的，它不仅仅是一个少年的杞人忧天，因为徐未年近三十依然未婚，就是一个有力的证据。

母亲把我托付给她。我叫她徐阿姨，她却不让我这么称呼她，她说，叫我徐未好了，就叫我徐未好了。我尝试着这么叫了一声，突然就被巨大的羞愧压倒了。没有任何道理，当一个成年女人的名字从我的嘴里轻吐而出时，随之而来的是一种排山倒海般的眩晕感，有种羞怯混在快慰中，居然却成了愤怒，令我有种无地自容的滋味。所以我依然叫她徐阿姨。但是，我会在心里面不时地念叨一声“徐未”，时而是低回的，时而是响亮的。这种反复默念一个女人名字的状况，在一个少年的心中产生出微妙的反应，“徐未”这两个字成了一个咒语，被反复强调的过程渐渐蕴蓄出一种古怪的情绪，它令我柔情似水又惴惴不安。于是，我必然地对这个名字的主人产生出好感——我这么说，你可以理解吗？或者，我表达得不够准确？

独化不置可否地哼一声，他说，接着说，接着说。

我之所以怀疑我表达的准确性，是因为这个故事的确是难以言传的。因为，一个少年的心，本身就是不适于用语言来描述的。况且，那个时候，一股鬼狐之气正像沙尘一样弥漫在兰城的上空。不久前上映过一部叫作《画皮》的香港电影，像我这么大的孩子都被电影中渲染出的情调所俘虏，那是恐怖的，却又是迷人的，充盈着疼痛的魅力。基于这种氛围，你应当谅解我叙述中的暧昧。那个时候，我的性情是有些恍恍惚惚的。我在恍惚的对于徐未的好感中，多少糅进了对鬼狐的向往吧？于是，我被她如瀑的长发所吸引。因为要掩饰长脖子，徐未留着非常长的头发，从头顶铺散下来，直达腰际，这样令她有了一个风姿绰约的背面。出于好感，我总是愿意绕到她的身后，从而把她美好的一面展现在自己眼前。美的力量是无限的，它直接作用在了我的梦里。在梦里，她的长发像风一样轻曼地覆盖住我。我伸出手，它就像水一样从我张开的指缝流淌出去，它源源不断地离我而去，逐渐将我赤裸裸地暴露在阳光里。我在阳光中醒来，发现自己的裤衩是湿的。这对于我已经不是第一次了，我已经多少明白是怎么一回事了，可是，前面的几次都是在无梦的状态下发生的，我的裤衩是无端端地湿掉的。如今，这种事情和一个女人的长发联系在了一起。

你小子是手淫了吧——独化斜着脑袋问我。

没有，那是后来的事情，这样做了几次梦后，我才不由自主那么去做的。那样做的后果是，我明显感到了自己的虚弱。上课时总是睡觉，白天睡够了，夜晚就总是不能够凭借睡意来控制自己的行为，只好重复令自己虚弱的勾当。我的班主任终于被我在课堂上睡觉这种事情给激怒了，他命令我把家长叫到学校去。我没有办法，只好请徐未去代替我的家长。其实这不应该是徐未的职责，母亲把我托付给她，原则上只是请她照顾我的一日三餐，她住在我们家的隔壁，我只是在吃饭的时间去她的屋里而已。但是现在，因为她的长发，她需要去扮演我父母的角色。徐未出现在我们学校里，她是什么时候来的我不知道，我只是在她离开时看到了她的背影。我从教室的窗子看出去，一眼就看到了她如瀑的长发随风轻舞，我感觉到一股凄凉的滋味噎在了喉头。这是一只长颈鹿，我的同桌赵八斤趴在我耳边嘀咕，他说，我看到她了，正面看吓死人！我有一瞬间的愤怒，但是立刻被巨大的悲伤浇灭了，泪水一下子涌上来，令我不得不把头埋进胳膊里，趴在桌子上用睡觉的姿态来掩饰自己。

徐未的到来似乎起到了作用，老师不再追究我的睡眠，也许徐未对他搬出了我因公负伤的父亲吧。但是徐未却追究起我来。我们坐在她家的饭桌旁，她低着头看我，问我：怎么了？是不是身体不舒服？病了吗？我捧着饭碗，不能去迎视她。她低下的头幅度并不大，但是因为长脖子，却一下子就和我近在咫尺了。她的长发垂在我的眼前，有着隐约的气味，我不能够确定那是芬芳的，但是它一定是迷人的。我感到自己的呼吸局促起来，紊乱的气息令眼前的长发些许飘拂，我有着不可遏制的冲动，想要伸出手，插进它们，让它们从我的指缝奔涌而过。我想我的样子一定令徐未落实了她的判断，我是虚弱的，又是亢奋的，像一个喝醉酒的人一样目光迷离。她紧张地说：怎么不舒服你告诉我啊，不要哭好吧？我这才知道我确确实实在哭泣。徐未被我的眼泪搞乱了手脚，她从饭桌前离开，开始给我找药。这样我就可以张望她了，她的背影一如既往地吸引着我的目光。我看到她在翻床头的抽屉，如瀑的长发令我心旌摇荡。然后，那盒东西出现了。它跌落在地上，徐未找药的过程中不慎将它翻落了出来。一九八三年的避孕套包装远没有现在这样多姿多彩，它们都是一个模样的。所以，我立刻辨认出跌落在地的是一盒什么性质的东西。它具体的使用方法我不得而知，但是它隐藏和含纳的一切秘密，在一个少年的意识中却惊人地清晰。我见过它们，我的父母也因为不慎将它暴露过，我在窨井旁肮脏的淤水中发现过它们被使用后疲软的尸体。并且，我的同桌赵八斤曾经将它吹成气球在学校里招摇，女生们在一旁躲躲闪闪地哧哧发笑——连她们都明白这是一个什么样的玩意儿。

这是一个糟糕的细节，它在小说中已经被用烂了。独化批评道。

我说，是的，但是不要蔑视一切被用烂了的东西，它们之所以被反复地使用，说明它们最接近真实。所以，它们的意义与新旧无关，就像我现在对你讲的这个故事，我是怎样成长的并不重要，重要的是我一定是以这种方式成长的。

徐未迅速地把它捡了回去。当她回过身来时，我的目光也迅速回到了饭碗里。这一次我收回自己的目光，不是因为她比例惊人的正面，而是出于一种空前的痛苦。是的，我只能把“痛苦”这个大而无当的词用在这里，痛苦令一个少年的目光开始躲避。所以，当我走出徐未家时，我居然不自觉地采取了这样的一个姿势：我的双手像个哲学家似的抱在了胸前，低头沉思，脚步缓慢地在我们居住的院子里踱步。我在沉思，一个像徐未这样的未婚女人，为何会有那种可以吹成气球的东西？要知道，那是一九八三年啊，尽管戈尔丁已经因为《蝇王》被授予了诺贝尔奖，但是在我们的身边，这样的事情依然是严峻的，严峻到这样一个程度，可以让一个少年陷入懵懂的煎熬。

我在煎熬中发现，原来我居住的地方是如此破败。几排灰色的平房即使是在春天的夕阳下，也依旧呈现出冬天的阴郁。一段日子以来萦绕在现实与虚幻边际之地的鬼狐之气，在这个黄昏蹦跳而出，我甚至看到一只优雅的狐狸越过我们破败的屋顶，尾巴拖着长长的火焰，向着玫瑰色的夕阳逃逸而去。

夜里我彻底失眠了。狐狸逃逸的姿态占领了我，我甚至没有去幻想徐未的长发，因此也没有去抚摸自己。她不慎跌落在地的那盒东西成功地化身为一只狐狸，同时成功地转移了我的注意力，让我觉得它就贴伏在我的窗下，以既不善意也无恶意的态势威胁或妨碍着我。我没有感到多少恐惧。这也许是那些药片帮了忙，它们是徐未塞进我口袋里的，我躺下之前胡乱地吃下去了一些。它们令我有些昏沉，同时也有效地抵抗住了我对夜晚的恐惧。我平躺在被窝里。我的家空间非常小，父母的一张大床如今被我占据着，我的那张小床在月光下居然有一种空旷的辽阔感。我和我的狐狸在夜晚安静地对峙着。在凌晨三四点钟的时候，它们开始发出了声音。起初那是没有规律的，逐渐成为有节奏的呻吟，那种叹息般的格调甚至有种高贵的气质，是沉痛的，也是轻盈的。

哦？独化身子紧绷着坐起来，脸上的表情和赵八斤的如出一辙。

——惊愕、兴奋，当我第二天对赵八斤讲到狐狸时，他就是这样的一副表情。赵八斤是我少年时期最富有激情的一个伙伴，是一个早熟却本质上颟顸的复杂家伙。短暂的惊愕与兴奋之后，狐狸给予他的刺激依旧高昂。赵八斤对我宣布：今夜我们去抓这只狐狸！我在一瞬间警觉起来，没有理由，只是灵敏地嗅出了危险的气息。我不知道这气息的根源是什么，但是它让我在那一瞬间不寒而栗。赵八斤看出了我的惊慌，脸上满是不屑，他拿腔拿调地问我：怎么，怕啦？然后又换一种腔调，颤巍巍拖长了声音重复一遍：怎么——怕啦——？这是那个时候流行的腔调，范本源自恐怖电影《画皮》。赵八斤使用电影腔调起到了效果，我的自尊不允许自己拒绝了。

黄昏的时候，我们来到了我家的窗后。几棵老槐树枝节粗壮，夕阳破碎的光从它叶子的缝隙中洒落，像一块块斑驳的血迹。一些稆生的草木在春天的风中呈现出被神秘践踏过的残姿，它们不规则地倒伏着。我从未想到过，原来自己家的背面竟是这样一块荒芜之地，更不会想到，我们将在这里布下捕捉狐狸的罗网。赵八斤开始行动。他用自己的书包背了整整一包的石灰，叵测的石灰被他均匀地铺撒在我家的窗下，并且一路逶迤，直到铺满了整排平房的后窗。这样就可以捉到狐狸吗？我当然不会去问赵八斤。

赵八斤留在我家，和我一同睡在我父母的大床上。他真的是又脏又臭，我在黑暗中不由得要屏住呼吸。有一种力量将我们变成了另外的人，我们突然都变得安静，一贯滔滔不绝的赵八斤都闭住了嘴。仿佛在这个夜晚，说话是一件有失体面的事情，甚至比又脏又臭的身体更加令人不齿。我们沉默着，在黑暗中庄严地一动不动，像两个垂危的老头。等待是如此漫长，以至于我们激动的心都渐渐归于宁静，夜晚里所有的声音由此而变得锐利。我们依次听到了小孩的啼哭声、野猫悲惨的叫春声、春天兴致勃勃的风声，乃至流星陨落时疾驰的呼啸声。终于，那个声音出现了，没有规律的，有节奏的，沉痛的，轻盈的，是沉痛的，也是轻盈的。我发觉身边的赵八斤战栗起来，我们不知何时握在一起的手不由得都加大了力气，紧紧地攥住，手心全是冰凉的汗。但是他的身体却是滚烫的，并且有一块坚硬地抵在我的大腿外侧。

身边的独化悠长地出了一口气。我们都笑了，原来，我们的手也不知在何时握在了一起。我觉得,这是有些滑稽。想想吧,两个中年男人,在床上将手握在了一起。我们几乎是同时抽回了自己的手,并且不约而同地用这只解放了的手去摸烟。我们被烟雾笼罩住,困倦也一缕缕缭绕着覆盖上来。我在困倦的雾霭中继续着我的叙述,忧伤毫不费力地成为时隔多年的两个春天共同的基调。

拂晓,我和赵八斤瑟缩着摸到了窗后的世界。那层石灰在稀薄的晨曦中像一层凄惨的白霜,几个巨大的脚印零乱地留在徐未的窗后,它们印在白霜般无限纯洁的石灰之上,像一个个邪恶的伤口,陡然进入我的眼睛,令世界都变得满目疮痍。这是狐狸留下的足迹吗?我当然不会去问赵八斤。赵八斤突然一抖一抖地笑起来,笑声在寂寥的拂晓居然是克制的。这个家伙居然会笑得这么克制,这令我惊讶。

狐狸依然在夜深人静的时候妖娆而来,我被纷乱与忧伤弄得很疲倦,在它们沉痛而轻盈的歌唱中,我瞪大眼睛凝视着黑暗,能做的事情只有在被窝里抓住自己。我想象抓住我的,是一只狐狸的手,但是每到最后,这只手都会变成徐未的手,我就控制不住自己了。你怎么啦?有一天徐未问我,她说,你怎么总是泪汪汪的,你妈妈回来,我怎么向她交代呢?我无精打采地耷拉着脑袋,目光却落在了徐未的手上,于是立刻就窒息了。我绝望地发现,原来徐未的手也和她的长发一样毫无瑕疵,可以独立地构成我黑夜中的烦恼。它不需要长在胳膊上,它只需要凭空而来，蛇游进我温暖的被窝里。

幸亏我的父母在这个时候回来了，他们终结了狐狸的夜晚，狐狸随着他们的到来而销声匿迹。父亲有股子载誉归来的劲头，罪犯捅进他屁股上的那一刀具有神奇的力量，把我的父亲捅得红光满面了。母亲似乎也沾了这一刀的光，她也变得喜气洋洋，身上穿着从南方买来的一件黑毛衣，更加像一名货真价实的行政干部了。良好的状态使他们忽视了我的异常，母亲只是在进门的时候问了我一句，你怎么了，感冒了吗？要记得吃药。从这天夜里，我就再也听不到那种叹息般格调高贵的呻吟了。我的夜晚失去了纯粹，重新被一些粗糙的声音所充斥，有时候是父亲雷鸣般的呼噜声，有时候是母亲的哼哼声，床板喑哑的吱扭声，他们起夜时响亮的哗啦声，这些粗糙的声音令我对黑夜毫无兴趣，重新贪恋上睡眠。

我应该带瓶酒上来。独化用一只手使劲搓着他的右脸，问我，现在可以买到酒吗？我说，算了，太晚了，还是不要去麻烦人家。独化说，早知道你要跟我讲《聊斋》，我会带一瓶酒上来的。我严肃地说，不，我不是跟你讲《聊斋》，我是在跟你讲《我主持圆通寺一个下午》。独化啪啪拍了两下自己的右脸，问我，那么，圆通寺在哪里？

你马上就可以听到了，我会去圆通寺主持一个下午。

有一天我从徐未的门前经过，听到里面传出她的哭声。我被那种哭泣的声音捕捉住。其实那没什么特别的，只是一个女人的哭声而已，但是飘进我的耳朵里，就成了一种象征性的东西。我立刻感到了伤心，有种感同身受的惆怅。因为它来自徐未，来自一个长发和双手对我构成安慰的女人。我站在她的门前听了很久，有生以来第一次因为另外一个人的痛苦而痛苦，那种痛苦甚至有着悲悯的成分，我的眼睛里因此也产生了泪水。

我满含热泪地向学校走去，一边走，一边想她为什么哭，我要怎么做才可以赶走她的悲伤。走到校门口时，我看到了赵八斤，他叼着支烟坐在校门口的槐树下叫我。这家伙如今倒了很大的霉。自从那天夜里和我捉过狐狸之后，赵八斤就迅速地苍老了，先是嘴唇上长出一圈黑乎乎的毛，接着背就跟着驼了，上课时蒙头大睡，下课时就像条疯狗似的追得女生在操场上尖叫着狂奔。于是，用不了几天，他就被“开除”掉了——他又没有一个屁股上挨了刀的父亲。赵八斤问我身上有没有钱，他说他两天没吃饭了。虽然他的父亲屁股上没有挨刀，但毕竟也是个父亲，这个父亲两天前把他从家里也“开除”了。我摸出身上的一块钱给他，对他说，你被狐狸给魇住了。他有些感激地看着我，说，妈的，可能是，看来老子得去圆通寺烧灶香啦。

当“圆通寺”三个字从我嘴里说出来的时候，独化没有表现出丝毫的惊讶。他斜躺在我身边，像寺庙里的睡佛一样，一只手侧扶着白暄的胖脸，神态安详。

但是这三个字从赵八斤的嘴里说出来的时候，却启发了我。我是知道圆通寺的，它建在郊区的山坡上，以前倒没什么名气，只是在这段鬼狐之气弥漫的日子里才被我们口口相传。因为那是一座弃寺，具备了与鬼狐之气相协调的破败的肃穆。在我们心里，堂皇的寺庙是与鬼狐的气质背道而驰的，因此在那种地方，你也驱散不了与鬼狐有关的不幸。我决定去一趟圆通寺。我庄严地想，我要去为徐未祈祷。

于是，我在一个下午向着圆通寺出发了。我走在通往郊区的路上时，脑子里一直有一首缠绵悱恻的歌在回旋：你是我的情，你是我的爱，快来吧，你快来，趁黑夜还未散……是的，是《丽达之歌》，那个时候最流行的印度电影里的插曲。它回旋在我脑子里，一些诸如爱情、忧伤之类的情绪感染着我，让这个走在路上的少年充满了形式感，越来越成为他自己想象中的那副姿态：多情，善良，并且可以借助圆通寺获得那种无边的力量。

我走出了城，走进了春天里一片嫩黄色的田畴间，但是心情却逐渐地涣散了。因为这条通往圆通寺的路实在是太漫长了，它超出了我的预期，我感觉自己的两只脚已经走疼了。我手里的一支香在我甩甩搭搭的行进中折断了，它被我胳膊摇摆时扇动的空气折成两截。出门时我一共带了三支这样的卫生香，准备在圆通寺点燃它们，但是，现在断了一支，我觉得这是一个不祥之兆，心情一下子坏掉了。

这种坏心情在看到圆通寺的一瞬间达到了顶点。它实在是不起眼，孤零零地矗立在山坡上，和我一路上看到的田间草棚几乎没有本质上的区别。我本来以为圆通寺应该是这座城市的背面，就像长发是徐未的背面一样，它应该是令人耳目一新的，可以成为另外一种可能，但现在，我觉得它依然是一个“正面”。我这种心情的嬗变也许是没有道理的，也许只是脚疼造成的，总之在我进入圆通寺时，我是沮丧的。

它的确是破败的，里面空无一人，却长满了葳蕤的花木，无端地呈现出一股灰暗的妖媚之气。我沿着青石路面向大殿走去的过程中，一只手无聊地沿着身旁那些大朵开放的花儿一路抚摸过去，我从花朵的头颅上抚过，好像抚过了它们的长发，并感到她们是在我的抚摸之下才竞相绽放的。这样的臆想安慰了我灰心丧气的情绪，我在一瞬间相信，在这些不知名的花朵之下，必定会盘踞着那些狐狸，它们蜷曲在花木的叶片之下，被偶尔点燃的香火喂养得庄严纯洁。可是一旦进入大殿，我的心情又瞬间败坏了。那尊残缺不全的佛像令我恐惧，我几乎不敢去正视它，只有潦草地点燃自己手中同样残缺的卫生香，匆匆插入香炉中。然后，我迅速跑了出来。我更愿意站在春天里，站在那些我可以操控的花木旁。

这个时候，我的心有些惊魂未定的恍惚，以至于当那种声音若隐若现地传来时，我以为是自己的幻觉，它发自一丛蓬勃的竹林之中——没有规律的，有节奏的，沉痛的，轻盈的，是沉痛的，也是轻盈的。我的脸上一下子挂满了眼泪，一个坚定不移的判断令我浑身发抖，那就是：我不信这个世界上会有另外一只狐狸会发出同样的声音。

有一股力量挟持了我，在它的控制之下我重新回到了大殿。我嗅到了我点燃的清香。我点燃的香火同样喂养了我，令我庄严并且纯洁。我席地而坐，面向着殿外春天里的花木与竹林，即使屁股下面冰凉的地气也驱散不了我心中那份笃定的沉着，我宛如一位高僧，主持着圆通寺的这个下午。

他们终于从竹林中出来了。那一头如瀑的长发旁边，是一个地瓜般浑圆的男人。我终于捉到他了，这个令世界变得满目疮痍的家伙。他的足迹曾经印在白霜般无限纯洁的石灰之上，像一个个邪恶的伤口。他们没有发现我，因为他们都没有回头看一眼庄严的大殿。就在他们即将迈出寺门的时刻，我平静地喊道：徐未！这个名字曾经在我心里时而低回时而响亮地被念叨，一旦出口便令我无地自容。但现在，我毫无障碍地呼喊了出来。他们惊恐地回过了头，两张受到惊吓的脸不约而同地都大张着嘴巴。我认识他，似乎是厂里哪个车间的主任。这个家伙目瞪口呆地看了我一眼后，就像一只真正的狐狸那样迅速地逃逸了。我确信在这个时候我是强大的，因为一个成年男人在我面前选择了逃窜，但是，当徐未向我走来时，我却周身战栗，几乎坐不稳当。我咬住牙，阻止住战栗。我知道只要把这一刻坚持住了，我就是一个坚强的少年了。

你怎么在这里？徐未站在我面前。她的长脖子此刻给予我的不是不安，我是以一种很对等的态度在凝视着她。我发现，原来徐未的正面，并不是那样令人紧张。后来我上了美术学院，看到意大利画家莫迪里阿尼笔下的女人，都是长着徐未这样的长脖子，但是她们依然动人，有种无辜的脆弱之美。是的，无辜的脆弱之美。我认为徐未最大的不幸，就是在错误的年代和错误的地点，长出了错误的长脖子，如果不是在兰城而是在欧洲，不是在一九八三年而是在一九九九年，徐未的长脖子之美就会被认可，她就不会在三十岁的时候还嫁不出去，只能和一个浑圆的地瓜偷情。这么看，命运真的是一件脆弱的事情，就像美，它们都是脆弱的。

面对着脆弱的徐未，我感觉到了自己的残忍。现在我掌握了她的秘密，就仿佛掌握了她的命运。所以，接下来的事情我宁愿承认我是邪恶的——即使也许在徐未的眼里，我也是脆弱的和可以被痛惜的——少年的我居然已经知道手握筹码就要去交换，在圆通寺的这个下午，我用一个有关狐狸的秘密，去换取成长。但是，当我将徐未抱住时，当她的长发像水一样披散在我头顶时，我的眼泪像泉水一样地涌了出来。

后来呢？独化阴郁地看着我。

后来徐未被抓走了。根源在赵八斤那儿，这小子在女厕所后面开了个洞，用镜子折射女人的屁股，被抓到后他供出了徐未。原来那次我们抓完狐狸后，赵八斤就经常在夜里爬上我家屋后的老槐树窥视徐未的偷情。在一个夜里，徐未的房门被粗暴地踢开，几只强效电筒的光柱把赤裸的徐未和地瓜锁在了床上。那一晚的动静很大，我们都跑出来看。我看到徐未被警察用皮带反捆住双手塞进了吉普车，她的长发在黑夜里蓬乱着，警察根本无视她长脖子的脆弱，用手在后面卡住往车里塞。徐未在车里面看到了我，她一定认为这与我有关，我就是那个告密者，是我可耻地出卖了她。她的目光令我绝望，她在散乱的头发后面悲悯地看着我。尽管我不是那个告密者，但是我觉得我就是，内心被巨大的委屈和负罪感吞没，我渴望哭号着冲向她，对她说：不是我！不是我！但是我没有勇气从观望的人群中脱颖而出，只有大张着嘴，让绝望的眼泪流进去。

徐未被劳动教养了三年。那是一九八三年，全国范围内正在展开“严厉打击刑事犯罪”的行动，有人因为抢了一顶军帽就被枪毙掉了，狐狸们在那个时期，是被定义为有罪的。

九十年代末的时候，我在街上见到过一次徐未，此时长脖子已经成了时尚。她显然是认不出我了，我尾随了她几条街，最后目送着她消失在人群中。

第二天，我和独化坐在春天的山顶上，阳光普照着我们，在明亮的光线下，我才发现，原来自己也和他差不了多少，都是一个白暄的中年胖子了。我们喝着茶，说一些与诗歌小说无关的事情。

那次以后，你再没有去过圆通寺吗？独化不怀好意地问我，他可能觉得在光天化日之下，我的虚构将是无效的了。

去过，有一次我从寺里出来，正好有一个人迎面而来，他是一个面色苍白的少年，神情仓皇，在一片西边的晚霞中忧伤而又惊骇地注视着我，他肩头斜挎的黄书包上印着一枚斑驳的红五角星。

我玩味地看着眼前这个白暄的胖子——应该说，我们彼此玩味地对视着。我们的表情在春天的阳光下缓慢地凝固。如果说，我们在少年时期，在圆通寺看到了自己的中年，那么，现在，我们从彼此白暄的脸上，看到了自己的老年。

赖印

——赖印。

小丑一再这样称呼那头狮子。

起初，驯兽师没有留意。说实话，他并不喜欢这个小丑。小丑是个中年男人，不用化妆，也丑得让人动容，每次看到，总让人戛然跃出一般的惊诧感。

在这家走江湖的马戏团里，驯兽师谁都不大喜欢。他像他的狮子一样，有种必然的倨傲。狮子是马戏团里唯一像样的动物。驯兽师觉得，作为狮子的主人，如果态度窝囊，就是委屈了自己的狮子，将一头百兽之王降低到了和那几头骆驼、几只猕猴一样的地位。

事实上，驯兽师和狮子都是属于动物园的。他们一同被动物园租借给了这家私人马戏团。马戏团老板阔绰地一次性付给了动物园十万块钱，作为租用他们两年的租金。至于驯兽师的报酬，马戏团的老板承诺，“比动物园的工资多两倍”。还有什么好说的呢？就此，驯兽师告别了自己的女人和儿子。他的女人也是动物园的饲养员，负责饲养一群品种珍稀的鹤。多年来，夫妻俩各自效力于不同的动物，日子久了，习与性成，彼此之间的差异，都有了物种意义上的不同。这样的告别，不过就是狮子与鹤的告别吧，没有多大的波澜。

马戏团的规模不大，几头骆驼，几只猕猴。据说之前也有大型动物——熊，但死了。至于那群吵吵闹闹的京巴狗，驯兽师顶多把它们视为道具。但就是这群道具，让驯兽师感到了难堪。它们太吵了，不可思议地对一头狮子毫无敬意。当装在铁笼里的狮子被塞进那辆卡车的车厢时，它们沸反盈天地叫起来。谁都听得出，叫声里没有敬畏，反而是一派恐吓与排挤的腔调。狮子很安静，安静得让驯兽师倏忽心痛。他从前面的车跳下来，跑去看自己的狮子。狮子卧在铁笼里，有些委顿，有些茫然。那群京巴狗，齐齐扒在自己笼子的铁网上，吵群架一样地围攻着狮子。骆驼和猕猴兴味盎然地旁观着。它们的主人也跟过来了，是一个驯兽师始终猜测不出年纪的女人。女人箭步跳入车厢，用一种让驯兽师大开眼界的方式训斥起自己的狗。

“阿三！阿四！麦克！建国！东东宝！铁林！”

她喊出一连串的名字。狗们倒是训练有素，一个个应声安静下来，噤了声，像课堂里被点了名的学生。

女人回头看看驯兽师，似乎是得意了。在驯兽师看来，那意思是对他这位新来的同行招呼：该你了。驯兽师站在车下，嚅了嚅嘴唇，却只是对着自己的狮子“喂”了一下。看到驯兽师，狮子有些激动。它也并不适应这即将展开的漂泊。狮子站起来，脸贴在笼子上，凝望着驯兽师。驯兽师突然有些动情。与自己喂鹤的女人告别时，他的心都很平静，但此时他却难过起来。他抬抬手，对自己的狮子做了个安抚的手势，又一次向它说：

“喂。”

其他的人也围过来看情况。老板，小丑，柔术师。

小丑哼哼着，像一声没有意义的吁叹：

“呃——赖印。”

驯兽师没有将这叹息一般的哼哼放在心里。他纠结在自己的情绪里——这么多年，为什么就没有为狮子起一个叫得出口的名字？

车队上路了。五个人挤在一辆破旧的桑塔纳里，老板亲自驾车。动物挤在改装后的加长卡车里。卡车封闭的车厢上喷着花花绿绿的涂鸦，马戏团的招牌和卷曲、变形、被勾勒出火焰的造型。还有一辆同样被改装了的面包车，里面塞着帐篷、炊具。驯兽师挺喜欢卡车上的那些涂鸦——据说是出自那位沉郁的柔术师之手。这让他对柔术师有些刮目相看。柔术师在车厢上将马戏团的招牌弄出了动人的效果，那些字环环相扣，连绵不绝，看起来，都不像是司空见惯的汉字了，一下子就让人的心有了浪迹天涯的滋味。这种滋味，让驯兽师有些兴奋。但是，狗的狂妄和狮子的沉默，改变了驯兽师的心情。他有些牵挂自己的狮子。这头老家伙啊，驯兽师想，从来就没出过远门。这么一想，驯兽师就不免对前面的路伤感起来。

果然，狮子的状态很不好。晚上宿营的时候，驯兽师照例给狮子准备了半只鸡和十枚熟鸡蛋。狮子顾自卧着，将头枕在一只前爪上，不看嘴边的食物，深沉地看着他。他们的身边，那群狗，却吃得欢天喜地。驯狗的女人因此也跟着神气起来，阿三阿四地叫得响亮。

老板捧着一碗面条凑过来，一边呼呼啦啦地吃，一边担心地问：

“什么意思？它怎么啦？”

驯兽师冷淡着。他认为他的狮子赋予了他这种不亢不卑的权利。

驯兽师蹲在铁笼旁，轻声呼唤着狮子：

“喂。”

“喂，”老板用筷子头捅下他的腰，继续问，“生病了？你可要负责哇，这才没走多远……”

驯兽师头也不回地说：

“你先把这群狗弄得离它远点。”

老板还没有作声，驯狗的女人先不干了：

“哎呀，我们碍它什么事咯？”

不用权衡，老板也分得清孰轻孰重，扬扬筷子，示意女人照办。于是狗笼被打开了，那群京巴狗争先恐后地钻出去，一路狺狺吠叫着跳下车。

“它还是不吃哇!”

观察了一会儿,老板忍不住大声说。

“你也离它远点。”

驯兽师回一句。

老板愣了一愣,讪讪地也蹦下车去。

“喂。”

驯兽师叫着狮子。

狮子有了一些反应,将枕着的前爪从头下抽出来,搭在自己的脸颊上,挤出些眼眵,依然静静地与他对视。驯兽师只得打开了铁笼上的锁头,侧身钻进去,盘腿坐在狮子的身边。他伸手去捋狮鬃。狮子的头摆动一下,贴在他的腿上。这个动作让驯兽师有了一种相依为命的感觉,幡然觉醒,自己如今已然是个离家的人。

车外面一片夕阳。帐篷已经支起。旁边的公路逶迤至天边。女人在教一群张狂的京巴狗学习算数。老板蹲在一棵树下吃着面条。几个打杂的捧着碗玩扑克。柔术师将自己的头从胯下钻出去,遥望着落日。小丑忽隐忽现,像出没在丛林里的山魈。驯兽师不是多愁善感的人,但是这样的一幕,依然令他惆怅起来。

在驯兽师的敦促下,狮子勉强吃了三枚鸡蛋,然后依偎在铁笼边。它显得那般厌倦。

这一夜,驯兽师睡得很不踏实。身边小丑和柔术师的鼾声此起彼伏。那群狗更是不时一阵狂吠。

“都是这头病猫闹的！”

隔壁老板帐篷里的女人大声抱怨，而后阿三阿四地嚷一通。于是就安静下来。但不久吠声又起。嚷过几次后，女人就懒得再嚷了。也许是睡死了。直到黎明的时候，一声沉闷的狮吼响起，一切才真的平息下来。可是，也该上路了。

挤在桑塔纳里，老板“喂”一声，算是对后排的驯兽师打招呼，说：

“拜托咯，我还指望它给咱们钻火圈呢。”

“留心这回你要打错算盘！”坐在副驾驶位置上的女人很有把握地插话道，“你看看它那把鬃毛，稀稀拉拉，可见不是个健康的。”

“乌鸦嘴！”老板火了，“你有没有搞错！”

驯兽师沉默着。身边的小丑扭脸看他，笑了，自言自语地嘀咕：

“赖印——呃——赖印。”

驯兽师木然望着窗外。过了好久，他才发现原来自己心里一直在不自觉地拼着这两个音节——它们是“赖印”吗？什么意思呢？驯兽师认为，小丑这是在称呼他的狮子。小丑擅自给他的狮子起了这么一个怪名。驯兽师觉得，这个名字不错，至少比阿三阿四顺耳。

正午的时候，车队来到了一座小县城。老板临时决定，停下来，演几场。由于拉了一车的动物，未经允许，卡车是不能进城的，抓住会被处罚。老板安顿一下，自己开着桑塔纳进城去协调。狗们又吠起来。驯兽师到卡车上看自己的狮子。

狮子的状态仍然不好。它一动不动地卧在铁笼的一角，对身边狗的聒噪充耳不闻，见到驯兽师，也只是翻扇了一下眼皮，鼻孔合缩了几下，淌出亮晶晶的鼻涕。驯兽师蹲在狮子面前，与自己的狮子面面相觑。他很担忧。许久，几乎是鼓了鼓勇气，驯兽师试探着叫出了这两个字：

"赖印?"

声音从自己的唇间发出，驯兽师有股没来由的羞涩。他不禁回头张望。果然，小丑神不知鬼不觉地站在车下，向他龇牙垂眉，像是于丛林里戛然跃出。驯兽师朝他笑了笑，有些不好意思的善意。再回过头，微妙的事发生了：驯兽师看到狮子站了起来，警觉地侧着头，仿佛在谛听。

小丑在身后用一阵吱吱嘎嘎的怪笑来鼓励驯兽师。

"赖印?"

驯兽师再一次试探着召唤。狮子循声踱过来，温柔地注视着驯兽师。旋即它又趴下了，头昂着，专注地凝着神。

身边倏地多出一个人。那个女人也来慰问她的狗。狗们本来夹着尾巴，悄无声息，见到主人，立刻嚣张不已，奋勇地叫成一片。女人故伎重演，阿三阿四地叫，却不是训斥，是鼓励和怂恿。在这种较量一般的气氛中，驯兽师大声向着自己的狮子叫道：

“赖印!”

狮子闻声扭摆脖颈,抖擞一下鬃发。而后,一声沉闷的低吼在车厢里回旋激荡。那群狗窸窸窣窣地抖作一团,如泥委地。冷眼旁观的骆驼和猕猴,也都尽量收缩了身子。驯兽师满意极了,跳下车去给自己的狮子找东西吃。后勤的事情归柔术师管。此人蜷在路边,非躺非立,两条腿盘在肩膀上读着一本线装书,听到驯兽师的要求,头也不抬地叫一声:

“给他半只鸡!”

下午桑塔纳歪歪扭扭地载回了老板。看来一切顺利。老板一身的酒气。

车队准备进城,却发生了状况:一个打杂的小青年不见了。柔术师拷问了一番,得出结论:这个家伙昨天和同伴玩扑克输了钱,可能是为了赖掉赌债,跑了。柔术师拷问的手段让驯兽师长了见识:他命令那几个打杂的站成一排,自己拎一根小皮鞭,检阅一般地在他们面前踱步,小皮鞭出其不意地从各种刁钻的角度偷袭过去。柔术师使用了自己的专业技能,拎着鞭子的那条胳膊,声东击西,匪夷所思地抽在人身上,造成的疼痛,远远不及那种令人防不胜防的惶惑有威力。很快就水落石出了。有个打杂的还额外交代说,潜逃者是蓄意的,他早就不满老板对他的克扣了。得出了结论,柔术师就若无其事地蜷进了车里,有种甩手撂下烂摊子的味道。

老板一直扶着一棵树在吐酒。他听到了最后那句交代,止住呕吐，错愕地看着自己手下的这班人马，脸上却是完全被委屈了的神情。最令驯兽师难以接受的是，桑塔纳居然依旧由老板来驾驶。他艰难地爬进车里，一边脸色煞白地压着酒嗝，一边哆嗦着发动引擎。

车子顿挫了一下，向着前方勉力冲去。

驯兽师的心莫名地焦灼起来。起初他还能够说服自己，力图让自己松弛一点。毕竟，坐在一辆酒鬼驾驶着的破车里，谁都会有一些不安。但是，渐渐地，他发现并不是这么回事。驯兽师听到了狮子的呜咽。相伴多年，驯兽师听得懂狮子的每一种叫声。现在，飘在风中的那一声声低鸣，在驯兽师的耳朵里，就是狮子的哭声。狮子怎么了？莫不是那群京巴狗冲破了两道铁笼，正在群殴一头狮子？怎么会！可驯兽师的心却愈加忧急。狮子的呜咽在风中时强时弱，偶尔颇为惨烈。驯兽师不断将头伸出车外，透过马路上的扬尘回望身后那辆加长的卡车。连身边的小丑也跟着不安起来，嘀嘀咕咕地吁叹：

"赖印——呃——赖印！"

驯兽师要求停车，他要下去看看狮子。这时候车队已经进入了县城。酒后的老板依然能够摆出回绝驯兽师的理由。他一边吞咽着口水，一边说：

"开玩笑，怎么可以在马路上看狮子？吓着交警可不是好玩的！"

狮子的叫声停息了。风中只有渐渐嘈杂起来的街市声。

老板已经落实了演出的场地，车队直接驶入了县城的体育场。停车后，驯兽师迫不及待地去探望狮子。车厢里一片阒寂。骆驼们、猕猴们、狗们，共同制造出一种陌生的、压抑的、消极的，还有充满悲戚情绪的宁静。狮子侧伏着，头颅浸泡在一摊浑浊腥臭的呕吐物中，显然是，死了。

一瞬间驯兽师觉得自己和车厢一起飘了起来。猛地冲进他脑袋里的，是他曾经教给儿子的绕口令：

山上有个死狮子
山下有个涩柿子
死狮子吃了涩柿子
涩柿子涩死了死狮子

屈指算来，这不过是驯兽师和狮子上路的第二天。

驯兽师的心神飘在遥远的地方。倒是老板如丧考妣。他用来租借狮子的那十万块钱，现在大概还余温犹在，狮子，却已经凉了。沉郁的柔术师又一次拷问那几个打杂的。他似乎也厌倦了，有气无力。因为事实俱在，基本上不劳他来追究。一目了然，是那个潜逃者用半只鸡毒杀了狮子——它是马戏团里最值钱的一笔资产。

暮色四合。女人在指挥那群狗从骆驼的身下钻来钻去，驼峰上立着呆若木鸡的猕猴。小丑两腿骄矜地迈着方步，嘴里喃喃吟哦：

“赖印——呃——赖印！”

而驯兽师，此刻脑袋里的绕口令已经升级到了这样的地步：

山前有四十四只小狮子

山后有四十四棵紫色柿子树

山前的四十四只小狮子吃了山后的四十四棵紫色柿子树上的涩柿子

山后的四十四棵紫色柿子树上的涩柿子把山前的四十四只小狮子给涩死了

驯兽师突然格外想念自己的儿子。儿子在他的记忆里向他发问：

“死狮子……怎么吃柿子？”

这个问题一度折磨着驯兽师。那时候，他不过是一名饲养员，只负责喂养动物园中的大型猫科动物。最先是老虎，后来是狮子。没有人要求他来驯兽，发情期的狮虎常常打架，死了也不会有人追究。实际上，他完全是为了博得儿子的欢心，才开始这么做的：将肉叉在棍子上，逗引狮子来吃。一次次抬高棍头。终于，狮子会随之跳跃了。后来，狮子越过了竹圈。再后来，竹圈换成了火圈。如果此刻驯兽师的心神能够落在实处，他会为自己最初将肉叉在棍子上的那一刻而后悔吧？

老板确凿无疑在后悔。他的酒彻底醒了,使劲踢了一通桑塔纳的轮胎。现在折磨他的事实是:他的十万块钱不到两天就打了水漂。如果狮子是另一种死法,老板会立刻调转车头去向动物园追讨他的十万块钱,但狮子死在老板自己人的手里了。反过来,动物园还有充分的权利来向老板索赔。眼前这个魂不守舍、瞳仁中浮映着往昔岁月的驯兽师,就是动物园的代言人,是一个债主。老板过来拍拍驯兽师的肩头,欲言又止,顿了顿,又走开了。

驯兽师怔怔地看到小丑在对着他笑。笑中杂糅着一个小丑特有的悲伤和嘲谑。他看到背对着自己的柔术师出神入化地朝他伸出了手,像是一个来自正面的拥抱。那双无影手在他的鼻子前轻抚而过,悠悠扬扬的气味如同食物一般哽塞了他的喉头。驯兽师倒下去,感到天空翻转了一周。

驯兽师在黎明前醒来。鼻涕、口水和眼泪糊满了他的脸,让他的脸也像那头狮子般汤汤水水。他感到鼻腔里有一股硝烟的气味,像是被撒了一把硫黄。他抹了把脸,诧异地发现自己躺在一片旷野之中。在这个黎明,驯兽师有片刻忘记了时间行经何处,颟顸地以为自己仍然活在过去的岁月里。他不过是要起身,洗漱,吃下女人做好的早餐,然后走进动物园那种气味独特的清晨中,走向他的狮子。殊不知,这种岁月已成过去。尽管,这个过去只与他相隔了短短的两天。他却再也回不去了。

当晨曦初露的时候,驯兽师恍然明白:自己这是被遗弃在了路上。那个马戏团丢下了他，而且，还带走了狮子。驯兽师是这样替对方盘算的：尽管那已经是一头再也钻不了火圈的死狮子了，但剥皮割肉，也自有其价值。马戏团的老板能赚几文是几文吧。同时，驯兽师也为自己做了盘算：回不去了，没法回去了，动物园的领导，是不会像他一样来为他盘算的。他们会向他要那头狮子的。而且，他的女人，也在憧憬他会带回“比动物园的工资多两倍”的报酬。

兀自在晨曦中坐了良久，驯兽师拍去身上的朝露，迎着那道螫人的红轮，只身向着兰城的方向走去。那里，本是马戏团此行的目的地。谁能想到呢？他这一走，踏上的几乎就是一条不归的路。驯兽师开始了漫长的漂泊。

当他踏上兰城的马路时，口袋里不多的几个钱已经告罄。好在驯兽师不是一个养尊处优的人。他的身上，有着统共缝合过几百针的疤痕。那都是兽爪给他留下的纪念，是他作为一个辛勤的体力劳动者的凭据。驯兽师不是一个吃不了苦的人。于是，他就在兰城吃起苦来。首先，他想到了去兰城的动物园谋一份差事。毫无疑问，他被拒绝了。醒悟过来后，驯兽师自己都颇感可笑——自己的动物园急着要把驯兽师租出去，人家的动物园怎么反而会聘用一个驯兽师呢？那种走江湖的流浪马戏团兰城也有。驯兽师在街头看到过他们那同样让人心生浪迹之心的广告。但是，一想到马戏团里必然会有的那些人物——老板，小丑，柔术师，他就不寒而栗。

在一家养貉厂，驯兽师找到了第一份工作。养貉厂养貉，是为了杀貉。驯兽师见不得这样的场面：刀子从貉的裆部顺大腿内侧一路挑开至腿腕，剥下腿皮。用铁丝拴住一只剥完皮的腿，吊于高处，而后，拽住已剥下腿的兽皮，脱衣服般地，铆足力气向下扯。用刀稍事削割，一张完整的兽皮便取下来了。前后不过半分钟。领了头一个月的工资后，驯兽师就不辞而别了。此番经历，让驯兽师认识到，除了动物园，自己眼下能够找到的任何一份与动物相关的工作，都将是以宰杀动物为目的。这让他打消了凭着技能谋生的念头，开始了五花八门的打工生涯。建筑工地、库房、车站、码头，不过是些出卖力气的活计。最落魄的时候，他还拾过荒。

起初，驯兽师有目标。他想，挣够自己在动物园里两年薪水的两倍，他就回去。可现实离这个目标遥遥无期，实际上还经常与之背道而驰。渐渐地，他就忘记了这个目标。因为，干来干去，他都已经忘记自己曾经是一名能够让狮子钻过火圈的驯兽师了。更有甚者，在兰城，驯兽师成为了一个无以名之的人。无论做什么，他都被人"喂"来"喂"去。"喂"就是对于他这样一个寄居者的称谓。

直到那头狮子出现在他的面前。

驯兽师一眼便认出了自己的狮子。狮子似乎变得漂亮了，显得威武和庄重，甚至还有些油头粉面。它身上的毛发被打理得非常齐整，往日浅灰的色泽变成了茶色。它硕大的鼻头，湿乎乎的，像打了鞋油一般发亮。但驯兽师依然认出了它。如果较起真来，可以这么说——驯兽师和狮子待在一起的时间，比和自己儿子待在一起的时间都要长。狮子尾巴末端那簇深色长毛，驯兽师再熟悉不过了。还有，它的右前爪折断的那截指甲，也照样没有长齐。

这突如其来的相逢令驯兽师再一次感到世界漂浮起来。差一点，他的脑袋里又要冲进绕口令。

这是在兰城大学的自然陈列馆里。

几番辗转，如今驯兽师是这所大学里的花匠。他在这里工作了半年多后，不期然走进了这座陈列馆。驯兽师宛如置身在莽林之中。枝叶黏缠，藤树攀附，阳光从玻璃天顶涌入，透过纠绞的植物打下斑驳的尘柱。交媾的蛇。警觉的羚羊。猫头鹰。雉鸡。短尾猴。浸泡在水缸里的、没有皮的、分不清是什么动物的胎儿。驯兽师还看到了那个马戏团里的小丑，这让他大吃一惊。定睛端详，不过是树杈上一只猴子正对着他的屁股。这样惊异地走进陈列馆的深处，他便看到了自己的狮子。

当然，一切都是假的。或者说，是死的。塑料植物和实体标本而已。

驯兽师失神地望着自己的狮子。它被贩卖到了这里，却尽享生前未曾有过的尊崇。其他动物的标本都被错落地安置在整个景观之中，形同大自然里的茹毛饮血、风餐露宿，狮子却显赫地盘踞于一块铺着红地毯的台子上。而且，四周还被隔离绳圈出了禁区。其他动物隐没在幽深的天光之中，狮子的头顶却被灯光照射着。那几只射灯将狮子原本浅咖色的胡子粉饰成了金褐色。

而站在狮子面前的驯兽师，这个昔日的主人，形容粗卑，像一个缩手缩脚的穷亲戚。他谨小慎微地打量着自己的狮子，心想这个老家伙还认得出自己吗？流浪经年，驯兽师的面目发生了改变。他原本有着大型猫科动物般的面容，口鼻宽阔——那是职业日积月累将他塑造出来的。现在，他宽阔的口鼻都嶙峋起来。驯兽师暗自朝狮子打着只有他们之间才能会意的眼神。他笃信，狮子也认出了他。

狮子现在是一头不朽的狮子。在它的座前，有一枚卡片：

狮子(lion)

这让它被简化成了一个符号化的标识，一个狮类纯粹的代言者。

可这是我的狮子！

驯兽师的心里不由分说。他认为这是没得商量的。百感交集的驯兽师一直待到了闭馆的时刻，被工作人员“喂”的一声喝醒。

黄昏中，他失魂落魄地坐在陈列馆外的台阶上。对面齐整的草坪和扶疏的花木，都是他辛勤劳作的成果。半年来，他和他的狮子近在咫尺，但一个花匠几乎毫无走进殿堂的理由。若不是今天他突发奇想，偷闲溜了进去，只怕他和他的狮子便永难重逢了。一这么想，驯兽师便觉得自己受到了一次难得的优待。

一连几天，驯兽师都忘我地流连于陈列馆里。他和自己的狮子默默交流。驯兽师确信这位老伙计听到了他的心声。它知道了这些日子他过得有多不容易。

驯兽师让狮子看自己脚踝上的新伤。那是前段日子他修剪花木时被一只恶犬咬的。兰成大学的家属区，养狗成风，知识分子们将此视为一种文明的风尚。咬就咬了吧，骨子里，驯兽师依然是人群中最不怕咬的那一类人。但狗主人的态度，却让驯兽师寒心。狗主人非但没有道歉，反而一迭声地吆喝驯兽师：喂！快躲开快躲开。随后，换了腔调亲昵地呼唤自己的狗——蜜雪儿。

驯兽师并没有只顾自己倾诉。他藏了一块生肉，趁人不注意，丢在了那个被隔离绳圈开的禁区里。第二天再去时，肉当然没有了。驯兽师宁愿相信，那是被狮子吃掉的。

不久，他的举动引起了注意。尽管，他并未因此荒疏自己的本职工作，但人家还是干涉起他。

“喂，不要来了，这里和你有什么关系呢？这里的树叶不用你来剪。”

一个戴着眼镜的管理员驱逐他。

驯兽师服从地离开了。但是来日依然我行我素。

“喂！你这个人怎么不听话！”

管理员再次看到他就恼了，正正经经发起火。并不是他进来参观这件事本身可恼，是他对人家的吩咐置若罔闻惹人羞恼。

就有他的直接上司训斥他了：

“喂，你好好做你的花匠，不要瞎转！”

驯兽师垂头不语，倏忽有了决定。如果没有遇见狮子，或许他会在这所大学一直做下去。毕竟，花匠这份工作，算是他离家后找到的最合宜的一份差事。虽然薪水连他在动物园的一半都不到。现在，他和狮子重逢了，却被禁止会面。那么，还留在这里做什么呢？

月朗星稀的夜晚，驯兽师背着一只帆布工具袋来到了陈列馆前。拾级而上的时候，他听到了狮子在里面对自己发出深切的呼应。他是有备而来的。他从工具袋里摸出了一把钣金铁剪来对付那圈链锁。铁和铁咬合的声音在午夜琤琮作响。很顺利，陈列馆的门被打开了。里面并没有想象的那般黑暗。月光罩顶，给这个人造的莽林涂抹出一层银光。所有的标本都复活了，风吹草动，发出物竞天择之下独有的狡狯声息。狮子温柔地打着响鼻。驯兽师穿越密林，径直走向他的狮子。

拂晓的时候，驯兽师顶着正在隐去的星月，再次踏上了漂泊之路。昨天，他最后一次打理了自己侍弄的花木，除掉了月季影响长势的花蕾，修剪了草坪，重新牵拉固定了爬墙虎。晨风中，驯兽师感到一身轻松。自从他被马戏团遗弃在旷野的那个夜晚，他就失去了一切行囊。如今他是一个连名字都放弃了的人。他不惧就这样无以名之地走下去，就这样被“喂喂喂”地呼喝着去颠沛流离。

自然陈列馆洞开的大门很是让校方紧张了一番。但仔细扒梳后，却没有发现丢失任何财物。陈列馆的馆长也是这样对校领导申辩的：

“我敢保证，一片树叶都没丢。”

没有人会将这件事情和一个失踪的花匠联系起来。驯兽师非但秋毫无犯，而且，他给自然陈列馆还郑重地添上了一笔。就像没有人觉察和在意他的消失一样，也没人觉察和在意，那头狮子标本座前的卡片上凭空多了一项条目：

狮子(lion)

赖印

寰球同此凉热

你好，亲爱的，欢迎来到地球。这里夏天热，冬天冷。地球是圆的，同时又潮湿又拥挤。在它的表面，你大概能活一百年。在这里，亲爱的，据我所知，只有一条规则——“他妈的，你必须仁慈点！”

——冯尼古特

在一个溽热的午后，老康跑到我家。进门后他没有像往常那样提出和我下一盘围棋，而是独自坐在沙发里忧心忡忡地吸烟。我觉得这样很好，因为我刚刚和妻子发生了长达一个早上的争吵。小鸽，我的妻子，在老康到来的十分钟前，刚刚摔门而去。她给我撂下了一句话：等着瞧吧，有好日子等着你！这句话有股邪恶的魔力，投掷在我激动的情绪中，如同一枚石子，令我的思绪泛起茫然的涟漪。我和小鸽的日子不乏争吵，以前她也撂下过同样的话，但是在这个溽热的午后，我突然觉得，我们的日子就是被她的这句话诅咒成了今天这副样子。我们一天天地等着瞧，在等待之中，日子真的如小鸽所言——成了好日子。这当然是句反话，正因为如此，它才显得邪恶。我觉得，小鸽撂下这句话时，是怀着一种幸灾乐祸的态度。那么，她幸灾乐祸什么呢？我们成了夫妻，我等到那样的“好日子”，对她会是一件幸事吗？难道，我们不是休戚与共的吗？难道，我的日子一塌糊涂，我的艰难困苦，能够成为她的欢乐？我被一些玄秘的虚无感击倒了，如果此刻老康像往常那样，纠缠着要和我对弈，我想我是会无比厌倦的。此刻我没有丝毫的胜负之心，我理解不了，当别人失败之时，我们那种可笑的幸福感来自何方。我从自己与小鸽的关系出发，将整个世界同自己联系在了一起，我觉得，所有人的不幸，都不应当成为我们的欢乐。

老康的确是忧心忡忡，这可不像往常的老康。我这个总是剃着一颗光头的老同学，很容易高兴起来，如果有人表扬了他的领带，他都会因此快乐一整天。我觉得老康忧心忡忡，也没什么确凿的证据，也许，是我自己的心情太过糟糕，才令快乐的老康都显得非同以往了。

我问道：“老康你没事吧，是不是做了什么亏心事？”

老康仰起脸来，我看到此人的嘴角似乎在隐蔽地抽搐。

这令我觉得好笑，不免调侃他：“你到底怎么啦？不会是犯下什么血案了吧？”

老康不回答，嘴角痉挛得更厉害了，他欲言又止，眼睛里也噙满了泪花，很像电视机上小鸽的那只瓷狗的神态——那只瓷狗也是一脸的可怜相,水汪汪的一对狗眼充满了委屈。

“你跑来就是想让我猜谜吗?”我突然感到了疲惫,开始烦躁,说道,“那你办不到,我没兴趣,现在我要去睡觉。”

说完我就进里屋去睡觉了。但显然是无法睡着的,气温已经开始升高,它只在清晨那一会儿是自然凉爽的,而“那一会儿”,已经被我和小鸽的争吵占用了。如果“那一会儿”没有被吵醒,或者可以一直昏睡到十点以后,如果醒了,就必须身陷在空调制造出的虚假温度中体会与世隔绝的滋味。我躺在床上,回味着那弥足珍贵的“一会儿”,泪水突然流了出来。

这是怎么了?我为这个午后泛滥的泪水而诧异。我、老康,我们都不是容易泪水汹涌的人。对我们而言,泪水甚至堪称稀有,我们很难为什么滴下泪来。起码从表面上看,我们都心如钢铁。可是,此刻我们都泪水涟涟。

我重新走回客厅,看到老康把脸埋在沙发靠背上,肩膀不停抖动,后脖颈上的肉都一抽一抽的,好像真的很悲伤。这可真是奇怪啊,我努力回忆了一下,结论是:我真的从未见过老康的哭泣,在我的回忆里,老康的眼里至多是像狗一样地噙满了泪花。可他此刻分明是在哭,真哭,浑身战栗。但我不想刨根问底,我觉得自己的麻烦已经够多了,不想知道老康有什么问题。

我开始打扫房间。每次和小鸽争吵后,我都会觉得满屋狼藉,尽管我们之间的冲突仅限于语言,但内心的风暴总令我觉得足以将家里的秩序破坏殆尽。地上有很多头发,长短混杂,不是我的就是小鸽的，扫到一堆居然有那么多。看着这堆头发，我彻底震惊了。我震惊于毛发从我们身体上一落千丈地离去和因此隐喻着的不可遏止的颓唐之势。我拼命忍回了即将流下的眼泪——如果在这间屋子里同时有两个男人像狗一样地哭泣，会是一种什么样的局面？

我用抹布擦拭灰尘，擦到人造革的沙发上，我推推老康，他让开一点，继续埋头啜泣。老康不知道我把哭泣的权利让给了他一人独享，他哭得心安理得，等我擦干他蹭在沙发靠背上的涕泪后，接着又把脸贴上去干干净净地哭。

随着清扫房间的工作深入进去，我也一点点平静下来，仿佛我清理着的不是这间屋子，而是自己杂乱无章的内心。事实上，我也真的希望把自己的心放在水龙头下冲洗一番。我想起了死去的父亲，他曾经教导过我，要我面对生活时必须“一天一天地抠着过”。不放过每一天，不求有功，但求无过，哪怕闲极无事去扫扫地、擦擦桌子，这样也算是做了一件有益的事，是对生活画上了一个正数，起码不是在消耗生活，不是在对生活做减法。我想我现在就是在对生活画正数。在厨房里，我把一只被小鸽咬了一口的西红柿扔进了垃圾袋。扔完我就后悔了。虽然这只西红柿被咬了一口，而且好像已经放了三天，但它看起来依然新鲜，其余的部分仍然可以食用——但是我却把它扔掉了。那么，我又做了一件消耗生活的事，对生活做了一次减法。这样的换算令我悲怆，我觉得自己总是这样，加加减减，减多加少，于是生活于我就一天天地成了一个巨大的负数。

出去扔垃圾时，邻居的小男孩正兴冲冲地奔上楼，他看到我后就停在楼梯上，和我保持距离，水火不容地瞪着我。我知道自己曾经伤害过这个孩子，似乎是有一次，我和小鸽在楼下争夺一个大旅行包（我们又吵架了，她收拾行囊准备出走），这个男孩自告奋勇地冲上来帮我，却被我无情地赶开了。因此他一直不原谅我。我装作没看到他，把垃圾袋丢出去就准备进屋了。

这个多情的男孩可能感到了被人漠视的侮辱，他字字恶毒地向我骂道："你应该把自己也丢出去，你也是一只大垃圾！"

我的手停在门把上，眼泪终于忍不住流了出来。男孩看到我停在了门口，心里害怕起来，向下退了几阶楼梯。我一动不动地站着，让泪水静静地流淌。男孩窥视了半天，不见我有进屋的意思，终于尖叫一声向楼下逃去。他带着哭腔咒骂着：垃圾！垃圾！

门被从里面推开，老康怔怔地看着我。有一瞬间，我非常害怕老康也变成一个多情的男孩，对我伸出援手，不恰当地为我抹去泪花。所以，当老康真的抬起手来时，我的内心充满了不安。

幸好，他只是拍了拍我的肩膀，说："我们出去走走。"

走在街上我们都心不在焉，并且很快都汗流浃背。相对于我现在的心情，兰城的夏天实在是太热了。

我对老康说："你最好把领带摘掉，你这样显得特别愚蠢！"

老康很听劝地把领带摘掉，揉成一团胡乱塞进手里的塑料文件袋里。

我这才发现了这只塑料文件袋，它被老康这个光头大汉夹在腋下，实在是滑稽透顶。所以我得寸进尺地说："你最好把文件袋也扔掉，夹着这玩意儿同样愚蠢！"

"你有完没完啊？一天不骂人你就会憋死吗？"老康火了，"老子就爱这样！"

我觉得老康今天异常地可爱——嗯，他突然具备了一种单纯之美，烈日下的这个光头大汉，宛如一个巨型婴儿。我就不想和他吵架了。

我们在北新街停住，找了个冷饮摊坐下，每人要了瓶黄河啤酒喝。啤酒刚从冰柜取出来，喝起来冰得让人不可思议。

路对面是一个卖刨冰的摊子，支着顶花里胡哨的大阳伞。一块城墙砖一样巨大的冰块用湿毛巾捂住；几桶果汁背后隐藏着一块硬纸板，只露出两个字：五角。

摊主是一个白暄的胖子，在盛夏里穿得整整齐齐，俨然一个机关干部。

一男一女两个年轻的乡下人走过去，在刨冰摊前踟蹰不决。男青年背着只很大的编织袋，里面鼓鼓囊囊，显得沉重不堪。男青年显然是走不动了，他想喝刨冰，就和女同伴商量。女同伴有点犹豫。胖子看出了他们的心思，动作熟练地用一把铁皮刨子飞快地刮出两杯冰屑，灌上果汁，不由分说地塞给他们一人一杯。两个乡下青年互相看一看,羞涩地接受了。男青年喝得很痛快,一口就喝光掉。女青年喝得也不慢,但她好像被什么匪夷所思的美妙滋味惊吓了一下,因此喝得没有同伴那样豪爽。

然后争执就开始了。男青年满意地付出一张挺括的一元钞票。胖子用迷惑的眼神打量他。男青年并没有醒悟,依旧憨笑着付钱,我想他甚至以为对方的意思是要免费。当然不会是这样,胖子一本正经地指指旁边,几桶果汁不知什么时候拉开了距离,它们后面的硬纸板这时就多出了三个字,“二十元”。刨冰的价钱成了“二十元五角”。男青年显然还是没有醒悟,等稍稍明白一点时就有了魂飞魄散的惊讶感。他夸张地向后跳了一步,然后又迈近一步,他要分辩,要质疑,要据理力争,要摆事实讲道理。胖子当然不听这些,二话不说,揪起他的领子左右开弓就是两记耳光。男青年立刻被激怒了,他根本不怕这人,伸手卡在对方脖子上。男青年一还手,胖子就立刻处在下风,他哪里打得过一个生龙活虎的乡下青年,于是杀猪般地号叫起来。马上就出现了四五个帮手,也不知道从哪里冒出来的,劈头盖脸臭揍男青年。男青年一下子被打蒙了,他不明白,真的不明白,像在做白日梦,一个噩梦。他的同伴,那个女青年,无助地放声大哭起来。

我一点思想准备都没有,老康已经拎着啤酒瓶冲了出去。老康是那么义无反顾,越过马路时差点被一辆出租车撞飞。我依稀看到,烈日下行动敏捷的老康晃动成了一道光影,他壮硕的肉身长出了一对巨大的翅膀,从车流滚滚的马路上滑翔而过。当我回过神来也跟着跑过去时,老康手中的啤酒瓶已经照着胖子的后脑勺砸了下去。那颗肥胖的脑袋顿时血流如注,血混在啤酒沫子里流得蔚为壮观。胖子晃了晃脑袋,一头扑倒在地。老康有一刹那的呆愣,他可能感到有些恍惚。

胖子的同伙向老康扑上来,其中一个用铁皮刨子狠狠地扎在老康的头顶上。我看到老康的头顶冒出一朵红色的浪花。老康顶着这朵浪花茫然四顾,他显得多么纯洁啊!

不可避免,我冲上去加入这场斗殴当中,立刻与他们打作一团,敌我难分。我感到背后被人蹬了一脚,身子前冲撞到摊子上。那块城墙砖一样巨大的冰块掉下来,不偏不倚,正好砸到我左脚脚面上。我哇哇惨叫,每一个音符都是从肚子里弹跳出来的,好像那块巨大的冰块落在水中溅起的浪花一样。我感到我的脚被砸扁了,成了一堆粉末,那种骤然失去身体某个部分的感觉,空前盛大。

殴斗是戛然而止的,没有一点先兆,因为警笛声来得没有一点先兆。对手一下子就消失得无影无踪,他们是训练有素的一群人。令人费解的是,作为主要当事者的那两个农村青年也跟着他们消失掉了。胖子倒没有跑脱,他歪头斜脑地在原地打转;我的脚扁了,没法跑;老康倨傲地不愿意跑,他仰着脖子站着,顾盼自雄,鲜血像一盆吊兰扣在他光光的脑袋上——他认为他真理在握,用不着跑,那派头,倒像个维护治安的。

警察包围过来。我们三人被一同塞进警车里，并且良莠不分地被铐在一起。三个人戴了两副手铐，串成一串，胖子居中，左右手腕分别束缚住两个对手。

警察先将我们送往医院治疗。老康和胖子有明显的外伤，被一同押着去缝合。我的左脚伤情不明，需要拍片确诊。我感到我的左脚有一股焚烧般的灼热，并且又有些空空如也的清凉。我从来没有关注过我的这只左脚，仿佛它子虚乌有，直到今天，它用灼热和清凉证明了自己的存在。

押我的警察是个很漂亮的小伙子，他很年轻，湿漉漉的嘴唇上长着一圈柔软的胡须，而且，他还相当和气。

"很痛吧？是不是很痛？"拍完X光片，坐在走廊的长条凳上等待结果时，小伙子警察一直温柔地问我，并且安慰我，"忍一忍，忍一忍。"

X光片显示是粉碎性骨折。由于跟着个警察，我的身份很快被察觉，那两个骨科大夫因此变得粗暴异常，他们三下五除二替我打上了石膏，手法让人对效果充满了担忧。我眼睁睁地看着自己的左脚一点点变得陌生，变得面目全非，成为一块硕大的不明物，那两个正直的医生还毫无必要地在这块不明物上嘭嘭地敲打了两下。

我和小伙子警察在警车里坐了很久老康和胖子才缝完针。胖子伤势较重，脑袋后面的头发整个被剃光后伤口才得以缝合。老康好一些，他本身就是光头一颗，因而面目改变得并不剧烈。

两个家伙一同经过治疗，出来时变得很亲昵，又被铐在一起，看上去更有股难舍难分的劲头。他们步调一致地从门诊大楼的台阶上走下来，走到警车前你让我、我让你，一团和气地请对方先上。押他们的警察当然看不惯，喝令他们一起滚上去。两个家伙才手脚并用地挤上车。

老康这时似乎才想起我，头拱到我面前向我汇报道："七针。你怎么样?"

我左脚的鞋子当然失去了作用，目前被我拎在手里。小伙子警察很好，也可能认为我跑不掉，就没有再给我铐上手铐。我用那只鞋子指指那块硕大的石膏。

胖子看到我们相互交流，按捺不住寂寞，讪笑着说："我十七针，比较多一些。"

"你很光荣吗?"这招致了一个警察的训斥。

胖子翻起白眼，他想不通，为什么我们说话没人干涉，他一开口就要挨骂。但他很快就不这样想了，很快认清了形势——几个警察越来越严厉，命令我们低头、闭嘴，再要放肆，绝不客气。

警车一路鸣笛而行，很威武。老康有股乖张的兴奋，目光殷切地盯着车窗外面，好像很希望被人看到。如果真有人看，他就朝人家充满悲悯地凝望。看到他这样，我很不理解。这个家伙今天太反常啦！我粉碎了的左脚令我斤斤计较起来，我首先想到的是，失去了这只左脚，明天我将无法再站在讲台上，更遑论和我的学生们去激烈地踢足球。失去讲台和足球,我还是那个大学助教吗?我的身份由此变得岌岌可危,这样的局面令我对老康心生怨怼。我觉得自己陷入目前这样的境地,完全是因为老康在午后出现,并且愁云密布地哭丧着脸。

警车把我们带到西新街派出所。和气的小伙子警察先跳下去,他示意我下车,原来他是要扶我一把。我很感动。人在落难时就是容易感动,有时候一个屁都能令人感激涕零,更何况一个搀扶。

我们三个人被送往羁押室,它处在派出所拐角的厕所边。看守不像是一个正式警察,因为他没有那种特殊的神气劲。所以他更要表现出神气,他命令道:"把裤带摘掉!"

跟在身后的小伙子警察说:"不用,这三个事不大。"

羁押室里已经有四个人了,两男两女,其中一个男的和那两个女的像是吸毒者,他们正在经受着某种显而易见的折磨,全部脸冲着墙蜷缩在角落里;另一个则十分活跃,我们进去时他正在里面散步,看到有人被送进来立刻欢呼了一声。这家伙穿着条大裤衩,长得矮小精干却身有残疾,左腿典型的小儿麻痹后遗症,肌肉萎缩,骨骼变形。

他拖着条跛腿凑过来,深沉地说:"你们才从前线下来吗?这可不好啊,轻伤不下火线,重伤不进医院嘛!"

胖子被吓住了,往老康身后躲。

我心里充满了对自己左脚的痛惜,我害怕落得和这个瘸子一样。在这一刻，我对我的左脚已经是怀着一份缅怀与凭吊的心情了，仿佛它已经永远离我而去。

“有烟吗？”瘸子很快和我们混熟了，一熟，他就开始索取。

“有，我有。”胖子很高兴，因为只有他有，别人没有。

他很大方地发给每人一支精白沙，发完才发现没有火。

“我的打火机呢？一定是打飞啦。”他以为自己很幽默，嘿嘿笑起来。

瘸子趴到窗子上敲一敲，看守露出头，他把手里的烟卷扬一扬，于是一只打火机从铁栅栏外伸进来，替他点着火。胖子一直密切地关注着，瘸子把点着的烟递给他接火，他的表情都有些肃穆了。

“皮带不错呀！”瘸子达到了一个心愿，欲望就随之膨胀起来。他看上了老康的腰带。

“看上啦？”老康很平静。

“哪里，哪里。”瘸子反而不好意思了，干巴巴地说，“我只是不想浪费，浪费可耻嘛。”

老康问：“什么意思？”

瘸子指出：“你们是会被送进看守所的，到那里什么都保不住。而我肯定会被放掉，所以不如送给我，毕竟我们算是有缘分。”

“你说什么？”胖子立刻不安了，“我们会被送进看守所？真的这么严重吗？”

瘸子一挥手说："肯定会，至少得拘留半个月。"

胖子顿时慌了手脚，眨着眼睛看老康。

他对老康说："都是你，都是你，本来没事，你非要掺和进来。关你屁事啊，那两只土鳖又不是你亲戚。"

"你为什么一定会被放掉？"老康瞪胖子一眼，用一种求教的态度问瘸子。

"没人要我啊，送到哪里都没人要。他们拿我没办法，怎么请进来怎么送出去。"瘸子得意扬扬地拍打他的瘸腿。

老康问："为什么会没人要你？"

瘸子说："现在哪里都讲效益，看守所也一样，我这样不能干只能吃的，当然没人要。"

"那我也没人要。"我不由得插了句话。

"不行，你还是有人要，养一养就好了，还可以用。"瘸子打量我一番，很有把握地说。

原来是这样，我还有人要，还可以用。这让我烦躁起来，突然发现这里不是人待的地方，厕所的氨气充斥在每个角落，令酷热都变得宛如一种化学现象。

"你们不饿吗？"瘸子又有新花样。

"不饿，我渴。"胖子讲他的感受。

"那里有水，不过得省着喝，两个小时才给灌一次。"瘸子说。

墙角果然有只矿泉水瓶子，里面有大半瓶凉水。胖子举起来喝，一喝就忘了处境，一口下去大半瓶水就剩了个底。

“比你的刨冰怎么样？”老康问他。

“当然比不过，出去我请你喝。你爱喝菠萝的还是橙子的？”胖子热情洋溢地问。

“我爱喝狗屎的！”瘸子用那条瘸腿踢他一下，“妈的你也太恶了，剩下个水毛儿，弟兄们喝什么？”

胖子低下头翻着白眼珠看他。

“身上有钱吗？拿出来。都下午了，你就不想吃饭吗？”瘸子给他一个将功补过的机会。

“这里还可以买饭？”胖子两眼放光。

“买饭算个屁，女人都有的买！”瘸子不屑地说。

“真的？”胖子的声音颤抖起来，他觉得太神奇了。

“不信你试试，”瘸子一指墙角的两个女人，“现在你跟她们就可以就地解决。”

两个女人冲墙而卧，脸看不到，仅从背影看就很肮脏，所以胖子不喜欢。

胖子请大家吃盒饭。瘸子把一张五十元的钞票递出去，看守不一会儿就买回来了。四个人一人一份，当然没那几个吸毒者的，他们全部沉浸在自己的世界里，居然都有些苦修式的哲学家风范。

大家吃得都很香。我不免哀伤，自己居然可以在密布的氨气中进食，看来真的没希望了。吃完饭胖子就焦急起来，不停地嘟囔，几点了，都几点了，怎么也不问一下？这样要关多久啊？到底要关多久啊？他一急，我也觉得急了，是啊，要关多久啊？怎么还不处理呢？赶快处理一下吧！越想越急，想到根源，我开始想揍老康一顿。

“都是你这个混账，你今天到底哪根筋有毛病？”我逼视着老康。

“你不要这样，让人看笑话。”老康小声说。

我想想有道理，就把他拉到另一端墙角坐下。

我说：“到底哪根筋有毛病，你说说看。”

老康吞吞吐吐地说：“嗯，家里来了封信……说老家姑妈的小女儿死了……刨冰摊前的那个农村姑娘，嗯，我觉得和她有点像……”

“你跟她很有感情？”我有些意外。

“谁？”老康不解地看看我。

“你姑妈的小女儿啊，”我说，“算是你表妹吧——”

“堂妹，”老康纠正道，“是堂妹。”

“那就是堂妹吧。”

“算不上有感情吧……”老康迟疑了一下，回答道。

“什么意思？”我定了定神，认真打量我这位老朋友的脸，“啊？什么意思？”

“我们……没见过面，我也是第一次听说还有这么一个堂妹。”老康闭上眼睛说。

“什么意思？没见过面你哭什么丧？没见过面你会觉得有人和她长得像？”我愤怒了。

“你太冷漠了！”老康吸了口气，他的脸向我伸过来，我觉得他那张大脸在一瞬间膨胀起来，充满了批判的力量。的确是这样的，他很激动，因而语无伦次：“好好想一想，一个人就这么死啦！好端端的，你的一个亲人就这么死啦！她身上流着和你一样的血，她和你有一种天然不可分割的联系，而且，喏，这个世界上谁不能够是你的兄弟姊妹？”

老康越说越亢奋，但还是保持住了最后的理智，注意不让人看我们的笑话，因此他的声调特别古怪。他贴着耳朵向我克制地咆哮着，让我几乎要跳起来。我觉得他用这种腔调制造出来的效果堪称惊人，像两根有力的手指在拨弄着我那柔弱的神经。

这时候羁押室的门开了，那个小伙子警察走进来问道：“想好了没有？”

“想好啦，我想好啦！”胖子装得像个欢天喜地的儿童。

小伙子警察问我们：“你们呢？”

我强打起精神点点头。

“那好。你们现在有两个选择：一、治安处罚，拘留十五天；二、还是治安处罚，每人一千，罚款回家。当然了，两种处罚治疗费都得你们自理。自己选吧。”小伙子警察循循善诱，这让我觉得如果他去做一名助教，一定比我称职。

“我要罚款！”胖子很踊跃，仿佛在课堂上抢答一样。

“我们也要罚款。”我跟着说。我不敢让老康来选择，我觉得老康今天什么事都做得出来——他刚死了一个素昧平生的堂妹。

胖子被带了出去。

“我的手机呢？我的手机丢掉啦！钱包也没啦！”老康突然叫起来，然后他开始向警察分辩，说他是见义勇为，他也要像那个农村男青年一样地去质疑，要据理力争，要摆事实讲道理。

小伙子警察不动声色地看着老康，但我分明感到了这种不动声色所具备的威力，它就像暴风雨前欺骗性的平静。我打断了老康，要求警察放我回去取钱。这时我才发现，自己浑身已经被汗浸透了，像一个刚刚被打捞上岸的落水者。

“我跑不了，他还关在这儿。”我用老康做抵押。

小伙子警察依然和气，他批准了我的请求：“不过要快去快回。”像出门前母亲的叮咛。

但我快不起来，真的行动起来我才认识到少一只脚带来的麻烦。我根本不会走，这看起来有点可笑，活到快三十岁了，居然不会走了。出门时我只穿着裤衩背心，身上一分钱也没有，所以我也不能打车。我也不想坐车，因为我根本不想快去快回。我不明白这究竟都是为什么，为什么我要拖着一大块石膏？为什么我要忍受身体无端的灼热与清凉？为什么我要在炎炎烈日下把一只鞋拎在手上？老康的话言犹在耳，它们回旋在我的头颅里。某个远方的人已经死去，但死亡的讯息却在世界散播。

跳回家，我从那沓钱里数出需要的数。那沓钱是我准备用于和小鸽去香格里拉旅游的，而我们今天清晨的争吵也与此有关。我在心里呼唤，原谅我吧，小鸽，再见了，香格里拉，因为远方有人死去！出门时，我又在楼梯口撞到了邻居的那个小男孩。男孩惶惑地看着我的左脚，忘却了对我堆积已久的仇视。

我在楼下拦了辆车，不是想赶时间，是我的确跳不动了。

回到西新街派出所，警察给我做了份笔录，然后我在处罚书上签字，摁指纹，交钱。

从派出所出来时，老康要来搀扶我，被我断然拒绝。我宁可继续艰难地跳着，因为我知道，任何帮助都无法有效地令我们不艰难。

我们重新走回到街上。出门时我们各自哭过一场，因此都有些心不在焉；现在我们各自受了些伤，同样的有些心不在焉。这样看起来区别不大，唯一鲜明的是，出门时有四只脚踏在地上，现在却只有三只。另外就是，我手里多了只装 X 光片的塑料袋，小伙子警察很仔细地交还给我，让我别忘了按时复诊。但这不足以形成差别，因为老康手里的那只塑料文件袋不见了，尽可以把它们想象成同一个东西。老康却不这么去想，他坚持要去找那只塑料文件袋。

“你够了没有啊？还不够吗？”我对老康失望透了。

“你安静一些好不好？那里有份贵重物品。”老康耐心地劝我。

我们回到了事件现场。

那个胖子居然又在卖他的刨冰，居然还是只露出“五角”。这家伙留着一个遗老遗少的怪发式，全身上下找不到一点挫折感。看到我们他倍感亲切，马上过来招呼：“出来啦？快来喝一杯！”

我要了杯橙子的，觉得味道真的不坏。老康到路对面的冷饮摊找东西，一会儿就兴高采烈地跑回来，手里挥舞着他的塑料文件袋。老康也喝了杯橙子刨冰，然后我们和胖子依依惜别。

老康从失而复得的塑料文件袋里掏出他的领带。

“你就是舍不得它吗？”我问。

“当然不是。”老康从里面掏出张纸塞给我。

我一下子没有看出这是张什么玩意儿，它上面写满了字母，似乎是某种证书。但它上面有我和小鸽的一张合影。我记不起什么时候给过老康这样的照片，但很明显，这是两张单人照，现在被合成在一起，才成为了一张合影。作为这张合影的原始素材，我那张是标准的证件照，而小鸽的却是一张生活照，所以我们的表情各异，一个很严肃，一个很不严肃，强行被拉在一起，就既不严肃也说不上不严肃。这是一张叵测的合影，有着两张截然不同又相互消耗的表情，就像生活本身。

老康说：“看出来了吗？这是张结婚证！你看一看，上面盖的是哪儿的戳。”

我把这张结婚证捧在眼皮下，经过辨认，发现那些字母不过是一些汉语拼音，而那枚钢印经过一番拼读，居然是“火星大使馆”的。

“现在流行这个，”老康非常诚恳地说，“我从网上给你们也弄了份，拿回去哄小鸽高兴吧，最近你好像总是摆不平她。”

我把这张火星结婚证放进 X 光片袋里，让两份本质相同的东西待在一起。相对于一份来自外星球的证书，它稍微显得粗糙了些，就像老康不知所云的善意。

我们在街头分手，已经是霞光满天。这是怎样的一天啊？它全部的秘密只是在于，某个遥远的山沟里，有一个女孩死掉了。我觉得我能够原谅老康，不是吗，寰球同此凉热啊。

回到家后我很想冲个澡，但我立刻认识到了从此我将备受煎熬。我毁坏了我的左脚，我将不能很好地洗澡，我惧怕那块石膏会在水流下融化掉，那样我的左脚也将如雪人的脚一般融化，这种扩散式的融化最终会令我整个人都蒸发掉；我将不能在房间里散步，甚至连大便都将产生一定的困难。我感到困难终于在我面前具体了，它们不再只是一些抽象的东西，喏，这么多年，它们终于变得具体了。这是无法回避的一刻，我开始面对自己的问题。我掏出那张 X 光片，对着灯正视。我不能认定这就是我左脚的骨骼，它们的确是粉碎了，裂成许多碎片，把它们举在眼前看，粉碎就被放大了，问题叠加，变得触目惊心。我觉得我的生活被定格在这张 X 光片上了，一次意外的发生使真相被抓拍下来，于是全部的生活就栩栩如生地呈现于眼前。

小鸽在晚上回来，她似乎已经淡忘了清晨的争吵，但是心情依然不佳。

我觉得心里有点焦虑，却不知道焦虑什么。我把左脚伸出去，伸得很直，像是要给人使绊子一样。小鸽走过来走过去，面对如此昭彰的一只左脚居然熟视无睹。

她边换睡裙边问："你一天跑到哪儿去了？"

我紧张地等她回头，因为我把左脚伸在了她一转身就会看到的位置。她的确转身了，低头从我的左脚跳过去，用手裹着睡裙进了卫生间。很快卫生间传来哗哗的水声。

"你一天跑到哪儿去了？"小鸽在哗哗的水声中问。

"你管我哪儿去了。"我顶回去。

"你又来了！这样下去不行，我们这样下去不行！"小鸽在卫生间里哭起来。

我猛地起来，又猛地摔倒。我忘了自己的左脚。我爬了起来，但内心巨大的召唤勒令我重新爬在了地上。我默默地匍匐着爬行，内心沉静而又疯狂，并且有种无端的甜蜜。我将卫生间的门缓慢打开，小鸽一眼看空，当低头看到我时，立即失声尖叫，她用双手护在胸前。水中的小鸽显得多么顺从，水流将她所有的毛发都梳理得服服帖帖的。我像那些在街头行乞的残疾人一般撑起身子，用双手抬起自己的腿，把左脚咣地摔在卫生间里。

小鸽真的被吓坏了，她没见过这东西，不知道是个什么玩意儿。

“我的脚扁啦。”我动情地对她说。

小鸽努力向后缩，她还是不能从恐惧中走出来，她当然想不通那会是一只脚。我举着那块石膏向她靠近，向汹涌的水流靠近，我不惜融化自己。

“你不要过来!”她尖叫，然后从我身上一跳而过，逃出了卫生间。

“你根本不关心我，又要问什么我去哪儿了，我的脚扁啦，可你看都不看一眼……”我掉转方向，半跪半爬地再次向她靠近。我觉得我又要流泪了，我用干燥的声音说话，其实我的内心一片潮湿。

“你不要过来!”小鸽抓起身边的东西摔过来。

我接住，是那只 X 光片袋，里面有我全部的真伪，全部的伤情，可是她不看，扔还给了我。我立刻变得有气无力，我已经丧失了继续爬行的勇气，只好挣扎着重新站立起来。一切如旧，还会有别的可能吗？为什么要努力？为什么要期待？

我有些尴尬地说：“可是我的脚扁啦……”

小鸽终于过来了，光着身子蹲在地上看那只左脚。我从上面看下去，觉得这样的情景既滑稽又迷人——一个赤裸着身子的女人在观察一只打着石膏的左脚，这样的情景也许只有在两个地球人之间才会发生。

“很痛吗?”小鸽问我。

"还可以，"我说，"但是你应该先问'为什么'。"

小鸽问："什么'为什么'？"

我引导她："为什么会搞成这样，好端端的一只脚，为什么会搞成这样。"

小鸽问："那么为什么？"

我回答她："因为它被砸了一下，嗯，很大的一块冰砸在它上面。"

"一块冰？"小鸽显然是无法理解的，"究竟是怎么回事？"

我说："我在街上喝刨冰，结果桌上的冰块被人撞下来，正好砸在脚上。"

不出所料，小鸽开始指责我："你为什么不小心？啊，为什么？你的生活还不够乱吗？"

我说："我为什么要小心？我的生活已经够乱啦！"

小鸽悲伤地叫起来："我看我们真的要结束啦！为什么会这样，我真的受不了啦！"

"为了我的脚扁了吗？"我说，"我知道为什么，我的脚不扁你也受不了，你感到压抑，小鸽你是感到压抑吧？"

"说不清，我也不知道，真的不知道！"小鸽抱着那只左脚哭泣，泪水抹在上面。

我说："好啦，不要哭。小鸽，放假我们去香格里拉玩吧。"

小鸽说："拖着几公斤石膏吗？"

我说："我说的是真的。"

小鸽说："我不去，我要带家教。"

"为什么要带家教？"我小心翼翼地说，"你不是想去香格里拉玩吗？"

"不为什么。"小鸽进到卫生间里接着去冲澡了。

连我自己都有些吃惊，为什么这些天"香格里拉"成了心中的一块顽石，总是被反复强调出来。她也许当时只是随口说说，如今也许已经兴味索然了，但是我却念念不忘。想了一会儿，我明白了，自己抓住这个主题，原来是想借此回馈给小鸽一些什么。"香格里拉"成了一个需要被满足的梦想，它囊括了我们之间情感的现状，一个咫尺天涯的地方，一个不足挂齿的愿望，然而却成了鉴定爱情的试纸。

"可是一定有原因，"我努力让自己平静，我说，"小鸽，房子我们可以再等一等，况且凭你出去带家教也换不回来房子。"

小鸽在卫生间里湿漉漉地说："和房子没关系，你又扯远了。"

我说："你这样说只能骗骗自己，我不需要你去给别人带家教，不需要你放弃香格里拉。"

小鸽说："那是你这样认为，我只是做自己的事，和你没有关系。"

我说："你知道有的，为什么不承认？"

我又开始烦躁了，有种被愚弄了的窝囊感。但我并不因此冤枉小鸽，我觉得愚弄着自己的，只是他妈的生活。我昂着头，无声地对着空气咆哮,香格里拉!香格里拉!香格里拉!

小鸽说:“就算是这样,又怎么样?”

我说:“我说了,我不需要。你错了!”

小鸽说:“就算是为了你,有错吗?有吗?”

“好啦,我们不要吵啦。”我由衷地说,“没有一天我们不争吵,好像例行公事一样,那么早上已经吵过了,千万不要再吵一次吧。”

“我没有吵,是你在发神经。”小鸽的语气也缓和下来,显然,她也害怕再次激烈起来。

小鸽从卫生间出来时,头上裹着一条白色的大毛巾。我觉得她这副样子很不合时宜,将自己的头弄得像我的左脚。

小鸽给自己按摩面部,她突然说:“我可能怀孕了。”

我对她的话充耳不闻。这个时候我突然想到了火星,是老康的那张“火星结婚证”勾起了我的遐想,我并不是指望用它来“摆平”小鸽,我只是开始思念火星。我隐约记得,那是一个生满了锈的地方,常常有猛烈的大风……

“我可能怀孕了!”小鸽加重语气又说一遍。

我说:“会吗?”

小鸽开始急躁,双手在自己脸上拍打得越来越重,像是打耳光。

她问我:“怎么不会?你一点也不关心我!我应该怎么办?”

我说:“怎么会,我们每次都有措施。”

小鸽说:“但那次没有,你忘啦?”

我认真想一想,我真的想不起来。我会没有阻碍地深入过小鸽吗?

小鸽说:“就是那一次!”

我问:“哪一次呢?”

然后我的耳朵里就是一片忙音了。我听不到小鸽给我列举的“那一次”,我只是喃喃地对她说:“我回火星去了,你找个地球人自己过吧……”

小鸽也许听懂了我的话,也许没有,反正她没有继续再讨论下去,她也很烦,不愿去想不是迫在眉睫的问题。

夜里四点钟左右,我被小鸽的一阵阵梦呓吵醒。空调嗡嗡响着。小鸽用双臂紧紧地搂住我。她说:

“我做了一个噩梦……你被关在一间小屋里,屋子里还关着几个人,有几个哲学家,有一个很白很胖的男人,还有一个瘸着一条腿的男人,像一只鹭鸶那样站着……对了,好像还有老康,他一直在哭,一边哭,一边说着远方一个人的死去……你剃着一颗光头,你的后脑勺扁扁的,像一只板子,但是你的头顶……却长着两根天线,你知道么,一看到你受苦的样子,我的心就那么的痛……”

我静静地聆听着小鸽的梦,除了震惊和悲怆,我还能够选择什么?黑暗中,我头顶上的空调发出轻微的噪音,我逐渐感到这种轻微的噪音成了壮阔的轰鸣。我觉得自己的身体在一点一点绷紧，仿佛蓄势待发，终于，我宛如一枚火箭被发射向了浩瀚的天际，群星璀璨，而那颗火红的行星在无尽的宇宙中熠熠发光。我当然知道，那是亲爱的火星。当我具备了一种俯瞰的视角时，我对于充斥在自己眼里的一切不幸，都怀着一份由衷的哀悼了。

帝森克雾伯之夜

一

凤凰城的笙歌之夜。包小强托着不锈钢盘子跑前跑后。盘子里站着一支洋酒,芝华士十二年,四十三度。下一趟包小强还得为这支酒端来红茶和冰块。空气中有股酸味,俨然发酵了一般。夜总会里的一切,都在经受酿造。包小强穿着立领衬衫,打着领结,脚上是一双和不锈钢盘子一样锃亮的白色漆皮鞋。漆皮鞋不透气,跑一晚上,鞋子里就会积出脚汗,每走一步都会咯吱咯吱作响。一有客人光临,包小强便兴奋难抑,暗自吆喝一声:

"少爷,开工啦!"

酒水超市的领班看他将盘子耀武扬威地扛在肩上,不时还花哨地摆弄一下造型,就很替他担心。

"我的少爷哎,别张狂,你托的是几千块钱!"

包小强人来疯，杂耍一般连盘带酒虚掷上去，迅速托住，在惊呼声中，手腕旋转，将盘子和酒运到背后，另一只手接着了，再运回肩头。一个喝多了的客人趺趺撞撞地迎面过来，目睹这番表演，恶吼一声：

“好活儿！”

包小强将酒盘收在腹部，弯腰向客人鞠躬致敬。他负责的包厢在楼上，进到电梯里，包小强依然听得到这位醉汉兀自啪啪地在身后鼓掌。观光电梯轿厢内透明的一侧对着夜色，外面闪过一道火球，沉闷的奔雷隐隐滚过。转瞬，兰城特有的、泥点般的雨滴稀稀拉拉地摔打在玻璃上。包小强吹了声口哨，对着电梯按钮上闪烁着的那几个红字做出鬼脸。

蒂森克虏伯

——这几个字的音韵，乃至笔画，每每念及，都让包小强有种过电的感觉。什么意思呢？在他心里，这几个字囊括了一切与自己家乡沽北镇截然相反的事物，是另一个世界的代名词，具有戏剧性和仪式感，就像他如今的这一身行头。

夜总会里的服务生都是些漂亮孩子，夸张得很，女孩子叫公主，男孩子叫少爷。贵宾五号是包小强负责的包厢。这间包厢很特别，其他包厢是按照温柔乡来装修的，贵宾五号截然相反，布置得像个战场，粗犷、冷硬，置身其间，仿佛能够听见铿锵之声。贵宾五号是专门接待女客人的，否则也不会叫一个少爷来伺候。女客人显然是喝了酒来的，斜倚在沙发里，半醉半醒，一切都交由少爷来打点的样子。

此刻包小强的心情是欢畅的，脚步是雀跃的，觉得自己就是在过着一种“蒂森克虏伯”式的生活。女客人是熟客，一贯独来独往，他已经伺候过几次，掌握了规律——酒是价格不菲的芝华士十二年，加冰和红茶，不唱歌，有时候点了歌，让包小强用沽北镇的腔调清唱，她呢，卧在沙发里啜酒，间或小睡过去。

有过几次经验，他已经摸清了路数，服务起来得心应手。自从做了少爷，包小强遇到过不少凶恶的客人，喝多了发飙的也没少见识，譬如被人用酒泼了脸。这个女客人倒是难得的好伺候，而且每次都喊包小强来。高丽对包小强说，这个富婆看上你了，她要包你。这话包小强是当玩笑话听的，但心里还是有些窃喜，少爷当得越发来劲儿了。

进到包厢，女客人似乎睡了过去，头垂在胸前，高跟鞋踢在一边，两只脚踝压在屁股下面盘坐着。她需要来点儿更加够劲儿的。包小强持酒而立，居高临下，又做出了一个隐蔽的鬼脸，像是对着电梯里那几个无知无觉的红字。作为一个侍者，面对酒意朦胧的客人，他就像是在玩着一个人的表演，在唱一出自娱自乐的独角戏。

接下来他又跑了几个来回，运来了一桶冰，一打软饮。这个配比是女客人的习惯。她喜欢嚼冰，冰块常常被她接二连三地塞进嘴里，咬碎，发出锐利的声音。最后，他端来了果盘。女客人在果盘摆上的一瞬间，突然伸手过来插了片西瓜。这让他吓了一跳，担心自己刚才的嘴脸被对方察觉到了。他立刻变得毕恭毕敬，倒酒，开机，说：

“姐今晚又喝多啦？”

在夜总会里，公主把所有的男客人叫哥，少爷把所有的女客人叫姐。

“姨，”她纠正，“叫姨。”

但包小强却改不了嘴，每次都要从姐开始叫起。

按部就班，她再一次纠正：“姨，叫姨。”

包小强递上一杯冰块加到了杯口的酒，把茶几上的两只骰盅推过去。

“姨，咱还是先吹牛皮？”

“吹牛皮”是骰子的一种玩法，每人五只骰子，摇了之后互相欺瞒，不过是虚张声势、尔虞我诈的那一套，就像人生的缩影。这个姨没有答复，手伸过去径自摇动了骰盅。

笙歌之夜就是这么回事。

二

包小强直鼻细眼，头发常年蓬乱，如果每星期能洗上一次澡，模样说得上是好看。但包小强自己去年才明白这一点。他来自一个叫沽北镇的地方，从兰城步行回去，翻山越岭，大概得走个一年半载。一米八的个头，愣头愣脑，在沽北镇成长的日子，包小强也就是个傻小子。沽北镇上的少男少女也早恋，藏身无边麦田，探究男女之事。而今包小强在兰城做了少爷，却还是个处男。在包小强眼里没有女人。别人藏身麦田，他藏身柿子树上。沽北镇到处都是柿子树，大多枝杈平斜，能让他横卧其上，透过密密匝匝的树叶望天。

这么一个小镇少年，具备将来去凤凰城夜总会做少爷的潜质，却颟顸懵懂，身陷民风旷达的沽北镇，不免要让人担心。包小强的母亲在镇上卖凉粉，某日看到儿子洗去脸上的蒙尘，真容毕露，不禁忧心大作，对他激动地吼：

“以后你离卖布的张寡妇跟前远些！”

去年夏天包小强照例躺在柿子树上，手枕脑后，跷着腿，沐浴穿透树叶缝隙的夏日烈阳，幻想某种自己不曾触及、也无从想象的玄妙生活。一辆客车顿了顿，撂下一个孤零零的乘客。她叫高丽，是镇上的姑娘。高丽在路边站了一会儿，好像颇感踌躇，突然对自己生长于斯的家乡感到有些惘然。谁都知道，高丽初中一毕业就去了兰城，每年回来那么几次，每次回来都变一个样子，不是眼睛肿着，就是鼻子肿着，等肿消了，就漂亮一截子。一截子一截子这么漂亮下来，高丽就完全换了个人。

高丽提着一只不大的包，却显得有些不堪重负。她夹着胳膊走过来，看一眼树上的包小强，惊呼：

“哎呀你像陈楚生！”

高丽的眼睛肿过之后变成了双眼皮，不仔细看，看不出残留的瑕疵——两只眼睛的大小有些不一致了。包小强俯视着她，首先发现她的胸脯异常挺拔，尽管她有些不自觉地含着胸。

“你的胸肿啦？”包小强快乐地说，“镇上人都说你整形了，每次回来就是等着消肿，眼睛、鼻子、屁股，这回肿到胸上啦？”

“他们说得没错！你看我是不是越来越好看了？”高丽不以为意。

包小强探身看她，看来看去，眼睛里多是挺拔的胸脯。

“我看不出，”他如实说，“但是我还是能认出你，你还是高丽。”

“我当然还是高丽，变成另外一个人我还不干呢。这就是大医院的水平，变来变去，但还是原来的你。”高丽很耐心地解释。

“那你变什么？”包小强说，“你不用花钱也可以变来变去但还是原来的你。你只要等着变老就是了。”

说着他飞快地回忆了自己母亲这些年来容颜的转变：胸塌了，屁股塌了，下巴圆了，眉毛稀了，但还是本来的母亲。

“不跟你说了！屁也不懂。”高丽生气了，要走。

“陈楚生是谁？”包小强在树上向她喊。

“你不看电视吗？”高丽埋头说，“快男哪！”

包小强的确不看电视，很多夜晚他也是躺在柿子树上的。晚上他喜欢躺在镇上邮局前面的那棵柿子树上。那棵柿子树在镇上被誉为树精，树下摆着石条供桌，常年烟火不断。夜里躺在树上，被薄雾笼罩，被香火喂养，让包小强有种被托举而起的滋味，由之换了俯瞰的视角看待黄尘之中的沽北镇。这一望之下，蒙昧的心便要无端收紧，滋长了他想入非非的习气。

“快男是甚？”包小强锲而不舍地追问。

“你把脸洗净了再来问我。”高丽已经走了，严厉地对他撂下一句，“你不洗脸就是丢快男的脸！”

包小强伸手摸把自己的脸，不消说，又是一巴掌的黄土。

在沽北镇，一条狗跑过去，黄尘都要跟着跑上一阵。当年镇上那所师范学校的地理老师言之凿凿地宣布过：沽北镇是地球上黄土最厚的地方！

“晚上来找我。”高丽远远又丢下一句。

包小强继续透过树叶的缝隙望天，渐渐就望出些规律，让人眼花缭乱的夏日穿透黄尘，光柱被他连缀成一张陈楚生的脸。

黄昏的时候变了天。风像是从地下吹上来的，让沽北镇突然变得笔直，树木、庄稼都怒发冲冠，几欲拔地而起的架势。包小强走在去往高丽家的路上。他觉得自己如果不小跑几步，就会被脚下的风送上天去。一个同龄人走在他前面。包小强认识他，他应该是高丽的初中同学，叫王翰。两个少年走在地心钻出的妖风里，身上的衣服都鼓胀成斗篷的模样。他们并不搭话，而且还相互蔑视。一路上既像是逗乐，又像是赌气，一会儿你抢到我前面，一会儿我抢到你前面，就这样轮番领跑。

高丽抱着胸跑出来迎门。高丽的父亲，那个在镇上摆挂摊的怪物，灰头土脸地迎风盘坐在院中，屁股下面是一把沽北镇少见的塑料凹面椅。这把椅子色彩艳丽，摆在黄灰色调的沽北镇，让坐在上面的怪物凭空有了随时要羽化升天的仙姿。

高丽在有意冷待她的同学王翰，作势对包小强格外热情。

“陈楚生，越看越像！”高丽对包小强说，“怎么样，跟我去兰城吧？我介绍你去做少爷。”

“谁家的少爷？”王翰同学抢着问。

这本来是包小强的问题，现在被王翰问了，包小强就有些没来由的鄙夷，好像答案是显而易见的，这个家伙可真是蠢啊。

“凤凰城的少爷。”高丽强调道，“能在凤凰城做少爷的男生，个个都像陈楚生。”

“喊。”王翰同学八成是越听越糊涂了，只能不屑地哼一声。

兰城包小强当然是知道的。一般来说，镇上的人去了兰城就是见了世面的象征。但包小强对兰城没有多少憧憬，那块地方太具体，不在他别致的审美里。包小强更加热衷那些缥缈的事物，譬如变幻莫测的浮云和遥不可及的天空。

“兰城嘛，”他说，“也就那么回事。”

高丽不能接受包小强的态度，要驳斥他，证明兰城绝对不是“那么回事”。高丽摸出手机向他们展示。手机里存着许多图片，流光溢彩，或者光怪陆离，那是凤凰城酒色之夜的写照。两个同路而来的少年刚刚还隐含着敌意，在这些图片的逼迫下，突然就有些患难与共的滋味。他们都是走在风里的少年，面对另一个妖娆世界的景致,不由得就有些同声共气了。

“就那么回事,是吧?”王翰同学既是附和,又是探求,眼巴巴地对着包小强问一声。

“怎么样?”高丽的重点放在包小强这里。她和自己的同学可能有些隐秘的纠结,此时很想唤起包小强的肯定,以此来打击这个同学。

“不怎么样,”王翰同学依然抢答,“没啥了不起。”

“好啊——”包小强悠长地吁了口气,终于承认说,“这地方真不错。”

“你瞧!”高丽满意了,“这就是凤凰城,我就在这儿当公主,你不想来这儿当少爷吗?”

王翰同学料不到包小强转瞬就变了节,气愤地说:“屁少爷,不就是伺候人嘛!”

高丽生气了,吆喝道:“走走走。”

包小强很配合地替王翰同学开了门,躬身做出请便的姿势。王翰同学跺下脚,发狠离去,一出屋门,便仿佛被风发射了出去。

“哎哟!”高丽对包小强大惊小怪地说,“你真是个做少爷的料子。”

包小强的母亲在镇上卖了十几年的凉粉。从小,包小强每天至少有一顿饭靠凉粉打发。凉粉不顶饱,放开肚皮吃,也不过像是喝了一肚子的水。结果包小强被凉粉喂养出了与大部分沽北镇少年迥异的气质，貌似水做的。母亲并不指望包小强有多大出息，她已经有了计划，准备将卖凉粉的事业做成家传的。听明白包小强要去兰城做少爷，母亲就勃然大怒。

“屁话，不准你去。高丽在兰城做甚，镇上人哪个不知道！噢，那就叫公主？老娘卖凉粉把你拉扯大，为的就是把你送到兰城伺候别的女人吗？叫得好听，还少爷呢，你要是少爷我不就成太太了？我不是太太，你娘我只是个卖凉粉的。”

“我就是想去凤凰城，”包小强申辩，“我还没进过夜总会呢。”

“你没进过的地方多着呢，”母亲很机智地反驳，“监狱你进去过吗？没进去过就一定要进一下？”

“说不准，”包小强对母亲的应答感到很吃惊，心想这个女人像她的凉粉一样滑溜嘛，他说，“要是有机会，我就进一回监狱。”

“什么说不准，准准的，”母亲说，“你不听老娘的话，保准就是要进监狱的。镇东康家的两个儿子，不就在兰城被关起来了吗？这你都知道的。高丽要不了多久也会被关起来，不信你走着瞧。”

“那我就跟着她去瞧一下，看你说准了没有。”

包小强本来并不是那么坚定，但这么说来说去，倒说出了义无反顾。

“你去，你去，你进监狱了可别指望我去给你送饭。”

“不送不送，凉粉我早吃腻了，你千万别再给我送。”

“好，我不管了，”母亲最后说，“这事你跟包国祥说去。”

包国祥是包小强的父亲，在这个家从来没有什么地位。

“我问他干啥，”包小强说，“我不问他，他肯定不是我爹。”

“啥意思？”母亲惊得差点坐在地上。这个意思在沽北镇已经不是什么新鲜事了，风传了这么多年，但今天从儿子嘴里说出来，还是让她吃惊非小。她说：“是张寡妇跟你嚼的舌头吧？”

“还用别人嚼？”包小强雄辩地说，“他包国祥能生下个陈楚生？”

包小强跟着高丽到了兰城。凤凰城的领班是个中年女人，包小强觉得她长得像沽北镇上卖布的张寡妇。领班对高丽领来的这个老乡很满意，说着话不禁伸手在包小强脸上拧了一把。连这个动作也像卖布的张寡妇。

原来做一个少爷并不是很难的事，不过需要嘴甜腿快而已，关键是只要你长得像陈楚生。包小强天性里有乖巧的一面，凉粉喂大的嘛，一切都没有问题。只是在高丽看来，他有点儿傻里傻气，还得瑟。高丽看着穿上了立领衬衫、打上了领结的包小强，教导他：

“你多长个心眼，别让客人占了便宜。”

包小强觉得高丽说话的腔调像他母亲。他对新环境挺适应的。从漫天黄土的沽北镇一脚踏进了这番天地，谁都会有些喜不自胜。包小强并不是一个虚荣心很强的少年，他不过是喜欢这种梦幻一般的场所，喜欢立领衬衫和领结，喜欢穿着漆皮鞋跑出一身汗来的那种假模假式的情绪。马上有人告诉他，新来的少爷往往会碰上好运气。这话包小强听得似懂非懂。客人们千奇百怪，而且大多疯疯癫癫，有时候对包小强的态度很恶劣。但包小强能适应，他觉得自己置身在一出戏里，不过是在扮演一个角色。很快他就熟练了业务，也知道怎么讨好客人，怎么设法诱导客人消费昂贵的酒水。

第一个月包小强领了三千多块钱的薪水。多吗？他没有什么概念。包小强来凤凰城，不是冲着钱的，他只是厌烦了躺在柿子树上迎风吃土的日子。

高丽下一步计划收拾一下自己的腿，她嫌自己的小腿粗。包小强和高丽负责的包厢不在一个楼层，两个人一天见不上几面，经常是在那部观光电梯里碰头，各自托着一只亮光闪闪的盘子。公主们的工装是短裙，头上还扎着兔子耳朵一样的发结。有一回两个人又撞在一起，电梯出了故障，暂时停住不动了。

“正好，可以歇一会儿，脚都跑疼了，腿都跑粗了——看你干得这么欢实！”

“原来你还会说沽北话嘛。”

有人在外面维修电梯，电梯按钮发出蜂鸣，将他们的目光吸引过去。包小强就看到了那几个闪烁的红字：

蒂森克虏伯

“啥意思?”他用沽北话读了一遍,拗口,好在没念错,“蒂一森一克一虏一伯。”

“电梯牌子呗。”

包小强觉得自己有些微微发晕。这几个字的音韵与造型,有种奇幻的力量,在他脑子里回旋一周,就让他仿佛回到了家乡的柿子树上。那时候他攀树望云,胸中一股无法说明的情绪,原来居然可以落实在这样几个稀奇古怪的字符上。

“这个富婆看上你了,她要包你。”

透过玻璃,高丽看到了包小强的那位常客,她正在楼下泊车。

“她包我干啥?”

“你回沽北镇问张寡妇去。”高丽对着电梯的不锈钢内壁照自己的腿,心里想等到把腿也收拾了,自己兴许就会被包出去了,“不过你还是机灵点儿,这些城里女人可说不准。”

“你操心自己好了。《斯琴高丽的伤心》你会唱不?”

《斯琴高丽的伤心》是一首歌的名字,包小强现在熟悉很多流行歌曲。他觉得这首歌就是唱给高丽的,歌里唱到:太多太多突然的诱惑总是让人动心,太多太多未知的结果总是让人疑问,回想童年天真的时候真是让人开心,这是斯琴高丽的伤心。

高丽说:“会唱。但我是高丽,我不是斯琴高丽,我的伤心和她的伤心不一样。”

也真是不一样,歌里斯琴高丽的伤心是为了“每天都有太多电话真是让人伤神”这些事，而来自沽北镇的高丽，如今跋涉在从头到脚重塑自己的征途上，要严峻得多。高丽已经摸清了钓到大鱼的所有规矩和门道，眼下的当务之急是要让自己成为一疙瘩合格的诱饵。

电梯门开了。包小强神采奕奕地走出去，自觉是走进了一种“蒂森克虏伯”式的生活里。

一年来包小强一次家也没回过。高丽很照顾包小强。包小强打算把自己挣下的钱存到银行里去。他们过的是昼伏夜出的日子，夜总会为他们提供了集体食宿，所以这笔钱包小强算是省了下来。高丽陪着他一起去银行。白天他们很少上街，要么睡觉，要么纠集起来一边玩扑克，一边鄙夷地议论各自经历过的一些客人。

兰城夹在两座山之间。废气与浮尘悬聚在半空，经年不散，比沽北镇漫天的黄土更多了些黑灰的浑浊，像一张蒙在头顶的羊皮纸。

“还不如沽北镇！”高丽如此评价。

“你还变得这么娇气，”包小强不以为然，“那你回沽北镇好了，要不，有本事你就到蒂森克虏伯去。”

这句话说得有些没头没脑，但逻辑是清楚的，包小强将世界无意中划分出了三种境界：沽北镇—兰城—蒂森克虏伯。这是一个递进的序列，一步一个台阶，最终才是那个他臆造的最高象征。

“呸，嘴里胡咕噜什么。”

高丽听不懂包小强的话。连他自己都觉得有些莫名其妙，很惊讶那几个字会从自己嘴里冒出来，也很惊讶自己随口就说出了真理。

到了银行门口，高丽却不进去了，指着银行的招牌对包小强说：

“你念一下。”

“工商银行。”

“念下面的字母。”

“I-C-B-C。”

“懂了没？”

“啥意思？”

“傻货，就是‘爱存不存’，你拼一下。”

“哎呀，还真是的嘛。”

“你说，把钱存到这种银行有意思吗？你说？”

“呃，是没意思，我就不爱存咋了！”

“就是，你不如放在我这儿，我替你存着。”

包小强就把自己这段日子做少爷攒下的钱全部交给了高丽。

“你要是回沽北就交给我妈，让她别摆摊子了，开个凉粉店。”包小强说。

高丽只是打量自己的腿。

在街上包小强买了部手机。这时候高丽已经替他掌管支出了,选来选去,为他选了部三百块钱都不到的。

“你要省着些,”高丽指点他说,“你不要以为你是个消费者,咱们都是被这个世界消费的。公主,少爷,都是消费品,懂不?”

包小强觉得这话也很深奥,和自己说出的“蒂森克虏伯”有一拼。

第一个电话当然是打给家里。母亲在电话里当然要问他挣了多少钱。包小强却突然有些赌气,说自己身无分文,现在连一碗凉粉都吃不起。这下母亲可高兴了,连连说怎么样,怎么样,被她说准了吧！好像他这个做儿子的穷困潦倒反而是一件令人欣慰的事。包小强挂了手机,骂道:

“闭上你的鸟嘴。”

高丽笑一阵,突然换了神情,用一副可被称为温柔的态度对包小强说:

“换双鞋吧,给你买双真皮的,发的鞋都是人造革的,不透气,能捂出脚气来。”

包小强在心里也回了一句“闭上你的鸟嘴”。她刚刚还教导人不要以一个消费者自居,转脸又来这一套,实在让人吃不消。

三

包小强“吹牛皮”吹得并不好，不过是因为女客人带着醉意，所以他反而赢多输少。芝华士十二年被喝下去大半瓶的时候，女客人突然扔了骰盅，目不转睛地瞪着包小强。起初包小强还能陪得住笑，但被瞪得久了，就有些害怕。

“你过来！”女客人命令。

包小强蹭过去，垂手站在她面前。她拍拍沙发，包小强坐下去。她塞了块冰在嘴里。塞进嘴里之前，先是将那块冰捏在眼皮前怒视了片刻。塞进去后却不咬嚼，含着，将一侧的腮帮子顶出一个钝角。接着她蜷起两根手指，指关节形成一个钳子，拧在包小强脸上。包小强的脸随着她的手指转动，直到必须和她面面相觑。

“姨！”他叫。

“姐，叫姐。”她含含糊糊地纠正，“姐好看不？”

“好看，姐是美女！”这样的话包小强已经说得很顺溜了。

脸蛋被那只“钳子”扯动着，包小强凑在了她的眼皮下。成熟女性的气味混在酒气中让包小强心里不由得有些荡漾。她的一条腿搭在了他的腿上，手指使上了劲。包小强被拧疼了，眼睛里女人的唇角被嘴里的冰块顶出很深的褶皱，犹如他妈的老柿子树皮。这是要演哪一出？正没主意，女客人突然泄了气，向后一扬，貌似昏了过去。

“姨——姐，姐？”

包小强揉着脸蛋试探着叫了几声，没有回应，便站起来，对着瘫躺在沙发上的女人，抬腿摆了一个作势践踏的动作。屏幕上正在播放舞曲，音量被调得很低，动荡的光影将她的脸映照出一种合金般的色泽。包小强一瞬间有些空落，这种感觉来势凶猛，让他一下子有些木然，不知今夕何夕，身在何方。包厢门开了，领班示意他出去。

走廊里不时有踉跄的客人经过，两个人贴着墙根说话。

“高丽呢？高丽哪儿去了？”领班问。

“不知道啊。”包小强想一想，原来自己有好几天没见到高丽了。

“打她手机也不接，你给她打一下。”

包小强摸出手机打给高丽，手机是通着的，果然没人接听。

“死哪儿去了！”领班在发脾气，“骗了好几个少爷的钱，你也让她骗了吧？”

包小强有些冒汗。他并不是非常在意自己的钱，是这件事让他有些接受不了。

“她去收拾腿了！”包小强分辩道，好像是在替自己辩诬，“她收拾好腿就回来了，肯定的！”

“做梦去吧你。”领班说着伸手来拧包小强的脸。

包小强却恼了，一巴掌扇掉了那只迎面而来的手，转身回了包厢。

女客人还睡着，裙子翻上去，两条裹着黑色丝袜的腿像是塑料的。包小强给自己倒了杯酒，慢慢喝了，然后又倒上一杯，看着冰块在酒水中开裂时泛出的泡沫。直到剩下的半瓶酒全被喝光。他觉得自己有些晕了，凑过去，不知所以地端详女人那张睡梦中的脸。在包小强眼里，女人基本上是没有美丑之别的，她们看起来都差不多，尤其化了妆后，就更加空洞了。此刻包小强生出探究之心，埋头贴近，意欲进一步审视。孰料睡梦中的女人扬手便给了他一巴掌，差不多可以算是个辛辣的耳光。

女客人翻身坐了起来，木然扫视一圈，也是不知今夕何夕，身在何方的架势。她把脸埋在两只手里，搓一搓，声音飘忽犹如梦呓，对包小强说：

“跟我走。”

夜总会的公主和少爷常有被客人带走的，包小强却是头一遭。他觉得无所谓，也很想见识一下究竟是什么状况。女客人结了账，他要求去换身衣服，却被阻止了。

“穿这身挺好的，”她说，“像戏服。”她出门时又含了一块冰，包小强似乎可以听到她口腔里冰块融化时发出的噼啪之声。

下楼的时候，电梯里那几个红字再一次打动了包小强。那几个字看起来就像它们本身一样：蒂—森—克—虏—伯，汉字，却充满异国派头，毫无意义，又意味无穷。

已经是后半夜了。包小强平生第一次坐进了一辆轿车。女人命令他系好安全带,否则车子会一直报警。他大方地坦白自己不知道怎么个系法。女人像瞪一块冰似的怒视了他一阵,爬过来亲自动手。包小强快活地叫了一声,感觉自己是被捆住了。

街上的路灯间隔一段就会像根闷棍似的扫过车厢。女人车开得很稳,不像是一个刚刚还酣醉不醒的人。她摸出了一副玳瑁眼镜架在鼻梁上,始终一言不发,僵硬地夹在方向盘和座位之间,仿佛一尊木偶。刚刚下过一场泥雨,挡风玻璃上污渍斑斑,女人却并不打开雨刮器,就这么视野一片肮脏地驾驶着。车厢里有什么东西滚落,一路上叮叮当当作响,可能是两只滚来滚去的易拉罐。

包小强有些暗暗的兴奋,又有些昏昏欲睡。女人莫衷一是的态度感染了他,让他也不觉得此行会有一个什么明确的目标。在他的意识里,这就是一个"蒂森克虏伯"式的梦态之旅。女人一路无言,嘴里偶尔发出一声"嘎巴"。那块冰似乎可以被她嚼一辈子。车子很快驶离了市区,驶过一座收费站,蛇游一般穿过一条隧道,开上了高速公路。

即使视野模糊,包小强也感觉得到车子飞驰的速度。他觉得这么开下去,天亮的时候就能开到沽北镇了。这种奇思异想让他松弛起来,摸出手机旁若无人地拨打。他先是拨通了家里的电话,只响了两声就挂断了,猜想着母亲被惊醒时披头散发的蠢相。接着他开始一遍一遍拨高丽的手机。还是无人接听。让他满意的是，高丽手机的彩铃正是那首《斯琴高丽的伤心》。每次只唱一段，周而复始：太多太多突然的诱惑总是让人动心，太多太多未知的结果总是让人疑问，回想童年天真的时候真是让人开心，这是斯琴高丽的伤心……

包小强想高丽的腿现在一定是肿了，这是高丽的伤心。继而他又想，自己这样就算是被女人包了吧？那么这就是他包小强的伤心。

车子开始颠簸，原来女人已经驶离了高速公路，开到了一段俗称“搓板路”的乡村公路上。

“这是去哪儿？”包小强终于忍不住发问。

车子骤然急停。好像是包小强的这句话踩下了刹车，好像女人一直就等着这句话，他如果不说，她就会永无止境地开下去。

“下车！”女人简短地发出两个字。

但是包小强动弹不得。半天女人才明白个中原委，伸手解除了他身上勒着的安全带。包小强侧身钻出车门，站在路边舒展自己的腰肢。不料车子却重新启动了。一把钞票随着女人神经质的大笑从车窗里撒了出来。包小强有些犯傻，怔怔地看着车子甩着泥浆扬长而去。四下里一片阒寂，就着星光，满地的钞票给人造成遍地开花的错觉。呆立良久，包小强嘴里胡乱骂着，还是俯身去捡拾那些钞票了。雨后的乡村公路一片泥泞，那些钞票像是种在泥浆里了。他依然不是一个对金钱如何着迷的青年，但满地的钞票就是这么霸道，让人只有弯下腰来。

一道强光打过来，明晃晃地将包小强罩住。那辆车又回来了，停在百米之外，却没有熄火，将大灯打开对着他，像一头蓄势待发的怪兽，哼哼着。包小强一只手捧着钱，一只手挡着刺眼的光柱。他万万不会料到，这辆车会开足马力向他横冲而来。强光扑面，和着发动机的轰鸣，车轮下泥浆翻飞，还没到跟前，包小强便觉得自己已经被提前给撂翻了。他哇哇大叫着滚向一边，感到车轮几乎是贴着自己的后背擦身而过。惊魂未定，车子又倒着直撞过来，他连滚带爬地再一次扑倒。如是几个往复，直到他的左脚被车轮扎扎实实地碾压过去。得了手的女人这才大笑着放过了他，车子不再回头地消失在黑夜里，留下笑声的余波良久回荡。

包小强深信自己已经死了一回，现在不过是身在另一个世界的黑暗里。他的左脚带着上一辈子粉碎性的伤痛，让他即使隔世，也不免痛彻骨髓。挺奇怪的，此刻他并不怎么痛恨这个乖僻的女凶手，只觉得是自己的腿太长了，才无法有效地躲开车轮。好像倒是他的脚，垫了人家的车轮一下。他的左脚根本沾不得地。他试图脱下脚上的那只白色漆皮鞋，但那只鞋如今已经和那只脚浑然一体了，要脱下来，不啻是剥一层皮。他只有单脚跳着走，一边跳，一边痛得嗷嗷叫。路面的泥不断让他四脚朝天地栽跟头。好在离高速公路并不远，没用多久他就翻过了护栏，倒头摔在平整的路面上。

这时候他才发现，即便如此，自己手里依然还攥着一把湿漉漉的脏票子。果然像高丽说的，他想，自己不过是这个世界的消费品，只是今夜被消费的方式让人有些匪夷所思罢了。

他扶着公路的护栏向前蹒跚。巨大的货柜车呼啸着从身边驶过。夜晚的高速公路危机四伏，宛如一条杀人的流水线。实在蹒不动了的时候，他坐在路边，靠着栅栏拨通了家里的电话。

“谁？”母亲一夜之间被吵醒了两次，不免怒火冲天。

“我问你个事，”他说，“你老实告诉老子，包国祥是不是包小强的爹？”

这个问题的邪恶让母亲竟然没有听出他的声音。沽北镇上这位卖凉粉的妇女，在这个夜晚犹如听到了魔鬼的诘问。

“你是谁咯……”

母亲颤颤巍巍的声音让包小强感到一阵无端的快活。他在一瞬间理解了那个女客人，理解了她盎然的兴味和纵情的欢笑，理解了某种“蒂森克虏伯”式的存在原则。这一切，不过源自一种恶意消费这个世界的快感。小镇青年就这么得到了淬炼。他在笑声中挂了机，把黑暗的惊悚留给母亲。继而他又拨了高丽的手机。出乎意料，又好像是在意料当中，一段歌词没有唱完，高丽就接听了。

“打打打，打什么打！你烦不烦！不就是几个破钱嘛！别人的我不还，你的我能不还吗？”高丽用沽北腔暴躁地发火。

包小强一言不发地听着。一辆油罐车呼啸而过，轮胎摩擦出瘆人的声响。路面跟着震颤，像一根隐隐呼扇的扁担。脚上的痛加入了刺痒的成分，让人更加不堪承受。

“你在什么鬼地方？”电话那头的高丽听出了异样的动静。

“蒂森克虏伯，”他脱口而出，“老子在蒂森克虏伯！”

这几个字被他说得强劲饱满，一如那扎扎实实从他脚面上碾压而过的车轮。

收起手机，他呜咽着重新上路。天空缀满繁星，路面平展，世界是一条坦途。一块路标用反光漆隐约标明着前方的地名。不管那几个字是王家洼还是李家沟，纵使它倏生倏灭，在一个不认可世界已然如此的青年眼里，此刻，就像躺在家乡沽北镇的柿子树上一样，他既然可以从夏日的光柱中杜撰出一张陈楚生的脸，那么，他就能将那块路标上的指示臆造成某个未卜的去处，譬如：蒂森克虏伯。

鸽子

兰城的中心广场是在两年前投放鸽子的。开始，这一举措进行得不太顺利，在最初的几个月，上千只广场鸽锐减了将近一半。报纸说，少的鸽子中，除了正常死亡，其中三成鸽子是被车碾死的，另外七成，是被人偷走了。这组数据很让人尴尬，媒体轰轰烈烈地开展了一段时间的大讨论，市民们由此接受了一次道德教育的洗礼。后来情况慢慢好转了，大家的道德水准有所提高，司机们驶过广场前的马路时，也会自觉地减慢速度，留心过往的鸽子；管理者的经验也丰富起来，除了加强宣传和保护，还比较熟练地掌握了饲养鸽子的技术。这样一来，鸽子们就在兰城的中心广场站稳了脚跟，蓬勃发展，成为兰城一道美丽的风景。

少年的摊位在两年前和鸽子们一同摆在了中心广场。这个摊位来之不易，少年心里知道，母亲为此和广场管理处的人做过怎样的交易。因此，少年一改往日的顽劣，精心投入到摊位的经营上了。这个摊位渐渐成了少年一家的主要经济来源。

今年春天以来，广场上接连发生了两件与鸽子有关的事：

先是禽流感。谁会料到这种风生水起的疾病会影响到兰城这样的内陆城市呢？可是它居然真的影响到了。少年在春天里目睹了卫生防疫人员给广场鸽注射疫苗的盛况。他们如临大敌，戴着口罩和几乎要裹到肩膀上的橡胶手套。他们使用的那种注射器，形状居然像枪一样，只是有一根长长的管子和药水瓶连在一起，这反而让它显得更具杀伤力。卫生防疫人员捕起鸽子，当胸便是一枪，那架势，不像是拯救，像是屠杀。刹那间，广场上动荡起来，鸽子们扇动翅膀的气流像一阵纷乱的风，风中还飞舞着它们挣扎时脱落的羽毛。少年看呆了，这样的场面很让他激动，他觉得有些壮观，内心焦灼而又亢奋。

另一件事是避孕药。广场管理处认为鸽子们的繁殖速度过于快了，两年前他们面对了鸽子数量"锐减"的烦恼，如今鸽子们在良好的环境之下，又给他们带来了"激增"的烦恼。其他问题先不说，现在鸽子们每天产生的大量粪便，就成了件棘手的事情。总之，广场鸽目前的数量已经超过了管理者的负荷，如果不采取措施，它们必将以令人吃不消的速度繁殖下去。怎样才能控制住鸽子的数量？这可让管理者费尽了心思。起初，他们定期围捕鸽子，把其中的老弱病残统统杀掉，但这种办法收效甚微，因为正本溯源，给他们造成麻烦的其实是那些身强力壮的家伙。此外，还有些小妙计，譬如在鸽子蛋的外表涂上一层油，这样里面的雏鸽会因缺氧而闷死，再譬如，把鸽子蛋摇一摇也可以达到孵不出小鸽子的目的……显然,这些方法太麻烦了。于是,最终方案拿出来了——广场上所有的摊主被集中起来,管理者将捣碎了的避孕药分发给大家。少年被告之,他必须把这些粉末掺进出售的鸽食里。少年坐在春天的广场上,一袋一袋打开自己和母亲辛苦包装好的鸽食,然后用一把小勺将那些粉末添进去。这项工作要在监督下完成,那么多人围在一起干,阳光中飘满了白色的粉尘,它们弥漫着一股微酸的气味,让每一个工作者的内心都忐忑不安。"这可是避孕药啊!"有人颤颤地说。比较有自我保护意识的,就用卫生纸塞在了鼻孔上。起初游客们搞不懂这堆人是在做什么,等打听明白后,就远远地围观着,并且不时发出些会心的笑声。少年心里慢慢愤慨起来,他开始装一勺骂一声:"妈的,避孕药!"他的口腔里随着骂声也布满了那种微酸的气味,后来,都酸出口水了。

这两件事发生以后,少年对自己的营生突然懈怠起来。他在这个春天变得有些莫名其妙的狂躁。少年觉得在广场上转的这些人都很无聊,他们走来走去,不管是拍照,还是喂鸽子,都有股装模作样的味道。他不再主动兜售商品了,对顾客态度无理,有股没来由的冲劲,经常会和人吵架。少年想,我卖的不过是一些饮料香烟之类的小玩意,没必要对他们毕恭毕敬!他觉得如果自己还像以前那样热情,就是助长了这些人的兴头。

那一天的下午,当那个中年人来到少年的摊位前时,就受到了少年的冷待。中年人要买一袋鸽食。少年冷冷地看着他,爱答不理的。他又重复了一遍自己的要求，少年依然纹丝不动。中年人摸出了一块钱，放在少年的摊位上，然后，试探着自己动手拿起了一小袋包装好的玉米。他将这袋玉米在少年眼前晃了晃，似乎是在征求少年的意见。少年目中无人地板着脸。中年人自嘲地笑了笑，拿着玉米走了。这桩生意就是这样完成的。少年看着中年人离开的背影，觉得这个人实在讨厌——都什么岁数了，还穿着一条包紧屁股的牛仔裤！

少年对着空中啐出一口唾沫，愤愤地骂一声：

“妈的，避孕药！”

接着，他转过自己的头，向不远处那家时装店望去。

二

祝况弯腰向那只壮硕的灰鸽子抛玉米时，头顶那缕薄纱般的头发就垂了下来。它们从祝况右边的鬓角生长出来，横向覆盖着他光秃的头顶。

一般情况下，祝况会很留意自己的动作，避免让这缕头发飘起来，但是，那只壮硕的灰鸽子让他忘记了谨慎。它似乎很傲慢，总是对祝况抛过来的玉米不屑一顾。这让祝况有些恼火，觉得它的姿态很像已经离去的倪裳——胸脯饱满地挺着，雄赳赳的，一副自视颇高的样子。一旦把这只鸽群中的骄傲者和倪裳联系在一起，祝况忘记谨慎就是顺理成章的了。倪裳是祝况的妻子，刚刚和他办理了离婚手续，像一只品种高贵的鸽子，向着幸福和希望飞去了。

所以，祝况抛向那只灰鸽子的玉米就渐渐地有了砸的架势，他在瞄准，让玉米子弹般地发射出去。于是，那缕长发不再安分地贴在脑门上了。

祝况有些狼狈，情绪是在一瞬间紊乱的。他用手把那缕长发撩上去，抬头间，就看到了笑得合不拢嘴的杨如意。

杨如意站在那间时装店的门前，阳光很好地照耀着她。一旦被阳光照耀，她这类健康的女孩子就焕发出特有的光彩，红扑扑的，很茁壮，很结实，像一枚毛茸茸的桃子。

祝况看着桃子般的杨如意因为自己暴露出的秃顶而笑得合不拢嘴，就下意识地向她发出了邀请。也许是为了掩饰尴尬，也许阳光下的杨如意散发出的那种稚气对祝况没有什么危险，总之祝况笑了一下，对她招手道：

“来，和我一起喂鸽子。”

倪裳是在半个月前飞走的，飞向温哥华，飞向一个小她十多岁的男人。

事情祝况多少是知道些的。这个男人家和倪裳家是世交，少年时期有一段在倪家生活的经历，大概也就是在那个时期迷恋上了倪裳。这不奇怪，一个青春期的少年，总是容易迷恋上那些大他们一圈的女人。何况，倪裳又是个容易让少年们迷恋的女人，她饱满，却又小巧，真的是像一只品种高贵的鸽子。那时候倪裳正在和祝况谈恋爱，所以，祝况很容易就成了这个少年的敌人。每次他去倪家都要留心把自己的自行车存放好，否则出来时，他见到的就有可能是一辆瘪了轮胎的车子。当然，一个少年的敌意，充其量也只能对祝况造成诸如此类的一些小麻烦，他怎么可以威胁到祝况的爱情呢？那个时代的祝况正是蒸蒸日上的时候，著名诗人，文学刊物的主编，这样的头衔，会怕没有爱情？

但是，再次见到这个少年时，他已经是个男人了。他来看望倪裳，从头到脚都对祝况造成某种温和的压迫。令祝况沮丧的不是压迫，倒是那种温和。他温和，是因为他已经十足的有力了，不需要锐利地去夺取什么和破坏什么，那种仓皇的姿态是他已经不屑的了。倪裳受到了他的邀请，和他一同飞往上海，去见识他在那里的成功。

倪裳在上海的日子里，祝况独自在家，无端地就有些苍老感，突然变得喜欢回忆。他整理出所有的影集，把老照片翻出来一张一张地看，看照片上曾经的自己和曾经的倪裳。后来他发现，“曾经”这个词只适用于自己，对倪裳而言，却是不恰当的。倪裳似乎就没有“曾经”过，她还是她，四十多岁了，依然还是一只名贵小鸽子的模样。照片中的倪裳始终如一饱满和小巧着。不同的只是，作为照片中的背景，倪裳的身后，从最初的书架逐渐更替为名山大川，更替为酒吧里花火一般灿烂和暧昧的灯光。

倪裳在婚后一直没有生育,但这并不是她永葆青春的原因。是呢,对于一只名贵的小鸽子般的女人,时间也是无能为力的,祝况想,即使倪裳给他生下一群小鸽子,也依然不会有多大的变化。有些女人永远不可败坏,永远以一种姿态存在,而倪裳,就是这样的女人。和这样的女人生活,祝况觉得自己的苍老都被加速了。被倪裳对比着,祝况曾经满头的乌发都以令人悲伤的速度消失殆尽,仿佛被下了咒语,只是为了更好地衬托出倪裳的历久弥新。

倪裳从上海回来,就做下了飞往温哥华的决定。那个男人已经移民过去了,在度过了将近二十年后,他终于成功地吸引了自己少年时代的女神。

做出离婚的决定,倪裳的态度却并不因此显得恶劣。老实讲,倪裳从来就不是一个态度恶劣的女人。即使做出伤天害理的事,倪裳的神态也是很无辜的那种样子,眼神里有些抱歉,又有些顽皮,一副任凭你发落的光棍劲儿,结果倒令祝况没有了火气。这种状况他们都习惯了,将近二十年的时光就是这么过来的,尽管生活里布满了激荡的暗流,但态度上却从来都是温文尔雅的。于是,尽管祝况心里面百感交集,但是依然很痛快地答应了倪裳的要求。祝况说:

"那就离吧,万一过得不如意,还可以回来的。"

倪裳听了他这话,眼圈红红地把头埋进他怀里。祝况也有一瞬间的感动。处在感动中的两个人渐渐地都有些激动,开始互相亲吻对方,不知不觉中,就把身体完全裸露了出来。他们站立着,手拉着手,脸上都浮起酒醉般的酡红,在傍晚昏暗的光线中看着对方。他们就在客厅的沙发上做了爱。事后,倪裳的一只手放在祝况已经隆起的肚子上,轻轻抖动,那些肉就跟着晃起来。然后,她又用手去撩拨祝况那一缕欲盖弥彰的长发,将它们拉直,缠绕在指头上。倪裳是在温柔地检阅着时光碾过这个男人身上后留下的痕迹。

那一刻,倪裳是一只忧伤的鸽子。祝况把头埋进她鸽子一样饱满的胸脯里,沉痛地想,自己已经变得丑陋的身体,只有在倪裳面前,才能毫无羞耻地暴露出来。因为她以爱情的名义见证了这具身体改变的整个过程,但是,从此以后,自己将再也没有勇气让其他女人过目了……

剩下的日子祝况帮着倪裳整理东西,还陪着她和朋友们一一告别。朋友们表现得也很镇定,仿佛祝况只是把一个女儿送到温哥华去。走的那天,祝况打算把倪裳送到机场,但是倪裳坚持自己走,她一下子就哭了,说:

"如果过不好,我可真的回来呢!"

祝况站在自家楼下的花坛前,目送着倪裳钻进出租车里绝尘而去,有一种养鸽人放飞信鸽后的滋味。那是一种品质高贵的鸽子,它飞越千山万水,也会在某个时刻神奇地归来。

祝况的情绪很低落。这很正常。他们杂志的刊号已经变相卖给了北京的一家文化公司,目前,他这个名义上的主编没有任何实质性的工作，所以他也无法借助工作来排遣坏情绪。下午的时候，祝况看了看表，推测倪裳已经在上海落地了——她和他将在那里会合，然后一同飞向温哥华——这个时候，那种混合着痛苦和屈辱的怨怼才清晰起来。

祝况从办公室走了出来，走出单位的大门，走进阳光里，来到了中心广场。

春天里的广场如此明媚，鸽子落满了一地，它们在春光下幅度不大地起起落落。旁边有卖鸽食的摊子，黄灿灿的玉米装在小袋子里面，一块钱一袋。祝况走到一个少年的摊位前，提出要买一袋鸽食。这个少年非常古怪，他面无表情地盯着祝况。祝况的心思不在这上面，放下一块钱，自己拿了一小袋玉米，离开了这个古怪的孩子。

祝况走出几步，开始一粒一粒聚精会神地将玉米抛向鸽子们。

杨如意已经注意祝况好几天了。时装店生意清淡，尤其在下午这段时间，更是门可罗雀——的确，此刻那些鸽子们就是神态自若地在门前来来回回地走着。

无聊中的杨如意只有去看店外的那些鸽子。她注意到这个中年男人，因为他喂鸽子喂得与众不同：一小包玉米，他一粒一粒地抛出去，能够喂一个下午。杨如意在心里猜测这个男人的身份。中专毕业后杨如意做的每份工作都是招呼人的事，餐厅迎宾、公司业务员、售货小姐，每一件都是和人打交道，这培养出了杨如意的眼光，所以她比较准确地判断出了祝况的身份。他是个搞文化的，杨如意在心里对自己说。这个判断的依据是祝况腿上的牛仔裤。因为在杨如意的经验里，她接触过的几个穿牛仔裤的中年男人，都是搞文化的。这个判断使得后来他们之间的接触变得轻而易举。在杨如意的经验里，一个搞文化的中年男人，相对来说，不那么危险。

所以，当祝况对杨如意发出邀请时，她很轻松地就响应了。

祝况笑了一下，对她招手道："来，和我一起喂鸽子。"

杨如意走过去，祝况分出一小把玉米给她。真的是怪事：那只顾盼自雄的灰鸽子在一瞬间变得前倨后恭，杨如意抛出的玉米被它接二连三地啄进嘴里，它啄得摇头摆尾，居然有种巴结的态度。

祝况有些诧异，看看身边的这个女孩子，不明白她哪来这么大的面子。

杨如意也很意外。之前她已经充分观察到了这只鸽子的傲慢，于是，现在就有些沾沾自喜。然后玉米就抛得有些忐忑，有些犹豫，举棋不定地弹跳着奔向那只鸽子。它们落下的不是地方，完全没有抵达那只鸽子觅食的范围，然而那只鸽子急匆匆地抢过去，依然把它们啄进了嘴里。

杨如意兴奋了，快乐来临得令人猝不及防。一种混合着自信的奇妙快感支配了杨如意的动作，她的手臂在空中划出漂亮的弧线，一粒粒玉米从指尖飞出，都有了随意挥洒的韵味。鸽子，那只壮硕的灰鸽子，以及其他的鸽子，突然扑棱棱地扇动着翅膀汇聚在他们的身边，毫无遗漏地捕捉着杨如意馈赠的食物。

快乐却是短暂的，手中在一瞬间就变得空空如也。于是，那种充满着仪式感的快乐，也随着玉米的消失而消失了。

鸽子们迅速散去。杨如意一下子感到了失落，有些懵懵的，回过神来时，看到身边的男人向她微笑着，把手中剩下的小半袋玉米递在她面前，像是赐予她快乐的源泉。杨如意却不敢再一次实践那种快乐了。她突然感到了害怕，怕那些鸽子不再会配合她的快乐——它们都是些被豢养出了脾气的家伙，对于食物的兴趣早已丧失了迫切。杨如意在心里肯定地告诉自己：鸽子们一定不会再给她面子了，那种快乐，空前绝后，只能够有一次。她甚至做出了一个决定：再也不喂鸽子了，以后都再也不喂了。

这一幕在祝况眼里并没有更多的意味，他只是有些好奇。把手中剩下的玉米都给出去后，祝况向这个女孩子又笑了笑，拍拍手走了。

杨如意咦了一声就往店里跑。她想起来自己把店门大开着是一件危险的事。但是危险还是发生了，进到店里，杨如意发现最前面那排衣架上的衣服不翼而飞。杨如意有些懊恼，其实她是知道的，广场上很乱，总有一帮小混混在伺机作案，令人防不胜防。

第二天下午祝况来到广场上就看到了杨如意。她站在一个小摊边,穿一件粉色的吊带衫,被春天的阳光很好地照耀着,依然像一枚毛茸茸的桃子。

祝况向她笑着点下头,然后照例去买鸽食。他发现眼前这个摊位的主人是一个面目生冷的少年。少年正在摘掉自己身上粘着的一根鸽子羽毛。他的目光冷冷的,甚至有股挑衅的味道。祝况愣了愣,随手放下两块钱,自己拿了两袋玉米,然后回身递一袋给身边的那个女孩子,他说:

"一起喂吧。"

杨如意不说话,笑一笑,摇头拒绝了。

祝况就自顾去喂他的鸽子了。抛出几粒玉米后,祝况一回头,看到那个女孩子跟在自己身后。祝况再次笑了笑,问她:

"你不看店吗,被偷了怎么办?"

"已经被偷了。"杨如意若无其事地说。

"哦?"

"昨天和你喂鸽子的时候被偷的,一共丢了五件衣服。"

"怎么会这样?"祝况怔住,有些吃惊。

杨如意回一句:"我没骗你的。"

"当然当然。"祝况眉头皱起来,"损失大吗?"

"两千多块钱吧。"

祝况又是一惊,他知道两千多块钱对这种打工的女孩子不是个小数目。

“那你怎么办,要赔吗?”

“当然要赔的,老板把我开除了,反正也赔不起。”

祝况向那家时装店看了一眼,果然,里面已经换成了另外一个女人。再次回过头来,祝况才仔细打量身边的杨如意。她大概二十岁刚刚出头的样子,身材匀称,五官也算秀丽,加上健康的肤色,可以说是个体貌不错的女孩子了。

“你叫什么名字?”

“杨如意。”

祝况沉吟了片刻,从怀里摸出自己的名片递给她:“要不,我给你再找一个工作的地方?”

杨如意看看祝况的名片,笑起来。

“你笑什么?”祝况问。

杨如意笑而不答,在心里面说:果然是个搞文化的。

杨如意把名片捏在手上说:“那现在就给我找吧,让我早一些摆脱失业的痛苦。”

祝况想一想,说:“也好。”

当他们结伴离开广场的时候,听到身后有个声音骂骂咧咧地唾出了一句奇怪的话:

“妈的,避孕药!”

杨如意回头看了一眼,春天的广场上人来人往,她找不出是谁发出了这样的一声。

一路上祝况问了杨如意几个问题,譬如多大了,兄弟姐妹几个，出来工作几年了。杨如意一一回答了，然后她向祝况问道：

“你太太是做什么的呢？”

祝况愣住，他想不到杨如意会问他这样的问题，一下子觉得有些难以回答。祝况想，倪裳是做什么的呢？其实他们结婚两年后倪裳就什么也不做了，从学校辞了职，对外就以诗人的名义自居。可是现在对杨如意回答自己的太太是位诗人，祝况又觉得不太妥当，转念一想，原来倪裳现在也不是自己的太太了，于是就对这个问题保持了沉默。祝况把头扭向一边，看着出租车外，仿佛没有听到杨如意的问题。

杨如意没有得到答案，也不再问下去。透过车里的后视镜，她看到自己和祝况被同时照在里面，年龄上的差距，令他们宛如一对父女。杨如意想起自己的一个小姐妹，就嫁给了一个比祝况还要老得多的老头。当时她还是鄙视这种选择的，那时她有一个男朋友，是上中专时的同学，曾经爱得一塌糊涂。此刻想起这件事，杨如意不禁有些恍惚，仿佛昨天那种短暂的快感又从身体里一闪而过。实际上那份快感一直就没有完全弥散，细碎地持续在她的身体里，以致她在面对失窃和失业这样严峻的状况时，都没有太大的紧张。

昨天，当鸽群的翅膀在眼前飞舞的那一瞬间，杨如意就顺应了某种偶然性，有种将要发生什么和获得什么的预感。于是，怀着一些隐秘的愿望，她今天依然站在了广场上。

出门时，母亲照例对杨如意唠叨，不过是嫌她打扮得花枝招展，母亲说：

“你又丢了工作！你把自己搞成一只花蝴蝶做什么？不积极向上，做一只花蝴蝶也没用！”

杨如意恼怒地把门摔上，然后，她对着已经关闭了的门说道：

“我今天就积极向上给你看！”

祝况决定把杨如意安排在丁岚那里。丁岚是他手下的女编辑。刊物卖了，编辑部的人都是闲养起来的，除了他这个主编，其他的人都在外面做起了生意。丁岚开了家藏族风格的酒吧，已经有了些规模，祝况想在她那里安排一个人应该不是问题。

到了丁岚那里，果然是没有一点问题。丁岚上上下下打量着杨如意，说：

“你祝老师带来的人，我能不要吗？”

现在祝况已经成了鸽子们的熟人。祝况的胳膊如果举起来，就会有鸽子盘旋而起，姿态优美地降落在上面；他把玉米在手心里亮出来，它们就谦逊地倚上来啄食，尖尖的喙啄在掌心上有种沉静的痛感，刹那间，祝况会因此充满了忧愁一样的温柔。

手机这时候响起来。

“祝老师你又在喂鸽子吧，我猜得到。”

是杨如意，她听丁岚叫祝况老师，于是就跟着这么叫。

“是啊。”祝况承认了，突然有些不好意思。祝况觉得自己这么日复一日地喂着鸽子，在这个女孩子眼里一定有些可笑。

“晚上我请你吃饭吧。”杨如意的确笑起来。

“请我？为什么呢？”

“感谢你帮我找到了工作啊。今天领到薪水了，当然要请你。”

祝况就答应了下来，然后回家换了件干净的T恤，因为身上的这件已经落满了鸽爪留下的灰迹。出门时祝况顺手带上了那一大盒的化妆品，是一个外地的朋友送的，人家还不知道倪裳已经飞到了温哥华，以为送这样的东西给祝况还能讨上好。

杨如意定下的地方居然是一家西餐厅。祝况进去看到她后感觉到有些诧异。她穿了件紫色的裙子，头发也绾在了脑后，年龄看上去一下子大了好几岁。而且餐厅里的光线也暗，血红血红的，这些都让她看起来不再像一枚被阳光很好地照耀着的毛茸茸的桃子。

把杨如意安排在丁岚那里后，祝况就没再见过她，只是打过电话去问问她工作得是否顺心。倒是杨如意频繁地有电话打给他，有时候一天会打三四次，说些闲话，很熟稔的样子。所以看到变了一种形象的杨如意，祝况感到有些茫然，心随着眼睛恍惚了一下。

杨如意看到他手里的那一大盒化妆品，脸上露出惊喜的表情，问：

“送我的？”

“嗯,送你的。”祝况坐下来,看桌上的菜单。

“是别人送给你太太的吧?”

杨如意眼睛闪烁了一下,调皮地笑。

“……嗯,对。”祝况吃了一惊。

其实杨如意已经知道了祝况的婚变。丁岚的酒吧是圈子里的朋友常去聚会的地方,许多祝况的朋友聚在一起,免不了总是要谈到倪裳和温哥华的,杨如意带着留意的耳朵,自然就听了个彻底。知道了这种情况,杨如意心里那些隐秘的愿望渐渐有了一些轮廓,被勾勒出来了。

杨如意要了红酒,她和祝况碰杯。这些都令祝况恍惚。其实杨如意的举止与形象应该是协调的,不协调的只是她现在展示出的老练,与祝况对她最初的印象迥异其趣。眼前的杨如意,是一个女人,不是一枚毛茸茸的桃子。

“我毕业后做过很多工作。”

半杯酒后,杨如意谈到了自己的经历,神态和语气都蒙上一层勉强的沧桑感。

祝况哦了一声。他有些好笑,想,一个二十多岁的女孩子,会有什么沧桑呢?

“最离谱的是给一家医药公司做营销,我居然要冒充医学硕士。”

“那你是学什么专业的呢?”

“机电一体化。”

祝况笑出了声，笑得自己都有些莫名其妙，这其实没那么有趣。

“你不要笑啊，在这个社会生存真的是好难，我遇到过什么样的人，什么样的事，你都想象不到的。”

杨如意咬着下嘴唇，补充说：“不要看你是搞文学的。”

祝况点点头表示认可她的话，突然问出一句：

“你父母是做什么的呢？”

这句话好像一把野蛮的刀子，一下子就腰斩了杨如意营造出的气氛。它出自一个长辈的口吻，相当于在问一个孩子：你今天乖不乖？杨如意眼睛里浮上一层迷蒙，那是霎时涌上的眼泪，她有种凌乱的委屈感。

“怎么了？”祝况体会不到这个女孩子微妙的内心。

“没什么。”杨如意把头转向一边，再回过头来时，脸上已经重新浮上了笑，“——噢，他们是普通工人。”

祝况觉得眼前的这个女孩子的确有些奇怪。他以为杨如意霎时涌起的泪光是由于“普通工人”，不理解这怎么会成为一种悲伤的理由。同时，她那份控制情绪和恢复表情的能力，也让祝况刮目相看。

“不说我了，说说你吧。嗯，祝老师？”

杨如意决定让祝况来倾诉，她认识到，只有让这个男人说起自己，他们之间才会形成一种平等的关系。

“我？”祝况笑着把双手在桌子上摊开，“我没你那么精彩，到目前为止,基本上只做过一份工作。”

“你——是一个从一而终的人。”

杨如意瞪起眼睛,嘴角也跟着微微翘上去,这就是撒娇了。也许,这才是一个女孩子最恰当的方式。

下面的状况就是以这种方式进行了。两个人都很愉快的样子,祝况甚至也和杨如意开了几个温和的玩笑。

离开餐厅的时候,杨如意很自然地用胳膊挽住了祝况。两个人的手臂挨在一起,一种紧绷绷的敦实的感觉从祝况的胳膊上蔓延开来。这种感觉不是来自杨如意的体形——实际上她很匀称,而且皮肤光滑——是来自那种年轻的生命力,类似于一只饱满的足球,一触之下,就会弹性十足地飞起来。

祝况把杨如意送进出租车后就匆忙地告别了。有一份骤然升起的对于倪裳的思念,令他不能自抑。

祝况打算一个人走一走。这时候有一个人从黑暗的街边和他擦肩而过。祝况觉得这个冷冷的少年似乎有些眼熟。

祝况再次见到杨如意是在丁岚的酒吧里。几个朋友轮番打电话过来,让他务必去聚一聚。朋友们是在关心他,认为他该是从倪裳和温哥华的阴影里走出来的时候了。祝况赶过去时,他们已经喝下去了不少啤酒,见到他,就有人嚷嚷道:

“叫卓玛来!叫卓玛来!”

那个卓玛被叫来了,却是穿着藏族服装的杨如意。在一派近乎起哄的笑声中，杨如意笑盈盈地过来坐在祝况的身边。酒吧里全部点着酥油灯，影影绰绰的灯光真的就把杨如意变成了一个卓玛，在飘忽的灯影下，她有着一种无辜的纯洁之美。

祝况也觉得很好玩，他只是不明白为什么自己一到，朋友们就热烈地把杨如意招呼过来。

开始喝酒。答应了朋友们的邀请，祝况就已经做好了一醉方休的准备。因为这种聚会一定是以这种方式告终，以前祝况为此还和倪裳不愉快过。他很少让倪裳不愉快，只有喝酒这件事。后来是不断隆起的肚子纠正了祝况——倪裳总是会在一些时刻恰如其分地提醒他体形的转变，“难看死了”，她会噘起嘴说，用手指捏起一块赘肉说。倪裳噘起的嘴，捏起一块赘肉的手指，最终令祝况断绝了啤酒，同时也减少了和朋友们聚会的次数。

但是，现在倪裳带着她的嘴和手指飞向了温哥华。

想起了倪裳，祝况的酒就喝得惨烈。今天他收到了一张倪裳寄自温哥华的明信片，倪裳在那张异国风景的背面，写下了调皮的话:现在我还好，不好了，就会飞回来。

此刻酒的甘醇混合着酥油微微的膻味，成为了祝况清洗忧伤的源泉。杨如意一直坐在他身边，不知不觉中，祝况的身子就斜倚在了她的怀里。她替他一杯一杯地倒酒，替他用打火机点烟，然后玩起来，让打火机点燃的火苗总是躲避着他的烟头，最后祝况用两只手捉牢了她的手，烟咬在嘴上凑过去，整个人于是就陷入了她的怀抱中。朋友们醉眼惺忪地看着他们,很欣慰,有人过来用一条洁白的哈达将他们缠绕起来。

其间祝况起来上卫生间,推门进去看到丁岚正对着镜子整理妆容。她喝得不多,自己开酒吧,当然不能失度。祝况想退出去,却被丁岚拉住。

“你告诉我,你和这个杨如意只是排遣一下,还是当真的?”丁岚很严肃的样子。

“怎么会当真呢?”祝况这个时候还没有完全醉过去,但是思维和语言都已经有些不赶趟了。其实他想表达的是,即使是排遣一下,他都没有具体地考虑过。

“不当真会送她那么贵的礼物?”丁岚不信他的话。

“……礼物?”

“SK-Ⅱ啊,很贵的。”

“是……啊?”祝况用一只手扶在墙上,“是别人送倪裳的,我觉得也没什么用了。”

“那就好,不当真就好,你不要小看了这个女孩子,她不简单的。”

丁岚松口气,又说:“她把你送她礼物的事跟很多人炫耀,搞得朋友们都把她当你的情人看。”

从卫生间出来,祝况有些愣怔,但是很快就被酒的甘醇和酥油微微的膻味重新带回了昏沉。在最后一点残存的清醒里,祝况用尽力气去抓紧自己心中那些对于爱情对于纯洁的最后忠诚。祝况动情地想，爱人已经离去，爱情与纯洁，以及一些高尚的约束，也让它们离去吗？

后来大家围着一架庞大的木质转经筒跳起舞来，手拉着手，脚步蹒跚地转着圈。又有其他的客人参与进来，于是拉起的圈子越来越大。无数圈后，就有人在辽阔的藏族音乐中纷纷倒下，拉着的手相互分离。但是祝况的一只手却始终被牢牢地攥着，因为那只手一直攥在杨如意的手里。

祝况就是这样一只手被杨如意攥着搀扶进了丁岚的办公室。丁岚的办公室里有床——酒吧是昼夜颠倒的地方，她有时候会在这里休息。丁岚目送着他们跌跌撞撞地进去，就转身去安排把其他的朋友们安全送回各自的家了。

杨如意不是第一次。

她曾经有过一个男朋友，是一个长得像金城武的男孩子。恋爱中，这个长相体面的男孩子做出过一些不是很体面的事，给她造成了伤害。年轻的爱情很容易就呈现出狼藉，从而改变了她对世界的一些态度。在一切都没有改变的时候，杨如意是不会把目光投射在祝况这类男人身上的，不是他们不好，是一个年轻女孩子的爱情，在本质上不会偏向这条路子，她们的爱情一开始总是颟顸的，裹在无知无畏的壳里，旺盛、鲜润、充满挫折。但是转变却发生了。现在杨如意祈望能够和祝况这类男人建立起关系，他们稳固，几乎已经是雷打不动地站稳了男人的脚跟，有一定的地位，是一种真正的体面。至于年龄，在这个社会，还会是问题吗？比如祝况的太太，不是就飞向了比自己小许多的温哥华男人吗？

祝况醒来时窗外已经露出了晨曦。当他看到身边的杨如意时，第一个动作就是迅速地将毯子拉好，把自己向两边坍塌下去的肚皮盖严，然后，用手去整理自己那缕薄薄的长发。

杨如意是醒着的。她把身子贴过来，一条圆润并且沉重的腿，亲昵地搭在祝况的胯上。那种紧绷绷的墩实的感觉在祝况的身体里又一次蔓延开来。祝况感觉自己是如此浑浊，体温都是那种不清洁的温热。而身边的这个女孩子，她的肌肤是凉爽的，丝绸一样的干净，在晨曦中闪烁着健康的光泽。

“……对不起。”祝况像是在喃喃自语。这句话当然是可笑的。

杨如意温柔地俯视着他，用手去轻抚他头顶的那缕薄发，拨弄它们，然后去吻祝况的秃顶。

这样的动作有力地加重了祝况的脆弱。他慢慢地去正视眼睛上方的这个女孩子，心中涌起巨大的悲伤。他艰难地克制住自己将头埋进她胸中的渴望，重新移开了目光。但是那山丘一般的双乳居高临下地垂悬在他的头顶，时刻会覆盖下来将他彻底地埋葬。

“我……不能给你什么承诺。”

“……为什么?”

“我只是喝醉了酒……”

“你……是说你不知道自己在做什么吗?”

杨如意错愕了。她认为这是一个不体面的借口,是这种情景下千篇一律的一个托词。以前那个长得像金城武的男孩子就有过类似的表演,卑劣、庸俗、很伤人心。这样的话不应该从祝老师的嘴里说出来,祝况即使要摆脱她,也应该说出其他令人耳目一新的理由。沉默了片刻后,杨如意执拗地说:

“可是,你送我礼物,你主动对我说:‘来,和我一起喂鸽子’!”

祝况看着窗外逐渐亮起来的天色,想起倪裳走之前的最后一个夜晚,她也是这样俯在自己的上方,自己的脸埋在她饱满的双乳间,呜咽着问:

“你走了,我该怎么办?”

那时候倪裳仁慈地拥紧他,像逗孩子一样地逗他开心。

倪裳说:“你可以去广场喂鸽子啊。”

祝况陷在回忆里,他心无所属的样子令杨如意愤怒。她毕竟还年轻,在重要的时刻,难以把握自己的情绪。

“我在问你,为什么?”诘问的同时,杨如意陡然掀开了他们身上的毯子。

祝况温热的身体袒露在灰白的晨光中,肚皮像一面瘪下去的鼓,松弛地摊开着,头顶的那缕薄发被掀起的风吹上了眼帘。

透过那缕薄发，祝况依稀看到窗外有一只仪态万方的鸽子，扑棱着翅膀降落在了窗台上。

祝况在一瞬间模糊了双眼。他颓然地说：

“因为，我在等待那只放飞的鸽子回家。”

二

在这个春天，时装店里的那个女人是少年眼里唯一的春色。这家时装店的生意并不怎么好，少年经常可以看到那个女人无聊地站在店门外。有时候她抓着一把瓜子在嗑，瓜子皮被她吐向空中，超出了正常的范围，显然她是在做着一种游戏了；有时候她什么也不做，就那么傻站着，看广场上形形色色的人，看着看着，会不由自主地咧着嘴笑。少年觉得这个女人是整个广场最美的风景——她一点也不矫揉造作，不像那些游客，都像是在表演。她有时候也会来他的小摊买东西，一包口香糖，或者一瓶矿泉水什么的。这个时候，少年就会一阵慌乱。他垂着头，不敢正视她那几乎要塞进他眼睛里的胸部。直到她已经转身离去，少年依然无力抬起自己的头。在少年的眼里，她太饱满了，只有拉开一定的距离，自己的眼球才能盛得下。只有在那种合适的距离下，少年才能松弛地遥望。时装店前经常会落满鸽子，少年遥望过去，觉得这个女人渐渐地也形似一只矫健的鸽子了——“她们”都是那么鼓鼓囊囊的！少年对于自己的想象感到满意的时候，会笑着骂一句：

“妈的，避孕药！”

这句话是这个春天少年内心一切情感的最高表达，囊括了他所有的愤怒和喜悦之情。

那天，少年亲眼看见了几个混混溜进时装店里，明目张胆地抱起一堆衣服跑掉了。他有一瞬间的冲动，从摊位上抓起了一把刀子——精美锋利的刀子是兰城的地方特产，兰城街上许多小摊都躺着它们华丽的身子——但是，少年在那一天最终没有冲过去拦截那几个蟊贼。因为他看到那个女人正在抛洒着金黄的玉米。鸽子在她的身边起舞。她的动作优美到了夸张的地步，在少年眼里，宛如舞台上虚假的表演。她是在表演给身边那个穿牛仔裤的家伙看的。这真恶心！少年啐了一口：

“妈的，避孕药！”

然后，他以一种幸灾乐祸的态度看着那几个蟊贼逃之夭夭了。

当那个女人跑回店里时，少年的心情却沉重下来。女人对着空空如也的货架发呆的样子，让少年一阵心酸，觉得她受到的惩罚有些太严厉了。她又出来了，站在店门外左顾右盼，嘴半张着，似乎想在阳光中看到她失窃的物品从天而降。少年深沉地呼吸着，将手里的刀子紧紧攥住。他后悔了，为刚刚没有拔刀向前而懊恼。后来，时装店的老板来了。少年看到他们争吵一番后，那个女人雄赳赳气昂昂地阔步离开了。她那副骄傲的样子，让少年有些糊涂，开始胡乱猜度她在时装店里的角色。

第二天，时装店里换上了另外的一个女人。少年这才意识到，广场上那道最美的风景已经被解雇了。少年感到心如刀割。

但是下午的时候，女人又像只花蝴蝶一样地翩然而至。她没有再走进时装店，她站在少年的摊位前，要命地压迫着少年的神经。她似乎在等人，既显得悠然自得，又显得焦虑不安。有一刻，她抬手撩自己的头发，腋下青青的一片让身后的少年一阵天旋地转。

她等的人终于来了。果然是那个被牛仔裤包紧屁股的中年人。他们说了些什么少年一概没有听清楚，尽管近在咫尺，但是少年陷入在一种失聪般的境地里。他觉得世界仿佛与自己无限隔膜。少年的眼睛里飞舞着鸽子的羽毛，嘴里有股酸涩的滋味。直到他们结伴而去时，少年才吞下了一口酸水，脱口而出：

“妈的，避孕药！”

从此，女人在广场上消失了。这个春天在少年眼里于是就变得一无是处了，很荒芜。

中年人倒是每天依然来到广场上，按部就班地用一小袋玉米去哄骗鸽子们，并且恬不知耻地一哄就是一个下午。少年觉得这个家伙悠闲得简直令人发指了。少年想，自己这样一个本应坐在学校里读书的人都要辛劳地操持小买卖，他凭什么可以这样不务正业？少年对这个家伙厌恶透了。他甚至将这个中年人与广场鸽的现实联系在了一起。他想，这样的家伙，就像那些大腹便便的雄鸽，正是因为它们的存在，有多少雏鸽被人为地闷死在了蛋壳里，它们挤占了生存的空间，毫无节制地繁殖，只有避孕药才能够遏制住它们肮脏的态势。

有一次，中年人接了一个电话后匆匆离去了，就是这一次，少年跟踪了他。少年把自己的摊子委托给别人，死死地盯着这个家伙。中年人先去了一座小区，可能是他的家吧，出来后，已经换上了一件新的T恤，手里还拎着一盒精美的礼品。少年觉得他真的是油头粉面。

最终，跟着这个家伙，少年如愿以偿地看到了那个女人。这似乎是在少年的意料之中，同时也正是他此次跟踪所要达到的目的。起初，少年甚至不太能认出那个女人了。她变了！少年在心里说，她变了！可是具体哪里变了，少年却总结不出来。少年只有在心里响亮地抱怨：

“妈的，避孕药！”

他们坐在一家西餐厅里，透过临街的茶色玻璃窗，刀叉和器皿都有一层血红的颜色。他们喝的那种酒，更是红到发黑的地步了。她时而在笑，时而眼睛里又蒙上了泪光。其间中年人离开了片刻，也许是去撒尿，少年看到她一个人坐在那里，手指轻轻地点击着桌面，脸上是种若有所思的自得表情。后来他们从餐厅里相挽着出来时，少年更换了自己的跟踪目标，他紧跟其后，也打了辆车，尾随那个女人而去。

少年落实了那个女人的住处。令少年高兴的是，女人的家和他的家居然那么相似——它们都坐落在那种工厂家属区风格的楼群里，同样的破败，同样的陈旧，甚至，连那种在春天里发出的二十世纪的气味都那么一致。

从这天起，少年基本摸清了那个女人的行踪。通过几次有计划的尾随，少年知道了女人如今工作的地点，那是一家藏族风格的酒吧，怪模怪样的门面让少年非常憎恨。女人的作息规律也被少年掌握了。她工作的时间是在夜里，这恰好和少年的买卖不相冲突。少年白天依然在广场上经营自己的小摊，到了夜里，他便准时地来到那家藏族酒吧的门前。

少年坐在黑夜里，他通常会买一瓶啤酒，很有耐心地喝着，隔着一条马路，看着一些人在对面那扇光怪陆离的大门里进进出出。

少年坐在黑夜里，直到她下班后，从那扇门里出来，坐进出租车里扬长而去。这时候已经是深夜了。少年拍拍屁股站起来，有时候吹着口哨回家，有时候把脚下的空啤酒瓶一脚踢飞，来一句：

“妈的，避孕药！”

在这个春天，这一切成了少年的寄托。好像有谁给他布置出了一项任务，那就是，他是在奉命监护着那个女人。既然是监护，少年在每天夜里都怀揣着一把刀子。

可是，那天夜里，女人没有如期走出酒吧。

少年坚守在自己的岗位上。之前他看到那个中年男人走进了酒吧，意识到今夜可能会有些非同寻常。春天的夜晚还是有些冷，后来少年缩着身子睡了过去。是一阵风把少年刮醒的，他打了个激灵，睁开眼睛就看到有个女人从自己的身边跑了过去。这时候已经是晨曦初升的时刻了。少年迷惘地呆愣了一会儿。他先是回忆出了自己此刻坐在路边的原因，接着，他张望那个已经跑出去十多米的背影，发现原来是那个女人。女人的屁股在跑动中摇摆，显得非常有力，看得少年目瞪口呆。少年依然不是很清醒。他站起来，舒展自己酸痛的筋骨。他一连挺了三下腰。接着，他原地蹦了几下，并且大口地呼吸着清晨的空气。当做完这些动作后，少年的目光落在了酒吧那扇洞开的大门上，它在晨曦中大张着嘴，好像也在贪婪地呼吸着清晨的空气。少年把自己的脖子扭了扭，听到脖梗发出骨头粉碎般的咔吧声。然后，他迈步走向了那扇门。

三

杨如意回家后就蒙头大睡了。

清晨她从祝况的身边跑开，其实是一种刻意的姿态，她想让自己显得悲伤些，像一个受到伤害后的女孩子那样凄楚。她慌乱地穿衣服，系胸罩时努力了半天都无法系好；裙子的拉链也成了障碍，居然卡住了，不能完全拉到头。一切都那么凌乱和悲苦。当她跑出酒吧时，心里真的被自己弄出了一些绝望的情绪。

然而回到家后，她一下子就松懈了，好像经历了一场艰辛的表演，身心都疲惫不堪。

两个小时后母亲将她从梦中吵醒了。她正要发火，却看到了母亲身边的警察。

杨如意被带到了公安局。尽管警察觉得已经把事情对她说得很清楚了，但她还是一副懵懂的样子。本来应该是人家问，她来答，可是现在搞反了，变成警察不断地向她解释。后来警察不耐烦了，啪地一下摔给她一张照片，使劲指着上面说：

"你自己看！"

杨如意定神看过去，即使没有立刻领会这张照片的精神，也依然尖叫了一声。

照片上那个谢顶的中年男人张着嘴，里面涌出固体一般的深色泡沫。他显然是死了，因为他的脖子上插着一把刀子。其实，杨如意的注意力并没有完全放在照片的主题上，恐惧感自发地将她的注意力转移了。此刻，吸引着她目光的是照片中一个微不足道的细节。她麻木地看到，在这张照片中，有一根灰白色的东西焦距模糊地飘浮在镜头里。当她全神贯注地去凝视时，她发现，那原来是一根鸽子的羽毛。不知道为什么，当她认出这根羽毛后，心里比认出一具尸体更加惊心动魄。她想要失声惊叫，但发出的却是一声凄厉的哭泣。

光明面

众人合力将华尔街铜牛抬上了楼，重重地搁在房间正中的那块地毯上。没谁给他们指派一块地方，但他们却目标明确似的一口气将铜牛抬到了这个位置；然后仿佛听到了统一的号令，集体撂了挑子。至于为什么放在了这儿，是否因了某种心照不宣的默契，那就不得而知了。倒是那一小块地毯，仿佛预先给铜牛准备好的，大小正合适，就像照着铜牛底座的尺寸裁好的一样。他们都有些气喘吁吁。这尊铜牛实在太重了，很能够压得住阵脚的派头，落地后依旧气势不凡，在房间的正中向四周辐射着令人不安的动势。

他们搓着手，彼此面面相觑一番，不约而同将目光投向了自己的头儿。

作为头儿的他缩在房间的角落，屁股下的沙发像一团膨胀的发面。铜牛的脑袋端端正正地冲着他——他们是故意的吗？他闭上眼睛，拒绝去看那对耀武扬威的牛角。

众人络绎离去，脚步在楼梯上发出空洞、杂沓的声响。他没什么可跟他们说的了，他们跟他也没什么可说的了。此前，他已经用账面上的最后一笔钱给他们发放了遣散费。树倒猢狲散的时候，他们还能费力将铜牛抬上楼来，也算是仁至义尽了。这栋别墅是租来的，如今，房东收回了别墅的一层，本来放在门厅的铜牛只好暂且挪个地方。他陷身在面团般的沙发里，内心残存的那些动荡的情绪也随着众人的离去消散了。

他觉得自己变成了一具空壳，却徒有重量，不出意外的话，最终将会平静地被身下的沙发吞噬、吸收掉。那么他就将化身为沙发的一部分了——也不知道变身后将迎接怎样一个屁股的落座？这个想法如此搞笑，他听到笑声在自己空荡荡的胸腔里蹦跳了几下。

张开眼睛，首先看到的就是那对昂扬的牛角。牛角虚张声势地凌空支棱着。他几乎听到了牛蹄奔腾而来的轰响，也几乎已经预见了自己连同沙发一起被掀翻在地的前景。要想阻止这一切发生，唯一的办法就是——移开目光，回避正视迎面而来的威胁。

他将目光低垂。阳光铺洒在木地板上，将地面分割成了光明与阴暗的两块区域。这两块区域的交界线恰好顶在他的脚尖。他下意识地将脚尖向前挪动了一下，试图踩进光明面里去。令人震惊的是，那道交界线随着他脚尖的挪动，竟然分毫不差地向后缩移了一寸。岛上的天气瞬息万变，但他却从未捕捉到过光阴的更迭。这一瞬不禁令他目眩神迷。当他的脚尖小心翼翼地再次跟进后，奇迹也连番上演。地板上的光明收缩着，眼见是被他一步一步地逼退了。他索性伸直了腿，将坐姿变成了半躺着的样子。他看到自己的膝盖以下终于伸进了光明面里。

天空正有乌云飞渡。云团疾驰而过，遮蔽了阳光。那道分割线从他的小腿上寸移而下，就像落潮的海水一般。他知道，自己正在势不可挡地重新回到阴暗面里去。仅仅这个想法本身，就已经足够令人悲伤。阴暗面不是黑色，是那种女人们撞伤后皮肤上呈现出的有些发蓝的瘀青色。他再次闭上眼睛。他不愿看到自己被沙发吞没的同时也被瘀青色的阴暗吞没。

手机铃声响起。他摸索着接听，眼睛依然紧闭着。打来电话的人是他最好的一位朋友。他们曾经是合伙人，在事业的鼎盛时期，这位朋友却主动退出了合作。现在看来，这位朋友的选择何其英明，否则，此刻坐在失败阴影里的，就将是两个人了。

“你怎么样？”朋友问他，“本来想和你一起吃晚饭，但这鬼天气阴晴不定的，街上的交通也完全瘫痪了，我想不如改天吧。”

他沉默不语。有什么好说的呢？既然他此刻正在逐渐变成一张沙发——还是一张旧沙发。他有自知之明。

朋友在电话那端静静等待着他的回音，半晌后，才继续说道：“当然，天气不是问题，我听你的，如果想一起坐坐，我没问题——我只是担心，你现在可能更希望一个人安静地待着。”

他沉闷地“嗯”了一声。

“你真的没事儿吧？”朋友不放心地问。

他不置可否。此刻即便是应酬性地说一句“我没事”,对他而言都是勉为其难的。但他还是开口了,“没事,我正在变成一张沙发……”他说。

“沙发?”他的朋友惊讶极了。

他嘿嘿笑了几声,为自己不期而至的幽默感到骄傲。

“我们还是见一面吧,我晚些时候去找你。”他的朋友说,“你不要乱跑,等我的电话。”

“别来了,”他拒绝道,“街上这么乱。”

朋友叹了口气,似乎是在谨慎地措辞。

许久,他的朋友说道:“嗨,你要重拾生活的勇气!”

“可我正在变成沙发——”对方已经挂断了电话,他仍兀自对着手机说道。

有了这番对话,他觉得好受了一些。他半躺着,腰部担在沙发的边缘,幻想着自己的上半身已经融入了沙发里:生命体征发生着裂变,一切都在争先恐后地异化,血管里的血液流得慢了,肌肉正在纤维化,变成了海绵,骨骼与内脏在逐一变成弹簧……

他闭着眼睛,手指随意地翻动着手机。他想继续随便和什么人说说话,这种愿望有种遗言般的性质。当手机里响起母亲的声音时,他一点也不觉得诧异,就像这并不是他随机拨通的号码,而是出自一个精确的谋划。

“事情都处理完了吗?”他的母亲轻声问道。

“已经清空了。”他回答。

“清空了?”母亲感到困惑。

他却不想解释什么了。他觉得“清空了”已经将所有的事情都说明白了。

“噢,铜牛也搬上楼了。”但他觉得还是应该和母亲说些具体的事儿。

“铜牛?”母亲问。

“您见过,原来放在一层门厅的,现在不得不给人家腾出地方来。”他感到自己说了一句非常冗长的话,乃至有些上气不接下气。

“儿子——”他的母亲呼唤道,“没什么了不起,失败了还可以重来。”

“可这次我没法重来了。”他任性地说。

“怎么会?妈妈这辈子失败过无数次……”他的母亲急切地说。

“但您从来没有变成过一张沙发!”他大声打断了母亲的话。

“你瞎说些什么?”母亲的声音也大起来,“你要重新燃起生活的勇气!”

他摁断了手机。激烈起来的情绪让他的手指有些颤抖。朋友和母亲都在对他发出着同样的呼吁,只不过一个让他“重拾”,一个让他“重新燃起”,而“重拾”与“重新燃起”的对象,都是那个“勇气”。他觉得这听起来滑稽极了,尤其是他的母亲,像是怂恿他去纵火。他们都忽略了更加本质的问题——是什么让他丧失了那个宝贵的“勇气”？这当然不仅仅是因为生意的破产，否则他不会如此颓丧和深感耻辱。是另外更加严峻的逼迫将他驱赶到了幻灭的死角。而这种严峻的逼迫，却是他这个岛民难以启齿的。他没有“勇气”说出这块巴掌大的独断之地施加于他的晦暗的爱与耻，连去认真思索一下都做不到。

手机铃声接踵而至，他认为是母亲回拨过来的，便任由铃声不绝于耳地响着，直到他被对方的耐心所打败。

“我不想说什么了，现在我一点说话的力气都没有。”他闭着眼睛说道。

“不要这样，你要重新拾起生活的勇气！”电话里响起的却不是母亲的声音。

他费力地想了想，才恍悟到这是一个越洋电话，电话那头是自己的前妻。

“你的事情我都听说了，你不要这样灰心丧气。”他的前妻小心翼翼地说。越洋电话让她的声音听起来有些空洞。

“好吧，正如你所料，”他无力地说，“我还是失败了……”

“你要相信，这并不是我想看到的。”他的前妻恳切地说，“我从内心里是希望看到你成功的……”

“那么对不起，就像从前一样，我又一次令你失望了。”他回答得也很恳切。

“不要说这种话，现在不是赌气的时候。说实话，我很担心你……”他的前妻声音有些哽咽。

“你担心我什么呢?”他问。

他的前妻深情地说:“我了解你的。我知道这次失败对你意味着什么。我怕你会崩溃。”

他感到自己空荡荡的胸腔受到了沉重的一击。他很想冲动地回答他的前妻——不会,我不会崩溃。但是,当他张开眼睛,看到自己此刻已经完全被阴影所覆盖,立刻领受了“崩溃”的全部滋味。

他呻吟了一声说:“是的,这次你猜对了。”

“请你真的不要这样!这个时候,你千万别再上街。要不,你出去躲一躲——”他的前妻试探着说。

“去哪里躲?四周全是海水。”他努力想开个玩笑,但恐惧却不由分说地占了上风。

他的前妻说道:“世界这么大,我不是已经成功移民了吗?……”

不等对方继续说下去,他果断地终止了通话。他宁可认定自己现在是无路可逃的,宁可认定“四周全是海水”,就是作为一个岛民的宿命。入夏以来,岛上发生了严重的骚乱,岛民们为着他们并不知道是否需要的东西行动了起来。愤怒如同瘟疫在岛上蔓延。很多店铺被洗劫,很多人倒在了广场上。他不可避免地卷入了剧烈的动荡。他所经营的公司,本来生意已经每况愈下,又被时局所冲击,终于彻底破产了。

街上现在是什么状况呢？他忧心忡忡地想。房间里昏暗下来，弥漫着湿漉漉的瘀青色。

他的眼睛望出去。越过正对着自己的牛头，他看到窗外正有细雨落下。那面窗子悬在牛头的上方，从他所在的位置望去，就像是被牛角挑起来的一样。雨水打在窗玻璃上，漫漶的景致又像是一口鱼缸被那尊铜牛顶在了头上。

往下好一阵子，他都呆呆地眺望着这面雨水纵横的窗子。最后，在他眼里，眼前的景象既不是窗子也不是什么鱼缸了，那只是“存在”本身。所有的意义都被抽空，他也不再能够意识到自己是在“眺望”。

有人上楼来了，缓慢的脚步踏在楼梯上，听上去沉重极了。

来人是他公司里的出纳。老人从他创业那天起就跟随着他。骚乱发生的这些日子，老出纳一直没有出现过，他也无暇联系对方。但他始终记得，他给老出纳是准备了一笔钱的。当然，这笔钱杯水车薪，实在不足以报偿老人多年来对他的忠诚。

老人佝偻着身子，被雨淋湿的白衬衫显露出里面贴身背心的轮廓。他吃惊地看到，老人的额头上有一团刺眼的血污。白发黏在血渍里，也被染成了红色。老人站在楼梯口，用手帕捂着伤口，迷惑地望着房间正中的铜牛。他想要跟老人打声招呼，却发现喉头被什么东西哽住了，有种木质化的感觉。这时候，他才觉察，老出纳对他的存在熟视无睹，目光压根没有看向他。他忐忑地想，莫非自己真的已经变成了角落里的一张沙发？

老出纳茫然地走到那尊铜牛旁边，伸手谨小慎微地摩挲着牛背，像是抚摸着一件易碎品。过了良久，老人从裤子口袋摸出了一串钥匙，内心似乎经历了一番斗争后，终于选择将这串钥匙挂在了铜牛的牛角上。这让铜牛一下子改变了气质，变成了那种温顺的、带着耳标的奶牛。他知道，这串钥匙是公司的。接着，老人缓步向他所在的角落走来。他想起身迎接，但双腿根本使不上力气，不过是令整张沙发跟着摇晃了一下。老出纳一言不发，紧挨着他坐下。他放在沙发上的一只手来不及移开，被压在了老人的屁股下。他想要将这只手抽出来，却又怕惊动了老人似的选择了纹丝不动。正当他再次怀疑自己是否真的变成了沙发时，老人喃喃自语地开了口。

“军队已经出动了，还有坦克。”老人说，“事态已经完全恶化了。”

他发出了一声近似嗯的声音。

“想开些，”老人像是在自我宽慰，目光空洞，如同望向某片想象中的海岸线，“人这一生有时候就是一个不断破产的过程。”

他觉得这句话说得对极了，但他却消极地放弃了应和的企图。

老出纳沉默了，将脸深深地埋在双手间，湿淋淋的头发滴着水，像刚刚被打捞上岸的落水者。过了一会儿，老人抽泣起来。

窗外的雨下得更大了。

“好了,”老人深深地吸了口气,说道,“你还年轻。你要重新拾起生活的勇气。”

他感到自己的肩膀被人拍了拍。这让他从“已经变为沙发”的幻觉中清醒过来。他张了张嘴,但还是哑口无言。

老出纳起身离去,蹒跚着走到楼梯口。

他急切地冲着老人的背影说道:“我给您准备了一笔钱!”

老人却置若罔闻,一步一步从他的眼前消失了。

有人按响门铃时,他正站在窗前注视着雨水迷蒙的世界。他已经可以起来走动几步了,不再为“变成了沙发”而困扰。外面的砾石路上不时有人冒雨跑过。远处的海面上,史前动物一般的鹈鹕在空中低低地盘旋。海水黑黢黢的,被雨打出白色的泡沫。空气里有股海草的腥味。隐隐有零星的枪声传来。

他走到楼梯口的应答器前,看到屏幕里站着一个打伞的女孩。女孩瞪着一双杏仁样的眼睛,眼白似雪,直直地对着头顶的摄像头,有股眼巴巴的倔强。这是一副典型的岛民的神情。他并不想被陌生人打扰,无奈女孩非常执着,不断地按响着门铃。最终他还是打开了对话器。

“有人吗?”女孩直冲冲地问道。

“你找谁?”他回答。

“我是来应聘的。”女孩对着摄像头眨了眨眼睛,手中的雨伞旋转了一下,几滴雨水甩在了摄像头上面。

“应聘?对不起,这里不招人了。”他冷淡地说。

“哦?”女孩恼火地皱了皱眉,“能先让我进去吗?雨这么大!”

他觉得这个理由挺充分的,无可无不可地按下了按键。

女孩进门前有一个摇摆的动作,像是打了个激灵,也像是小动物在抖落一身的雨水。他站在楼梯口,看着她收了雨伞,左顾右盼地在楼下张望着。女孩抬头看到他,好像见到亲人一般如释重负地展开了笑脸,露出的牙齿白得发亮。并不需要受到邀请,女孩一蹦三跳地跑上了楼。

这是个十分矮小的女孩,她手里拎着的雨伞几乎就有她的一半高。女孩穿着粗蓝布工装裤和白衬衫,最大的特点看起来是额头前厚墩墩的齐刘海——一望而知,显然不是精心修剪出的,是那种蛮横粗鲁的一剪子下去的结果。她像是扣了顶钢盔。

“怎么,公司今天不上班吗?”女孩四处打量着。

“清空了”的房间有股家徒四壁的味儿。女孩雨伞上的水流到了地板上,很快形成了一片水迹。他似是而非地哼了一声。

“负责人在吗?”女孩偏着头问他,脑袋上的钢盔歪向一边。

“不在。”他说。

“哦,那你是——?”女孩有股追问到底的精神。

“我是谁不重要。”他迟疑了一下,含混地说道,“这里现在不招人了。”

“不招人了?”女孩不满地撇了撇嘴,“但报纸上明明有你们的招聘广告嘛。”

“你可能看到的是一张旧报纸。”他呆板地说。

“旧报纸?”女孩不以为然地嘟囔着,开始翻看自己的背包。

这时他才发现女孩是背着一只包的。不过这只有着白色塑料肩带的包的确太小了,如果不是被她动作很大地翻弄,他几乎注意不到。女孩从包里翻出一张叠得皱巴巴的报纸,展开,来回看着。

“一个月前的报纸,不算旧嘛!”女孩做出了自己的结论。

“可这是天翻地覆的一个月!”他激动地指出,继而脱口说道,“总之一切都变了!”说完他感到有些惊讶,想不明白自己为什么生出了说话的愿望。

“你是说一切都变了吗?”女孩挥舞着报纸说道,“我看并不是这样!”

“你看?”他吃惊地盯着女孩。

“至少我没变,没工作,没钱,每天早上都是被饿醒的——世界对我就是他妈的一成不变。”女孩爆了粗口,语气却并不激烈。

“那真不巧,”他摊开手说,“你没变,但世界却变了。”

“不可以!”女孩断然说道,“我没变,世界凭什么变?告诉你,我横穿了半个岛来应聘,怎么能被你一句‘世界变了’就打发掉?!”

他被女孩蛮横的逻辑逗笑了,心不在焉地问:“真的吗?”

“什么?”女孩说。

“——真的是横穿了半个岛吗?”他问。

“可不是! 简直是冒着枪林弹雨!”女孩说。

“街上已经这么糟糕了?”他自言自语道,不禁有些同情这个女孩。

“让我看,也不算太糟糕。地球照样在转,雨照样在下,照样有人在饿着肚子找工作。”女孩歪过头去张望其他的房间,“怎么,这里就你一个人?”

他点点头。

“那我用不着跟你啰唆了,你又不是负责人。”女孩不屑地说。她抖了抖手中的雨伞,看样子是要走了。

但他此刻却希望这个女孩能多待一会儿。她勾起了他谈话的兴趣。重要的是,她也许能给他带来什么新的消息。

“跟我说说,外面现在什么情况?”他问。

“什么情况? 下雨呗!”女孩说着已经开始转身。

“你想应聘什么岗位?”他连忙问道,这么做纯粹是为了能多挽留她一会儿。

“无所谓,我什么都能干,做清洁工都没问题。”女孩看上去有些不耐烦了。

“这样啊——”他的语气有些迟缓。

女孩狐疑地看着他,问道:“你什么意思?”

“我不大相信你能做好清洁工。”他浮出了一个勉勉强强的微笑。

“你说了算吗?”女孩的声音尖利起来。

“什么?”他不解。

“我做不做得成清洁工这个事——”女孩莽撞地问,“——你说了算吗?”她将胯前的背包甩到了身后。

他想了想,模棱两可地回答:“这个我说了倒是可以算的。”

“OK!”女孩打了个手势。

她又四下张望了一圈,将手中的雨伞靠在了楼梯口的墙壁上。

他漠然地观望着。直到女孩将衬衫下摆在腰间打了个结,挽起了袖子,他才隐约明白过来——这个女孩怕是要给他表演一番做清洁工的能力。果然,女孩扭身走开,四处梭巡一圈,很快摸清了房间的结构;她准确地找到了卫生间,从里面拎出了一把拖布。她先将自己穿着网球鞋的脚在拖布上蹭了蹭干净,看上去的确蛮在行的。

他退回到角落,两手握在一起,再一次跌坐在沙发里,怀着一份伤感之情看着女孩煞有介事地奋力表演。

女孩的个头太小,拖布杆的长度将她比照得宛如一个儿童。但她却干得虎虎有生气,熟门熟路地来回穿梭,一会儿消失在某扇门的里面,一会儿又充满斗志地现出身来。好在楼上的房间有限,用不了多久,她的工作范围就局限在他的视野里了。当女孩的拖布行进到他的脚下时,他不由自主地抬起了腿。即使再伤感，面对一个努力劳动的女孩，他也觉得自己有义务做出配合。

“外面有很多当兵的。”女孩埋头苦干，不期然闷声说了一句。

“当兵的——”他举着双腿，怔怔地重复。

“靴子、盾牌什么的。这是有点儿吓人。有人被打伤了，也可能死了。当然，也有人冲当兵的扔石头。”女孩说。

他深深地吸了口气。对他而言，相对“有点儿吓人”的这些，更加现实的威胁，恐怕是随时会不期而至的债主们。

“可日子不还得继续？下雨要被淋湿！要拖地！要挣饭吃！”女孩说得像唱歌一样。

“是啊。”他由衷地喟叹。

“要是我说我已经两天没怎么吃东西了，你信吗？”说着女孩停止了劳动，抱着拖布杆看着他。

他摇摇头，但并不是“不信”的意思。他正在想隔壁房间的冰箱里可能会有一罐白鲸鱼子酱。女孩揉揉鼻子，用一种概括性的口气说道：“你是个没有同情心的人。”

这次他点了点头，但也不是完全认可的意思。

女孩不再搭理他，返回卫生间。一阵冲洗声响起，出来的时候，她手里换上了抹布。可能是手上的倒刺被水灼痛了，女孩用牙齿啃着指尖。他突然感到了饥饿。从早晨起他就没吃过东西。大约那尊铜牛实在太抢眼，女孩的擦拭首先从铜牛开始。她一边擦，一边吹起了口哨。他听出来了，女孩吹的是披头士的一首歌,《你得藏起你的爱》。她吹走调了。他听过人唱歌走调,吹口哨走调的却没听到过。

铜牛的高度几乎和女孩相同,当她举起胳膊擦拭牛背的时候,系在腰间的衬衫被扯起,一圈肤色黝黑、瓷盘一样光滑的腰身显露出来。这当中她还会不时耸动一下肩背,或者干脆用另一只手拽拽肩头。从背后观察着的他,敏锐地看出了女孩的这番动作是在做什么。就像戴眼镜的人不时会推一下鼻梁上的镜框,女孩这是在调整自己胸罩的肩带。这个判断一旦成立,他立刻被一股汹涌的、如同饥饿感一样的欲望所唤醒。不,那并不是性欲。他只是为某种久违了的、富有意志力的情绪而感到振作。这种情绪激活了他跟正在摧毁他的那种力量相抗衡的古老而神秘的本能。

女孩擦到牛头时,随手摘下了牛角上挂着的钥匙。她掂量了一下,弯腰将钥匙放在了地板上。而这个弯腰的动作,在他眼里,也是妙不可言,无端地充满了活力与美感。他觉得,女孩现在所做的一切,正是他差一点就永远没有能力再去做的事情。被摘去"耳标"的铜牛恢复了原有的神气,那种华尔街式的跋扈和蛮横又开始向四周辐射。

"这头大家伙放在这儿不合适啊!"女孩说。

"没错。"他表示赞同。

"没错干吗还要放在这儿?"女孩说罢想起什么似的挥了下手里的抹布,"——哦,你又不是负责人。"

“但我可以决定聘用你。”连他都吃惊自己在一瞬间做出的这个决定。

眼下，这栋别墅的二层他还有三个月的使用权，他在一瞬间几乎看到了余下的三个月里自己将会怎样度过：只要士兵不破门而入将他拖走，他就将选择与世隔绝，做一个孤独自闭、安分守己的岛民，终日默默地坐在沙发里，在电脑上下棋，嘴对着瓶口喝黑啤酒，窗外是肆虐的台风，眼前有一个辛勤劳动着的、年轻的身影，顶着钢盔，一边吹着走调的口哨，一边晃来晃去；如果愿意，他也会像参与一个仪式般的同她并肩卖力地清扫房屋……

——这里面有某种东西深深地将他打动了。

“决定了？”女孩并没有表现出格外的惊喜。

“怎么，你不高兴吗？”他有些紧张。

“耶！”女孩夸张地叫了一嗓子，冲他做了个胜利的手势；但她立刻又恢复了神情，撇嘴说道：“还非得让我欢呼雀跃啊？不就是干了个清洁工嘛！”

“对不起，真的没有其他职位可给你干了。”他内疚地说，同时心里飞快地盘算了一遍：嗯，自己手里还有一笔钱（这本来是给老出纳准备的），现在暂时用来雇一个清洁工吧，支付她三个月的薪水应该是够了。

“干吗要说对不起？”女孩过来一屁股坐在了他的身边，两条腿直直地伸出去，舒服地呻吟了一声。劳动让她发热，但她没出汗，只是像树木分泌油脂般的散发出香气。“你是干什么的？别告诉我你只是个门卫，我知道你不是。你的衬衫很合身。”女孩说。

他却没有做出答复——他万分错愕地看到，女孩伸出的那双腿竟然被朗朗的阳光所普照。

不知何时，窗外雨水收敛，涛走云飞，阳光从云层后正一点一点地露出头来。这其实没什么好奇怪的，太平洋上这个岛国的夏季总是阴晴莫测，海风毫无规律地随意把云雨吹过来，又吹过去。但他愿意把此刻看到的视为一个奇迹。他像目睹事故现场似的目睹了一片“光明面”顺着女孩的双腿爬了上来，直到彻底将他们两个人完全笼罩。天空一定是被戳了个洞，世界曝敞在下面。耳边是棕榈树努力对抗着海风时发出的声音。女孩被突如其来的光亮晃痛了眼睛。她侧过身子躲避，将目光移向他，头盔也歪向一边。

“你这个人有些消极。”女孩像一个医生似的做出了诊断。

身陷雪崩一般光明之中的他忍不住捂住了自己的脸。

“是的。”他顺从地承认道，发出的声音连他都不知道是从哪儿冒出来的。

可他本来是一个积极乐观、时刻对生活跃跃欲试的人——否则他也不会在生意开张的时候弄来一尊华尔街铜牛给自己打气。十岁的时候他还相信地球只有一座岛屿那么大。二十岁的时候他相信自己的岛国是全世界最幸福的乐土。三十岁的时候他离了婚，但依旧积极乐观，和前妻保持着良好的关系，在她移民之前，他们还一同捧着爆米花看电影，剧终时，他们会一直看完长长的片尾字幕，为的是向那些幕后的电影人致敬——这是对生活消极的人完全无法做到的。两年前的一个夜晚，积极乐观离他而去，他发现一切原来并不是这么回事儿。那天夜里他喝醉了酒，和一个巡逻的警察发生了口角。对他而言，这绝对是个意外。之前他从来都是循规蹈矩的守法岛民，连抗议堕胎这类的小型集会都没参加过，每次开车都用安全带将自己紧紧地捆上。他被痛打了一顿，警棍造成的瘀痕过了两个月才消退。这其实倒算得上是个常态，没什么好稀奇的，就像岛上的海风经常从纱窗吹进来将某扇门砰地关上一样司空见惯。但他的世界却因此改变了。原本牢固的一切就这么轻而易举地被一通警棍给敲碎了。曾经稳如磐石的一些什么东西开始动摇，他觉得脚下的岛屿正在沉没……

“跟我说说，”女孩开始翻弄她背着的小包，“最消极的时候是什么感觉？”

“我……觉得自己变成了一张沙发。”他捂着脸说，听得见自己脑袋里的血管砰砰作响。

“哦沙发。”女孩若有所思地重复着。“想开点，”她说，“就算变成了一张沙发也没什么不好。地球这么大，而我也占了一席之地。心情糟糕的时候，我就会想想这个，然后就开心得不得了——因为这让我显得像是一个地球性的公民。”她从包里翻出了一个褐色的纸袋，扒拉开，里面是半个发蔫的汉堡。

女孩用胳膊撞撞他，问道："你也吃点儿？"

他不得已放下了自己的双手。但是他的头却扭向一边。他不敢与女孩正视。他担心自己没准会流出泪来。白光灼灼，像十一月份的阳光，或者假冒的月光，亮度很高，却没什么热力。这当然不正常。日后岛民们必将如此纪念这个夏季。

他竭力掩饰着，站起来，迎面走向了那尊铜牛。铜牛已经被女孩擦得锃亮，在白光中熠熠生辉；牛眼瞪得浑圆，好像在考虑自己的处境——究竟是做一头华尔街铜牛，还是做一头漂亮的如同女人一样的奶牛？他也并不知道下来该做些什么。他只是被这样的念头所打动：此刻，世界在土崩瓦解，而他却身在光明面里。这个念头尽管充满了侥幸，但也显得那么能够抚慰人心。在地球上占有一席之地的女孩有滋有味地吃着她的半个汉堡。同样也占有一席之地的他弯腰捡起了地板上的那串钥匙。这就好像是重新拾起了生活的勇气。

女孩警觉地耸起了耳朵，向他发出嘘声。她的直觉像猫一般惊人，不一会儿，楼下传来了震耳欲聋的撞门声。

他做出了一个选择：转身动情地向女孩张开了双臂。女孩望着他，居然会意地笑了，在一种不可思议的平静下起身向他走来。他搂住了她。他们加在一起，增大了彼此在这个孤独星球上所占的份额。他感觉着自己放松了的软弱，感觉她那么小，却装满了他整个的怀抱。

朽

胜利在即，革命军摧枯拉朽般一路凯歌。但是战局却发生了突变，看起来似乎已经是强弩之末的敌军得到了意外的增援，这支援军从背后向革命军的大本营逼近——而革命军在前方获得的优势是以背后的空虚防卫换取的。在一派恐慌当中，最高指挥者突然想起，在敌军意图突破的那个脆弱地带，刚刚有一支革命军奉命抵达了那里。

眼下，这支几乎不在作战序列里的部队，却成了这场战争胜败的决定因素。

壹

团长的部队如期赶到了指定地点。

由于天气的原因，他们一度在路上耽搁了几天，但是经过短暂地休整，团长就命令部队全速进军了。“要不惜一切代价！”团长热情洋溢地号召自己的士兵，“按时到达指定位置，事关战事的大局,更是对于我们尊严的检验!”团长显然有些亢奋。这不是他往日的风格,瓢泼的大雨和崎岖的山路出人意料地鼓舞了他。

战争爆发以来,作为一个并没有经过实战检验的军事长官,团长的战绩实在乏善可陈。经过一次小的战役后,他的这个团就几乎减员了一半。当自己的士兵像挨了镰刀的麦子一般齐刷刷地在眼前倒下时,瞠目结舌的团长渐渐滋生出一股深刻的厌恶情绪。

但细究起来,团长的厌恶并没有具体的对象。毕业于日本士官学校的他似乎厌恶的不是战争本身。譬如,当马克沁机枪在身边交织出壮观的火力时,他的厌恶情绪反而会得到一些排遣。这时候,团长会暂时摆脱掉厌恶,忧心忡忡地思考起马克沁机枪的主要性能。当他想到这种 1 分钟射出 600 发子弹的武器第一次在罗得西亚被英军使用就造成了 3000 祖鲁人的死亡时,发生在眼前的战争就变得虚幻了。团长会觉得自己犹在课堂之中,战争史中连绵不尽的炮火混淆在一起,丧失了具体的面貌与目的。它只是一场战争而已。团长因此对倒在自己眼前的士兵熟视无睹,令他忧伤的,倒是那 3000 祖鲁人——当年这些祖鲁人面对这种喷火的家伙时,他们该是何等惊讶啊!团长黯然神伤地想。

很快,他的这个团充其量只剩下了两个营的兵力。这样就形成了比较荒唐的局面,一下子有三位营长成了团长的马弁。

三位营长对此感激涕零。其他部队已经就地正法了几名幸存下来的军官,其中甚至不乏团长这样级别的。交战双方任何一支部队溃退的时候,等在身后的都是比敌军更为冷酷的督战队。督战队用大刀砍杀的血腥方式来稳住阵脚,把魂飞魄散的败兵重新赶上前线。两相对比,他们这个团实在是受到了额外的庇护。这当然和团长显赫的家世有关。能够惩罚团长的,也许只有他那位赫赫有名的父亲了。

传闻接踵而来。据说大本营在战争伊始,就没有指望他们这个团会战功卓著。如果说团长在这场战争中身负了什么重任的话,那就是在战争结束的时候,他依然还——活着。这些传闻自然在很大程度上扰乱了这支部队的军心。兵士们斗志涣散,整个队伍笼罩着一股梦幻般的消极情绪。同时,兵士们又有种没来由的乐观态度,毕竟,相对于其他部队,他们进行的这场战争实在是有些像一场儿戏了。

减员日复一日地持续着。团长的厌恶情绪也愈加强烈。他觉得自己唯一的任务就是看着自己这支部队的人马一个个阵亡。这似乎都成了一个目标。有时候团长甚至会奇怪地认为:在如此残酷的杀戮和大面积的死亡之下,自己的人马消失的速度居然是缓慢的。

大本营似乎一直忽略着这支部队。直到有一天,一位营长在团长的身边被流弹掀去了整张脸,大本营才对团长的安危担忧起来。

团长眼睁睁地看着那个失去了脸的人兀自从自己身边掉头跑开。那个人像是突然觉悟了什么，他向着后方拼命奔跑，仿佛目标明确，一转眼就没有了踪迹。后来兵士们在一片树林中找到了那个人的尸体。当时树林中挤满了扑翅乱飞的麻雀，那个没脸的人却用他的整个身体呈现出了一种惆怅的表情。

这就是死亡！团长在心里叹息着：扑翅乱飞的麻雀，以及没有了脸却依然惆怅的表情。

死亡和团长近在咫尺，大本营终于意识到了这一点。新的命令很快就下达了。团长被命令带着残部迅速向后撤退，迂回大半个战场，去占领另一场战役的一个关键突破口。团长被告知，他要率部到达的是一条险峻的大河，并且要如期在这条河上架设一座桥，随后大部队将从这座桥上通过，奇袭敌军的指挥中枢。大本营对于团长的安排看起来殚精竭虑，因为据说保证团长的安全也是这场战争的战略目标之一。他们杜撰出了一个符合军事逻辑的命令。

大本营甚至充分考虑到了团长的荣誉感，电文在措辞中虚张声势，夸大了这项任务的重要性，仿佛它真的事关全局，因此，语气就不免格外严厉。

严令之余，这份电文在结束的时候，居然破天荒地使用了这样的结束语：

向着伟大的胜利，前进！

时值夏季，这一带正是暴雨频发的时候。团长的队伍在滂沱的雨水中踏上了征途。这支作风散漫的部队非但应付不了残酷的战事，面对大自然的风雨也裹足不前。出发不久，部队就遇到了山体滑坡。一瞬间泥沙俱下，山路一侧的大山似乎整个坍塌了，巨大的石头裹挟在洪水中奔涌而来。好在团长并没有走在队伍前列。他觉得这突如其来的一切更像是一声巨大的咆哮，余音未尽，就吞没了他面前的世界。天翻地覆，道里阻隔，团长眼前的部队顷刻间荡然无存。

令人惊讶的是，团长骑着的那匹马居然没有受到丝毫惊吓。它只是冷漠地摆了摆饱满的头颅，将鬃毛上的雨水抖了团长一脸。倒是那些毫发无损的兵士们乱作了一团。他们狂呼滥叫，你推我搡地抱头鼠窜。

团长被激怒了。他觉得自己的部下个个面目夸张，仿佛是在演戏。他怒不可遏地用马鞭狠狠抽击身边的兵士，并且戏剧性地拔出了自己的毛瑟手枪向天鸣放。枪声在混乱中显得微不足道。这时给团长充当马弁的那几位营长发挥了作用，他们不约而同地拔枪射击。几名兵士中弹倒地，浑浊的泥水迅速将他们身上涌出的血变成了浓稠的泥浆。

局面因此得以控制。稳定下来的兵士们在大雨中呆若木鸡。前方依然有石块不断坠落下来，在山谷间发出重重叠叠的轰鸣。团长面容肃穆，忧郁地看着自己的这支队伍。雨水从他的帽檐上落下，仿佛一道水帘。团长透过这片浊水，看到世界一片令人无法容忍的肮脏。他甚至开始厌恶自己的这些部下，觉得大雨之中的他们，衣衫褴褛，军容败坏，神情都有些令人不齿的迷惘。

队伍转移到了一片遍布着碎石的安全地带。团长站在最先搭好的帐篷里向外张望，他看到自己的兵士们突然士气高昂起来。兵士们在暴雨中有条不紊地忙碌着，像一群分工明确的蚂蚁。雨水迷蒙，场面居然有些感人。很快营地就搭建起来，并且很像那么回事儿。

“看来我们这支部队不善于破坏，倒是很善于建设。”团长调侃地说，“命令我们去架桥实在是个英明的决定。”

他的副官替他点燃了一支烟，不无忧虑地提醒他：“这项任务也未必轻松，如果我们不能按时到达位置，一样是失败……”

“失败？”团长自言自语地嘀咕了一声。

迄今为止，尽管他的部队距全军覆没只剩一步之遥，但从来还没有人对他说过“失败”这个词。

副官从小就是团长的贴身侍童，团长赴东洋留学他都陪侍在身边。在他眼里，团长永远不是自己的长官，他只是自己的少爷。因此，当“失败”这样的军事术语从嘴里说出时，副官自己都有些惊讶。他不安地看着团长的背影，不禁为他形销骨立的单薄样子感到了伤心。副官最清楚团长的留学生涯是怎样度过的，此刻他仿佛又看到了那些妖娆的樱花，看到了那些东洋女子体毛丛生的私处，他甚至嗅到了那种具有迷幻气息的西梅脯和深色樱桃的香味。副官怔怔地想，从一开始老爷就错了，眼前这个人，哪里是块做军人的料？副官突然感到了不安，觉得自己的少爷也许永远完成不了战争中的任何一个任务了。

夜里团长不得不睡在一张军用吊床上，因为帐篷里灌进的雨水已经没过了脚面。他蜷缩在吊床里，即使难以入睡也没有辗转反侧的余地。后来好不容易睡着，又被一只闯进来的长尾雉惊醒。这只鸟滑翔着进来，落在了团长身上，饱含雨水的尾羽在团长脸上剧烈地扑打。睡梦中的团长被吓坏了，发出凄厉的叫喊。副官冲进来时，看到他缩作一团，正在掩面哭泣。那只鸟也受到了同样的惊吓，在帐篷里没头没脑地胡乱飞撞。副官一边安慰团长，一边斥责警卫。

"它呼地一下就飞进去了，"警卫辩解道，"我根本来不及挡住它。"

这时抽泣着的团长从指缝中发出了微弱的声音。那是一种怪声怪气的腔调，副官愣了片刻才明白了那是一道命令。

团长说："毙了。"

副官为难起来，他不知道团长命令"毙了"谁。但是他很快就有了方向——团长用一根苍白的手指指向了那名警卫。那名警卫已经将鸟赶出了帐篷，一回头却看到了那根指向自己的手指。

那名警卫被拖出去的时候，副官尚且心存侥幸，他忧虑地看着团长。但是团长依然蜷缩着身子，他甚至将大衣蒙在了自己头上。显然他并不打算收回自己的这道命令。

枪声在深夜的山谷中响亮无比,即使浩荡的雨声都湮没不了。团长以这种方式在这场战争中杀了第一个人。

副官在后半夜又走进了团长的帐篷,他放心不下自己的少爷。团长已经睡着了,脸上依然残留着泪痕。副官看到他的手垂在吊床之外,那纸电文夹在他的指缝之间。

拂晓的时候,副官再次走到团长帐篷前,而那纸电文已经飘浮在积水中,正缓缓地随之流走。

清晨,团长在暴雨间歇的时刻将队伍集合了起来。山谷中依然水雾弥漫,这影响了团长的视觉。他站在一块嶙峋的怪石上,放眼望去,居然觉得雾气氤氲中的这支队伍,仿佛兵多将广,填满了整个山谷。

团长首先清点了自己这支队伍的人数。士兵们的报数声单调、乏味,但却有种扣人心弦的效果。尽管团长已经有所准备,但实际数字还是令他吃惊不小。他终于认识到,如果严格按照标准编制计算,自己目前连一个营长都算不上了。距离团长较近的士官朦胧地看到了他的神情,都感觉到了一股非同以往的凝重。接着,这股凝重的气氛像雾霭一样迅速感染了整个部队。

"长官犹在,士卒全无,你们知道该如何论罪吗?"团长淡淡地对身边的几位营长发问。

几位营长噤若寒蝉。但是他们立刻发现,团长并非是在申斥,他神色黯淡,目光中甚至有股深深的同情。

团长做出了原地休整的决定，并且罢免了那名唯一还名副其实的营长，自己亲自负责营一级的指挥。这时雨又下了起来。团长命令部队冒雨进行操练。他拒绝了副官劝他回到帐篷里的请求，始终站在那块石头上，身上的披风不一会儿就被雨淋透了。

当晚团长就发起了高烧。随军医生忙了一个通宵才使他的体温降下来。但是清晨的时候，他依然亲自去督导部队的操练。

三天后这支队伍起程了。跋涉在暴雨与泥泞之中的兵士们都发现了团长脸上那种发着高烧的迹象：既萎靡又亢奋，两颊绯红，仿佛处在微醺的酒意之中。团长慷慨激昂地动员了一番后，策马消失在了稠密的雨雾中。

贰

部队在深夜抵达了目的地。团长在夜色中考察了那条黝黑发亮的河。他站在岸边都能感觉到河流湍急的流速。他觉得脚下的碎石似乎在隐隐震动。河面的风向与水的流向是一致的，似乎是河水裹挟了风。

部队在河岸扎营。这一夜团长睡得格外深沉。

翌日清晨，两个戴着斗笠的人冒雨来到了营地前。他们给哨兵出示了一张证件后，站在雨中等候团长的召见。

团长其实早就看到了这两个人。他睡了一个少有的好觉，一大早就站在帐篷里向外眺望。他看到这两个人远远地向自己走来，他们头上的斗笠吸引了团长的目光。出现在雨中的斗笠本来不足为奇，但是团长通过望远镜看清楚了这两只斗笠上都插着一根粗短的羽毛。团长猜测这一定是某个组织的标志。他忧心忡忡地看着这两根在雨雾中前来造访自己的羽毛，隐约感到了某种不安。

哨兵证实了团长的猜测，这两个人果然是当地民协的负责人。

尽管团长被不安的情绪困扰着，但他还是立刻会见了这两个人。因为团长非常清楚，革命军取得的胜利实赖武力与民众运动的结合，作为襄助革命的重要力量，民协在这场战争中起着举足轻重的作用。

这两个人被请进帐篷后，团长的注意力就集中在了他们的斗笠上。他有些荒唐地请他们摘下斗笠让自己看看。两位负责人面面相觑，但还是满足了团长的要求。斗笠其实很寻常，是用竹篾夹油纸编成的，但那根粗短的羽毛有效地令其不同凡响起来。团长若有所思地捻着那根被雨淋湿的羽毛，不禁想起了那天夜里将自己惊醒的长尾雉。在团长的意识里，那只长尾雉有着某种意味深长的来历，它似乎昭示了什么，被它冰冷的尾羽纷乱地扑打在脸上的滋味，始终令团长不寒而栗。

团长怔怔的神情给两位负责人留下了难忘的印象。他们本来准备向团长详尽地汇报当地的形势，但面对团长的心不在焉，他们知趣地打消了念头。双方的交谈显得有些尴尬，两位负责人并没有探听到这支革命军突然抵达的目的，团长用一句“这是军事秘密”打发了他们的好奇心。

团长的态度引起了两位负责人的不快，他们觉得受到了不应有的轻视。当团长提出让他们给自己的士兵提供洗澡的条件时，这种不快就演变成了不满。

“要热水，最好还有香皂。”团长不紧不慢地说，“我的士兵们现在迫切地需要清洗一下。”

“洗澡对军人这么重要吗?”一位负责人不无揶揄地说，“我自己都有多半年没洗澡了。”

“所以你不是军人。”团长立刻反驳道。

交谈的气氛变得紧张。两位负责人感到蒙受了羞辱，在这种情绪下，他们提及了元熙先生。元熙先生的大名团长早有耳闻，甚至在东洋留学时，都有异国朋友向他打听过这位版本目录学大家。但是此刻在这两位负责人口里，元熙先生却是著名的劣绅。

“我们准备组织特别法庭审判他，”一位负责人沉声说，“也许要杀掉他。”

团长没有听出他们的弦外之音，并没有领会到他们此刻是在显示自己的力量。他有些恍惚，元熙先生的名字使他回忆起了自己的异国友人，于是那些有关的异国岁月也翩然跃上了他的心头。他想起了那几位东洋女子，想起了她们沐浴在温泉中的慵懒的样子。

当两位负责人告辞的时候，团长置若罔闻地依旧陷在自己的回忆中。

尽管民协负责人与团长的会面不甚融洽，但他们依然满足了团长的要求。部队在当天下午分批进入了那座古镇。民协已经安排好了一切，他们在古镇唯一的澡堂里为团长的兵士们蓄满了热水，当然，还有充足的香皂。

率先而来的团长踏上古镇的青石路面，看到街两边站满了欢迎自己的民众。他们似乎被某种命令约束着，尽管高矮不齐，但依然显得整齐划一。团长骑在马上，他高高在上地望下去，满眼全是插着羽毛的斗笠，这令他们看起来更像是一支训练有素的队伍。团长的人马从他们之间穿过，似乎也感到了无形的压迫。当面对一群有组织、守纪律的民众时，兵士们也许突然羞愧了起来。连团长骑着的那匹马都有些垂头丧气了。

澡堂并不简陋，除了石砌的大池外，还另有几间隔开的雅室。考虑到古镇的偏僻，它甚至算得上是精致了。团长有些惊讶，他没有想到这里居然会有这样讲究的沐浴场所。但是他很快就从澡堂老板的嘴里得到了答案。

澡堂老板是一个瘦小的中年男人，他显然是受到了恐吓，当他被带到团长面前时，依然处在恐慌的余悸之中。他不敢正视团长的眼睛，因此团长始终无法看清他的脸。这个垂首而立的人将自己的双臂抱在袖筒里，团长问一句，他答一句。他告诉团长这家澡堂是元熙先生的产业——当年元熙先生返乡后把开设一家澡堂当作移风易俗的手段之一。

"它根本不赚钱，"澡堂老板嗫嚅地说，"根本没人来洗，即使元熙先生免费请他们洗他们也不肯洗。"

此刻团长已经泡在了雅室的水池里，副官用木勺一瓢一瓢地将水浇在他身上。被热水浸泡和浇灌的滋味使团长陷入了一种无法排解的寂寞。他觉得澡堂老板发出的声音仿佛无限遥远，尤其当这个声音说起元熙先生居然在这里办过一份报纸时，团长更加觉得犹在梦中。这份报纸最终当然是半途而废了，听到这个结果，团长似乎才回到现实里。最后团长随口问起了元熙先生对这场战争的态度，澡堂老板却回答道："元熙先生是刀子嘴，豆腐心！"他不但答非所问，而且语气也突然尖利起来，有种强辩的味道。

团长并没有在意澡堂老板的紧张，他本来就问得毫无目的，况且这次沐浴是这样令人满意，团长已经全身心地懈怠了。他将自己完全沉入水中，只留出鼻孔呼吸。水流从他脸上漫过，透过水面，他依稀看到水流动荡的起伏。团长莫名其妙地想起了那个死去的营长，那个失去了整张脸的人此刻仿佛漂浮在水面上，他的面孔正成为扭曲的波纹。团长发觉自己居然已经遗忘了这个人的名字，即使绞尽脑汁也无从想起。这令团长陷入深深的自责之中，这个人对于他突然变得无比重要，他觉得自己用遗忘背叛了这个人。团长的眼泪流进了水里。

在澡堂外的街道上，等候洗澡的兵士们却惹出了乱子。

几名下级军官异想天开地向民协负责人提出了召妓的要求。这个要求令对方愤怒莫名，本来已经积存的怨气立刻爆发了。一位负责人毫不客气地驳斥了他们的非分之想，并且用恶劣的方言辱骂他们。当这几位下级军官听出自己是在挨骂时，不免有些恼羞成怒。但是面对他们的强硬，对方丝毫没有退缩，双方由谩骂发展到相互推搡，气氛剑拔弩张。混乱中一位军官的帽子被人碰掉了，这就如同发出了一道号令，枪声立刻就响了。

闻声而来的团长并没有立刻下令制止骚乱。他站在澡堂门前的廊檐下，看着双方在雨水中壁垒分明地对峙，仿佛隔岸观火。

是团长身边的副官替他行使了职责。肇事的军官被捆绑起来，副官没有征求团长的意见，就命令将这几个人枪毙掉。副官这么做显然是正确的，他已经看出了局面的严峻——那个被枪击中的人倒卧在青石路面上，插着羽毛的斗笠滚落在雨水中。

直到这时团长才缓慢地说道："让他们洗了澡再正法吧。"

几名下级军官为自己的荒唐付出了性命，但民协对于这支不期而至的革命军依然萌生出排斥感。这支军队挫伤了他们的期待。在他们眼里，这是一支态度傲慢并且作风败坏的部队。这位团长，也缺乏某种他们认可的气质——他的脸甚至都缺乏一个革命军人应有的正确性。几位民协负责人私下交流了看法，他们一致认为，这位团长更像是一个牢骚满腹并且沉疴在身的少爷。在对团长进行了比喻意义上的蔑视后，某种报复性的情绪也在他们心中悄悄酝酿起来。但是，对于这支革命军，民协依然保持了最后的一点热情。他们邀请团长将队伍带到古镇来，这里的条件显然要比潮湿的河岸强得多。

团长亲自去慰问了那名受到枪击的民协成员。这个人已经被抬到了廊檐下，他不知什么时候已经捡回了自己的斗笠，紧紧地抓在手中。随军医生正紧张地为他处理伤口。团长看到这个浑身是血的人依然保持着一种冷漠的镇定，他的不动声色与那几名下级军官临死前声嘶力竭的叫喊形成了鲜明的对比。他似乎对于自己身体上的创伤毫无反应，只是那只抓着斗笠的手攥出了青筋。团长举目四望，他发现围拢在自己身边的那些人都有着相同的表情，一张张斗笠遮盖下的脸，都有着一种冷漠的镇定。宽大的斗笠在他们脸上投下了一丝不易觉察的阴影。

团长心里再次感到了某种不安。他拒绝了民协的邀请，决定依然将营地扎在河岸边。他的拒绝在对方看来，不啻又是一种缺乏善意的态度，团长因此又一次丧失了与对方融洽起来的机会。在这支队伍到来之前，当地民协的活动还是相对温和的。这块地方民风淳朴，洪流滔天的革命风暴并没有完全涤荡这里。但是，当这支队伍一再令他们感到失望后，他们渐渐被某种粗暴的行动热情鼓舞起来了。

团长被请进了民协的指挥所。这间指挥所设在澡堂对面的一座木楼里，看得出曾经是家饭馆，如今里面的条凳依旧摆在一张张木桌边。民协的成员们如同吃饭一样地一桌桌围坐着，这种情形令团长感觉自己仿佛是在赴宴。在这里，那两位曾经拜访过团长的负责人再一次提起了元熙先生。他们控诉了元熙先生阻挠民众运动的诸多罪行。

“我们准备对他采取行动，报告已经送往省城，”一位负责人语气坚定地说，“估计批复很快就能下来，届时请将军出席我们的特别法庭，指导我们对他进行审判。”

团长不置可否地看了对方一眼。他感觉到了，这个元熙先生已经成为对方与自己抗衡的一个筹码。团长觉得这当然是可笑的。

似乎带有某种嘲讽的意味，这位负责人面对团长的模棱两可又列举了一项元熙先生的劣迹——民协准备以团长父亲的名字重新命名这座古镇，以示对于革命元勋的敬意，但这件事情却遭到了元熙先生的诋毁，他甚至不惜写出反动文章沿街散发。

“文章内容恶毒，多有诅咒之词，如此劣绅难道不应该杀掉吗？”这位负责人玩味地看着团长。

团长并没有因此而激动。当自己父亲的名字突然出现的时候，团长并没有如那位负责人期望的那样聚精会神起来，相反，他的思绪却更加恍惚了。团长仿佛看到父亲向自己走来，令人费解的是，这个走来的父亲居然也戴着一只巨大的斗笠，一根长长的羽毛垂在他的脑后，上面挂满了污浊的雨水……

叁

当新的电令到来时,团长正站在河边眺望对岸。雨后初霁,空气中弥漫着植物与泥土潮湿的腥味。士兵们正在准备架设桥梁的木材,橐橐的伐木声回荡在身后。团长觉得那些被砍伐着的树木散发出了一种夸张的忧郁气息,这种只有新鲜伤口才有的气息令整个河岸变得伤感。

团长接过副官送来的电文,匆匆读完后,沉默不语地返回了自己的帐篷。

大本营命令团长迅速完成那座桥的架设,并且过河占据有利地势,准备阻击敌军的偷袭,“将敌人有效地拦截于河之对岸”。

这份电令措辞沉重得都有些轻佻了,以一种显而易见的、怂恿般的口气鼓舞团长以主动的进攻来取代被动的防御,这样才能争取到足够的时间,以待援军的到来。

赋予这支部队如此重大的责任,大本营也是不得已而为之,是突变的战局将团长推向了风口浪尖。同时,大本营也过于乐观了,他们低估了这支部队的减员情况,如果他们知道被自己寄予厚望的只是一个营的兵力,那么他们就会明白自己正面临着巨大的风险。

电文中并没有解释局势与上一道命令之间的出入,但是破绽在团长眼里一目了然——自己这支队伍本来是为偷袭开路的，现在居然担负起了阻击偷袭的重任。团长从“援军”这两个字看清了自己面临的处境，他明白了，自己已经被置于了需要援救的境地。

团长当然有一种被愚弄的感觉。他猜测这一切都是自己那位严父的主意——用一种诡计般的策略将自己哄骗到最为险恶的绝境，以此达到他用血与火锤炼儿子的目的。团长深知自己的父亲对于这场战争的热忱。这个结论难免令团长感到哀伤。可是他的副官却说出了另外一种可能性。年轻的副官似乎已经洞悉了这个时代深奥的背景，懂得战争只是那些深奥背景的肤浅体现。他以一个从小在大家庭中周旋于所有主子间的侍童的机智，向团长尖锐地指出：“也许是老爷出了什么事？”副官的推测似乎更加合理——团长的父亲身处时代的中心，历史的经验说明那样的位置风云莫测，一旦跌落，势必祸及九族。副官更加怀疑团长如今恰恰就是面临着一种内部斗争的迫害。

副官显然比团长更为客观，他不像团长那样总是感情用事，将个人情绪和弥天的战争混淆在一起进行简单的判断。但是他的结论比团长的更令人沮丧。团长的脸色变得煞白。情绪稍微稳定下来后，他提笔给家里写了一封信。

团长的这封信写得百感交集，整封信笼罩着一种忧伤的哀怨，如同是对一个世界的告别之书。因为一切尚是猜测，他只能采取了一种含糊其词的语言。他首先试探性地询问了父亲的健康情况，然后就在信中回顾了自己的成长。将一个人的成长诉诸笔端，难免就会冗长，团长耐心地描述了自己记忆中最为遥远的一些画面，以这些画面的再现第一次向自己的父亲暗示出了某种眷恋之情，同时也隐隐地抱怨了父亲对自己态度上的暴虐。他有些疼痛，同时也有些神往。最后，团长向父亲简单汇报了自己目前的任务，尽管他流露出了自己对于这场战争"最终目的"的迷惘，但是他依然向父亲保证自己会尽到一个军人的职责。他写道：

> 虽然我不认为获得战争的胜利比一朵花的开放与凋零更加有意义，但是我依然将令您欣慰当作我来到尘世的最终目的。

写到这里团长已经是热泪盈眶了。

这封信将由副官亲自送到团长的家里。在这种叵测的时刻离开团长，副官当然无法放心。他建议团长随便派一个马弁去传递家书。

"我走了谁给你洗头呢?"副官动情地说。

团长摆了摆手自顾离开了帐篷，命令卫兵牵来了自己的马。

这封家书多少缓解了团长内心的纷乱，他沿着河岸信马由缰地踽踽而行。充沛的雨水使这一带的植物长势凶猛，遍地的花公草和金不换开放得异样绚烂。团长在不知不觉中已经远离了自己的营地。

在一片过分明亮的阳光中，团长看到了元熙先生落寞的背影。正午的阳光照在元熙先生赭石色的长袍上。团长立刻就判断出了这个人的身份，对于这个人他似乎相识已久。

两个人在正午的河岸边不期而遇。面色苍白的团长看来并没有引起元熙先生的反感，同样，元熙先生那张著名的麻脸也没有成为他们之间交谈的障碍。团长端详着这位前朝的翰林，觉得他与自己的预期几乎没有大的出入，他似乎只能是这个样子的——穿着赭石色的长袍，站在明亮的日光中，身干修伟，却神色落寞。

团长的留洋经历成了他们最初的话题。元熙先生对于那个“蕞尔小邦”青眼有加，言辞之中不乏溢美。他讲到了自己的几名异国弟子，他们曾经邀请他去过汉口的日本租界，在那里他见识了唯有在书本上才能追慕的古典风度——“皆席地而坐，卧则以屏掩之，屏皆六曲”，元熙先生甚至觉得那些东洋女子“高髻如云，腰缠锦带，俨然是晋、唐画像中的人物”。这样的话题自然又勾起了团长的回忆，此刻当他站在这条河边怀念起那些曾经销魂的往事，不免有着恍若隔世的沉痛。

如同一场风花雪月终究将被马蹄踏碎，他们的话题很快就牵涉到了目前的战争。元熙先生毫不讳言自己对于这场战争的敌意，这位“前朝遗民”认为战争侵扰了他最后的乐土，他已经在一次又一次的“革命”面前一退再退，本来以为会在家乡聊尽余生了，但是这场战争再一次令犷悍之气充弥了都野。

作为一名投身于战争的军人，团长并没有足够的兴趣与元熙先生展开辩论，而且他也缺乏辩论的依据，因为对于这场战争的意义团长本身就是模糊不清的。团长的木讷激发了元熙先生的激情，他雄辩滔滔，仿佛终于抓到了一次尽情抒发的机会，眼前的这位青年军官在他眼里成了这场战争的代言人。最后，元熙先生将眼下的战争斥为一场邪气盈天的浩劫，无论目的与手段，都不具备浩然的正气。为了让自己的理论更有说服力，元熙先生做出了令团长匪夷所思的举动——

他轻轻撩起长袍的下摆，缓步向着河水走去。

河水在阳光下熠熠发亮，泛着耀眼的波光。元熙先生进入到水的中央，仿佛融入一片无限的光明之中。他始终没有沉没，河水只是淹过了他的脚踝，这样就隐匿了他的行走，使得他宛如驭风而行，漂浮在一片虚妄的逝水之上。

团长目睹了这奇迹般的一幕，他眼睁睁地看着元熙先生蹈水而行，抵达了对岸。巨大的震悚令团长周身战栗，他用双手捂住了自己的脸，无法克制地啜泣起来。团长的那匹马也发出了惊恐的嘶叫，它瘫倒在地，粪便和着尿液喷涌而出。

元熙先生重新回到团长身边时，团长依然陷在巨大的无能为力之中，他蹲在地上，以手掩面。团长觉得自己被彻底掏空了，孤单单一无所依。当元熙先生的手搭在他觳觫着的肩头时，他除了感到虚妄，还有一种彻底的顺从从心底涌起。

“这其实没有什么，我刚刚不过是走在一座水中桥上。”元熙先生安慰着这个年轻的军官，他没有想到他会如此脆弱。元熙先生这样说道：“这座桥比我的年纪都大，枯水季节它会浮出水面，眼下雨水充沛，它就沉入了水中。你看到了，当我通过它抵达彼岸时，必定拖泥带水，沾上邪秽之气，所以我从来不会走它，如果要去对岸，我宁可多走几百里路，从另一座正大光明的桥上走过去。你觉得这荒唐吗？不，这就好比春耕秋收，你会觉得目的可以大于一切吗？其实手段已经在最初决定了目的，这便是因果……”

泪迹未干的团长仰起头，他看到元熙先生那张麻脸上的每一个坑凹都被阳光填充了，同时，团长觉得正午的阳光像雪崩一样灼伤了自己的眼睛。一瞬间，他的内心被某种无端的热情点燃，他似乎找到了这场战争的意义，并且突然迫切地希望为之申辩。

“我的部队也不会从它上面走过，”团长喃喃地说，“我们正在架一座桥，我们将从自己架起的桥上堂堂正正地渡过河去，走向伟大的胜利……”

遗憾的是，团长的话并没有被元熙先生听到，他的声音微弱，而且元熙先生已经转身离开了他。团长看到元熙先生每走一步都在河岸的石头上留下了一片水迹。

团长无法想象，他在这一刻做出的决定，最终成为这场战争的一个转折点。这座水中桥本来可以改变历史，它是一个玄秘的存在，是历史中无数次出现过的所谓机会。如果团长抓住了这个天赐的捷径，迅速跨过这座现成的桥，那么他将争取到足够的时间。后来的战事说明了时间的宝贵，足以弥补这支部队兵力上的不足；团长完全可以利用时间的有效性，以逸待劳地迎击敌军。

但是，此刻团长固执地坚持让自己的士兵继续架设一座含义万千的新桥。

肆

团长对自己的部下隐瞒了那座水中桥的存在，他怕兵士们因此懈怠新桥的架设。这座新桥在团长的要求下搭建得过分铺张，完全不像一座临时性的桥梁。团长否定了搭一座简易浮桥的方案，他要求这座新桥必须明显高出水面。

始终有头戴斗笠的人出现在营地周围，他们不解地注视着在水中施工的士兵，目光中有种观赏的态度。这些当地人当然知道那座水中桥，但是隐存的隔阂阻止了双方的交流，否则他们一定会向士兵们发出疑问，并且指出他们的工作实际上是多此一举的徒劳。

时间就是这样被延宕的。

三天后，新桥在团长的督促下竣工了。它在夕阳下笔直地矗立在水中，新鲜的木头依然散发着新鲜伤口般的忧郁气息。

部队开拔前夕，团长策马来到了元熙先生的宅第前。

元熙先生的宅第建在一面山坡上，围墙高大宽阔，仿佛一座独立于世外的城池。团长远远望着这座宅第，觉得它和自己的家似乎是由同一群工匠建造起来的——它们出自同一个蓝图，尽管细节上偶有不同，但是整个气质却如出一辙。团长困惑地想，眼前这座宅第里的主人已经成了这场战争的障碍，它也许将要面临自己父亲所代表着的那种力量的摧毁。团长无法厘清这里面的逻辑，起码他从表面上看不出这座宅第与自家宅第之间的差别，因此他无法找到两者之间对立的根据。

黄昏中的团长觉得自己仿佛是走在回家的路上，温暖与沮丧同时出现在团长的情绪中。这一点都不奇怪，因为这两种情绪就是团长对于自己那个家庭的基本情绪。这种情绪令团长在山路上踟蹰不前了，他拿不定主意是否真的该去见一见元熙先生。他觉得自己的到来，也许不能算作是一种拜访，可是没有了拜访的性质，他将以怎样的姿态走进元熙先生的家门呢？最后，团长终于掉转了马头。

在山脚下，一队戴着斗笠的人与团长相遇了。对方停下了步子，但是团长策马急驰，从他们身边风一样掠了过去。团长并没有轻视对方的意思，他只是不愿意让他们看到自己满面的泪水。团长的泪水毫无缘由，仿佛扑面而来的山风吹痛了他的眼睛，令他孩子般的失魂落魄。

团长在天色暗淡的时刻来到了那座水中桥前。他的马警觉地喷着响鼻，仿佛能够看到某种隐匿的危机。团长跳下马，用手抚摸着马头，同时把自己的脸贴在马颈上温柔地摩擦着，这番亲昵的举动令团长和他的马彼此都得到了安慰。团长坐在河岸边，最后一次回忆起那些东洋女子。她们肌肤如雪，经过温泉的浸泡，又会泛起淡淡的粉色，总是令人身不由己地渴望依偎上去；她们的品质中有种天生的沉默，她们用沉默将喧哗的世界还原成最简单的几种关系……

团长的欲念在回忆中滋生起来，昏暗的河水从他眼前流淌而过。

远处传来两声枪响，一些扑翅乱飞的鸟从头顶飞过。团长陡然觉得胸口和头部掠过一阵疼痛的痉挛。那匹马发出了一声嘶叫。

回到营地后团长就得到了元熙先生已经被枪决的报告。民协曾来找过他，在寻找未果的情况下，他们自己完成了对元熙先生的判决。他们送来了一份书面材料，说明了此次审判得到了最高组织的许可；处决元熙先生时一共开了两枪，一枪击中头部，一枪击中胸口。

营地的篝火已经点燃，空气中尽是松树燃烧后特有的芬芳。团长走到一堆篝火前，将报告丢进了火焰中。他突然想起了自己的父亲，他觉得元熙先生的容貌依稀有些像自己的父亲。

这支部队连夜跨过了自己亲手架设的新桥。

他们刚刚抵达对岸就与敌军遭遇了。黑暗中双方试探性地互射了几枪后，大规模的战斗就爆发了。敌军显然也没有估计到这支部队的出现，他们也是刚刚到达，黑夜掩盖了双方战术安排上的仓促，令最初的交战势均力敌。团长的兵力尽管严重不足，但装备依然完整，几十挺马克沁机枪交织出的火力有效地迷惑了敌人。

但是黑夜终将过去，团长明白，一旦天亮，自己这支部队的脆弱就将暴露无遗。现在他才意识到时间的意义——在敌军到来之前，如果自己的部队早一些抵达对岸，构筑起有效的工事，那么就可以取得关键性的战略优势。而眼下，只有短暂的黑暗在掩护着他们了。团长并未因此产生一丝悔意。如果说他的选择丧失的是一场战争的取胜机会，那么，对他自己而言，他觉得自己抓住的是一次同样重大的机会。

团长决定发起冲锋。这个决定并不是出自战术的考虑，他只是觉得应当这么做。他已经知道了，这是自己的最后一次战斗，同时也是自己唯一一次真正意义上的战斗。战斗本身已经成为意义，于是一切都变得单纯，团长再也不觉得迷惘，那种曾经深刻困扰着他的问题烟消云散。团长身先士卒。在他的感召下，这支一贯散漫的部队焕发出了强大的勇气，兵士们前赴后继，一度甚至冲垮了敌军的斗志。

白昼终将来临。当晨曦显露的时刻，浑身血污的团长又一次热泪盈眶。

随着光明的到来，这支部队完全暴露在敌军的眼前。当敌军掌握了他们的实际兵力后，屠杀般地反扑就开始了。

这场局部战斗持续到午后终于结束。

团长的部队全军覆没。敌军在层层叠叠的尸体中找到了团长，在清点了战果之后，他们误以为被自己击毙的这位年轻军官只是一位营长——团长的军装已经无法让人辨别出真实的军衔了。这位年轻军官的整张脸都被掀掉了，但是令人惊讶的是，这个没脸的人却用他的整个身体呈现出了一种惆怅的表情。

与此同时，疾驰而来的援军在得到消息后仓皇回转，他们距离这条大河仅剩一天的路程。

整个战争就此逆转。大本营做梦也不会料到，其实冥冥之中曾经有一座水中桥可以指引着他们走向胜利。

团长阵亡的消息传来时，他的副官正跟随着老爷踏上漫长的流亡之路。他当然不用再回到少爷身边了。老爷在一夜之间苍老，他在败局面前被迫放弃了所有财富和尊严，只随身珍藏着儿子的那封家书。

在此后的颠沛流离中，副官想起少爷时就会拿出那纸电文来看。这纸电文是他在一个拂晓从团长的帐篷外捡起的，当时它正随着雨水缓缓流走。电文被雨水浸泡后，文字已经漫漶不清，只有为数不多的几个字尚可辨认：

向着伟大的胜利，前进！

时代医生

医生在灰白的晨曦中跑过了东方红广场。那个老头始终跑在他的前面,步伐稳健,速度均匀,因此有种不同凡响的风度将他和其他晨练者区别开来。像往常一样,医生在广场的东口看到了老头的背影。他试图追上去。但是,就好像有某种神秘的物质横亘其间,即便老头跑动的频率始终不变,医生在反复调整了几次自己的速度后,依然没有实现这个愿望。所以,当老头照例在那排健身器前停住时,跑到他身边的医生就有些大而无当的激动。医生用很兴奋的声音说:“知道吗?我离婚了!”

老头转过自己红光满面的脸,一边继续大幅度地扭着腰,一边说:“是吗?那我一会儿请你吃牛肉面。”

“还是我请你吧。”医生有种没来由的羞涩,他说,“谁让你是我的教练呢。”

医生跳起来抓住一根单杠,把自己吊在半空,他觉得自己的身体在这个清晨充满了热情。在这种热情的驱使下,医生接连做了好几个引体向上的动作。然后他就做不动了,但是身体里的热情依然洋溢着。所以，他就把热情转化成了滔滔不绝的语言。他依然吊在半空中，对着身下的老头说：“我要给你讲一个故事。”

老头正前仰后合地做着运动，他可能并没有听到医生的话。

没有得到回应，医生有些失落。他深深地吸了口气，自言自语般地说：“当然，听不听是你的事了。”

老头仰起脑袋，双脚交替着前后甩动，他问：“听什么，啊？”

“听话啊！”医生的情绪发生了转变，他怒冲冲地说，“你说的话我都听了，你让我跑快一点，我就跑快了，你让我跑慢一点，我就跑慢了，你搞得真像我的教练一样。”

那都是三年前的事了。那时候新婚的医生开始晨跑，他在晨跑的第一天就遇到了老头。老头从清晨的雾霭中突然插在他的面前，对他大喝一声：“哪儿有你这样跑步的？！你跑得简直难看死了！”医生吃了一惊，不由得停下了步子。“不要停，跑！跑！”老头在他面前倒着跑，并且用两只手的动作召唤着他。医生重新跑起来后，老头就开始常年指导着他的跑姿了：“稍微快一些，快一些快一些，慢，慢一些，头，头头，仰起来！”

吊在半空的医生说：“我听了你多少话啊，简直是莫名其妙。”

老头扑哧一声笑出来了，说：“我是个热心人，这点你早该看出来了。我是见不得运动姿势难看的，锻炼就该有锻炼的样子，乌七八糟地乱弄，还不如躺在被窝里。你出来锻炼是为什么？

啊？为什么呢？”

“你为什么呢？”医生又开始引体向上了。

“我？”老头嘿嘿笑着说，“我怕死，所以要锻炼。你呢？你不怕死吗？可是你运动的姿势不正确，是达不到锻炼的目的的。”

医生觉得自己流汗了。但他依然坚持把自己吊在半空中。他说：“可是我并不怕死。”

“不怕死你锻炼什么！”老头有些火了，他可能觉得医生是在故意顶撞他。

“我并不是锻炼，”医生在这个清晨倔强起来，他辩解说，“我只是跑一跑，是由于你的出现，我的跑步才成了锻炼。”

“跑一跑？什么意思？你什么意思啊？你是说我多管闲事吗？”老头认真起来，两只手搓来搓去，还把关节压出些响动。

医生也感到了奇怪，他不知道是一种什么情绪在支配着自己，令他非要和老头说下去。他说：“你没有多管闲事，是你并不了解我的动机。嗯，你只是有些自以为是。”

“你下来！”老头狠狠地说。

医生有些吃惊地看着老头。他从半空中看下去，老头灰白的头发就像一捧稀疏的茅草，此刻这捧茅草还蒸腾着袅袅的热气（那是正确锻炼后的结果）。医生不能想象，这样的一个老头，居然会对自己明确地表示出一种暴力的倾向——天啊，他这是要做什么？

医生依旧吊在半空中。老头等待了片刻，最后不屑地哼了一声，转身离开了。

吊在单杠上的医生落下来，他追上去，对老头说："你别走，我还没请你吃牛肉面呢。要不，你请我？"

老头诧异地看着泪水从医生的眼眶里流了出来。愣了一阵后，老头宽宥地说："嗯，我知道了，你离婚了，我不和你计较。"

两个人并肩走进了街对面的那家牛肉面馆。这个时候正是一天的开始，面馆里挤满了人，排在取饭口的队伍一直延伸到了街上。他们进去的时候，恰好有个座位腾出来，老头一个健步冲上去，稳稳地填补了那个空缺。

"你去排队，我找座位！"老头很有把握地挥手说。

医生去开了票，他替老头额外加了份牛肉。当他站在那支等待取饭的队列里时，那支队列所隐含的绝望的漫长气息令他的眼眶再一次潮湿了。窗口里的师傅向他响亮地发出问话时，他才回过神来。

"宽地洗地？"师傅用纯正的兰州方言问医生，那意思是问他面条要拉成宽的还是细的。

"洗地。"医生扭捏地回答。他使用了自己非常不善于的方言。医生突然觉得，在这个热气腾腾的地方，自己如果使用标准的普通话，无疑将是可耻的。

老头已经成功地找齐了座位，他把自己的一只脚勾在一张凳子上，明确无误地表达出了他对这张凳子的所有权。医生在那张凳子上坐下，他埋头吃了几口面条，然后就对老头说："我要给你讲个故事。"他的语气有些不由分说的味道，仿佛他替老头多加的那份牛肉给了他充分的理由。老头嘴里塞着一大口面条，只能呜噜出两声。

医生的故事夹杂着一些蹩脚的方言腔调——在牛肉面热辣的滋味里，他有些身不由己。

医生的婚姻和一场医疗事故密不可分。那时候，他刚刚分配到一家医院，成为一名年轻的眼科医生。和他同时分配来的，还有另一个大学毕业生，不错，她就是医生日后的妻子。

"当然，现在她已经是我的前妻了。"医生补充说。

起初，他们并没有格外地关注对方，彼此之间的交往完全是同志式的。但是，当他们第一次共同完成一台手术时，却发生了那件不可原谅的事故。

受害者是一个年仅 8 岁的男孩。这个孩子本身就是一个不可思议的患者，他只有 8 岁，却是一个肺癌患者。孩子的父母倒很乐观，他们可能认为自己的孩子这么小，总不至于就真的没救了。这种乐观的情绪可以从他们的行为看出来，那就是，他们居然还有精力关注到这个孩子的眼疾。这个孩子的右眼有着轻微的斜视，这本来不是迫切需要医治的毛病，比起肺癌，简直就是可以忽略不计的，但是这对父母却要求在治疗肺癌的同时，顺便也把孩子这个微不足道的瑕疵补救过来。他们是处于怎样的动机呢？这一点医生想到过，他认为这对年轻的父母对自己的孩子依然充满着美好的憧憬，他们非但不怀疑自己的孩子终究会获得健康，而且，对那种健康的质量也是丝毫不愿意降低的，那就是，它还必须是美丽的，是没有丝毫残缺的。在孩子父母的要求下，医院为这个孩子安排了右眼的矫正手术。这是一种很简单的手术，所以就交给了医生和他的那位女同事。

此前他们已经协助其他医生进行过许多次类似的手术了，但这一次是他们首次合作，而且，是由他主刀。手术进行得很顺利，他们经过了准确的计算，成功地将男孩眼部的外直肌退后了5个毫米，整个过程完全合乎规范。医生还记得，当那个孩子被推出手术室后，他对自己的女搭档做出了一个胜利的手势。他显得很兴奋，毕竟，这是他第一次主刀。

但是当天中午医生就发现了异样。他们去病房探视那个孩子的术后反应，孩子刚刚从麻醉中苏醒，双眼都被绷带扎着，他很坚强，只对医生说，叔叔，我有些痛。医生还表扬了他，说他真是一个勇敢的男子汉，因为他只感到了“有些痛”。可是，渐渐地医生就惊恐起来，因为他注意到这个孩子总是下意识地用手去捂自己的眼睛，而他每一次伸出的，都是左手。他用左手去捂自己的左眼。这个细节显然也被那个女同事注意到了，他们从病房出来后，医生看到这个女同事的整张脸都煞白着。他们都从对方的神情中得到了一个可怕的暗示：自己有可能犯下了不可原谅的错误——他们把本来应当开在右眼的刀开在了男孩的左眼。可是这太荒谬了，以至于他们谁都不敢主动开口去证实一下。他们本能地不允许自己承认会犯下如此的过失,如果事实真的如此,那么这个过失即使是算作罪行都毫不勉强。整个世界一下子变得抽象了,全部凝聚成一股力量针对着他们那两颗小小的心脏。他们谁都没有说话,分开后各自去寻求解脱的方法。但是解脱注定是无望的,他们唯一可以蒙蔽自己的,就是把这一切当作是场噩梦,所以其后的几天,他们反而显得很正常,只是脸上都挂着一种梦幻般的表情。

受害者只是个孩子,他并不能意识到自己所受的伤害,他无法区别医生们的手术刀下在哪里才是正确的。所以那几天一切如旧,世界照样运转着。本来这种手术 3 天后就可以去掉绷带了,但是,作为手术的实施者,他们找出了许多借口,无望地延宕着那一刻的来临。

然而,男孩眼上的绷带早晚要被揭开,这就如同死亡一般无可避免。随着那个日子的临近,医生陷入了某种病态的亢奋。他的一切行动都变得迅速了,行走如风,有时候走着走着就不由自主地小跑起来,他觉得这样似乎才能摆脱掉什么。终于在一天夜里,医生敲响了那个女同事宿舍的房门。当她打开门的一瞬间,就被医生几乎要扑倒般地拥抱住了。医生抱着她说:“我们逃跑吧!”这句话让她看到了自己的绝望,原来在她的潜意识中,逃跑的这个欲望也已经是那么的强烈,所以她才会在那几天漫无目的地整理起行装,把自己的宿舍搞得一片狼藉。然而,那毕竟只是一种绝望的幻想,可是他们此时的拥抱却是那样的可靠和真实。

医生的叙述在这里停顿了片刻。因为，他回忆起了那一夜前妻在自己怀里的挣扎。她的挣扎不是那种拒绝的姿态，一切都发生得极度慌乱，他们都没有自觉的意识，所以她不可能是在拒绝他。她呻吟着，在他的身下柔韧地起伏着。她的肢体那么有力，让医生觉得自己是浮在连绵不绝的海浪之上，当她剧烈地战栗起来时，医生又觉得她是一条刚刚搁浅的鱼，依然有足够的力气扑腾着。

这种可靠和真实的拥抱支撑住了他们。他们开始镇定起来了，并且第二天就在大家面前公开了他们之间的关系。他们的手挽在一起，紧紧地依靠住对方，有一种梦幻般的依赖感。他们安静地等待着一个日子的来临。医生说他会把一切责任都承担下来，不过，说完后他又说起了自己的父母，他说他的父母费尽千辛万苦才把他培养成了一名医生，如今就这样断送掉了。说的时候，他哭了，完全像一个无辜的孩子那样，扑在女同事的怀里，把眼泪和鼻涕蹭在她的胸口。

“太可怕了！”老头压低声音对医生说，“看来锻炼身体真是太重要了，我是坚决不会把自己的身体交给你们医生来糟蹋的！”

医生对老头的话置若罔闻，他完全沉浸在自己的故事里了。

那些日子，他们都准备好了。但是结果却大相径庭。那个男孩的病情突然急转直下，癌细胞以令人震惊的速度转移到了许多其他的器官上，他眼上的绷带还没有打开就死在了医院的急救室里。

老头有些瞠目结舌。但是他很快就幸灾乐祸地说："即使是死了，你们也逃不了干系，你们得赔多少钱啊？"

医生摇摇头，否定了老头的判断。实际上也是如此，那个孩子的父母悲痛欲绝，他们无法接受这样的事实，他们本来是坚信自己的孩子终究会健康并且美丽的。悲痛令这对父母忽略了一个重要的伤口，直到这个孩子的尸体烧成了灰烬，他们也没有去区分那道伤口的左右位置。这似乎是一个侥幸的结果，一个性质恶劣的事故被一个男孩的夭折掩盖了。但医生显然不能因此心安理得。他的女同事也不能。他们无法想象，那个孩子在另一个世界里双眼都斜斜地散乱着——他们将男孩那只正常的左眼向外调整了 1.5 度——但是这个想象却在他们的脑子里挥之不去。后来他们结婚了，这几乎是必然的。他们没有举行任何仪式，一切都进行得不露声色，以至于很久以来大家都以为他们是未婚同居。婚后医生就开始了漫长的晨跑，他的妻子也有自己一套固定的行为，那就是不厌其烦地整理着行装，仿佛随时要远行一样。

医生在这个清晨说了太多的话。他的语言由于夹杂了自己完全陌生的兰州方言，因此显得不伦不类。当"噩梦""绝望"这样的词用方言说出来时，既有些古怪可笑，也令医生有些不能自持地哀伤。他听到了老头不耐烦的声音，那时候他们已经从牛肉面馆出来了，老头向他抱怨说：“好了，你不要讲了，要不明天讲也可以，你不要跟着我，我还要送孙子去幼儿园。”但医生依旧喋喋不休。他要把自己的话说完，听众是必须要有的。

医生说：“从明天起，我就不出来跑步了。”

“随便你。”老头自顾走自己的路了。

医生追上去，跟在他的身后继续说着：“有一件事情，我一直没有告诉我的前妻，那可是个秘密，你要听吗？”

老头头也不回，他可能认为自己是被一个疯子纠缠上了。

医生追了几步。但老头健步如飞，那种神秘的物质好像又横亘在他们之间了。医生觉得他无法追上老头的脚步，只好沮丧地站在了路边。

医生在路边喃喃自语：“那个男孩的尸体被拉走之前，我曾经去过医院的太平间……”

医生是去看那个男孩的。没有费什么力气，医生就从那些蒙着白布的尸体中找到了他。他太小了，蒙在白布下只有一个枕头那么大。医生掀起了他脸上的白布，看到他如同睡去了一般的恬静。当然，病痛的阴影依然残留在他的脸上，那是一种没有丝毫侵犯性的狰狞，并不令人恐惧，只是令人心痛莫名。医生找到了那个伤口，它恢复得很好，也许再长一长，就会和预期的一样不会留下任何痕迹了。医生看到了，这个伤口的位置并不像他们已经认定的那样处在一个错误的位置上，他甚至用自己的双手在心中判断了一下左右，结果是，那个伤口的位置的确是正确的。它在右面，不在左面。这个事实没有带给医生丝毫的喜悦和欣慰，他觉得整个人都丧失了力气。男孩生前左手的动作，也许只是一种无意识的行为，也许，只是牵拉后的眼外肌令他感到了左眼的不适，但是他的行为，却令两个医生如此的绝望。原来折磨着他们的，只是他们心中那种与生俱来的莫须有的恐惧。

老头的背影越走越远，眼看就要消失在广场的主席台后面了。他可能没有听到医生在他身后的叫喊。

“知道我为什么跑步吗？”医生向着朝阳大声疾呼道，“那只是为了我们心中与生俱来的莫须有的恐惧！”

把我们挂在单杠上

司马教授把自己挂在单杠上。他用两个膝弯夹着横杆，身体倒垂着，晃晃悠悠，远看起来，好像晾在风里的一块床单什么的。这个姿势并不是他要追求的效果，他说，他力图达到的水准是——要像一只马扎似的把自己折叠起来。大家跟着他联想马扎的样子，有人恰好屁股下面就坐着马扎，于是拿出来示范，啪的一声，拦腰合住。人们惊呼：

是这样子的啊！

不错，正是这样子——拦腰折叠，这就是司马教授正在孜孜以求的境界，他幻想着以自己的腰部为基点，咔嚓一下，将整个身体悬挂在单杠上面。这“咔嚓一下”，也是出自大家的联想，人们似乎都听到了有这么一声，要响亮地从司马教授的腰际发出。

单杠其实很低，是生活区里安装的那种玩具似的健身器械，并不具备正规单杠的高度，所以老弱病残都有条件在上面腾挪一番。平时大家在上面施展，最好的动作无外如此：两臂用力，把自己支撑起来，厉害一些的，能多坚持一会儿。大多时候，是一些小孩手握横杆，然后双腿蜷曲，两脚离地，很无赖地吊在上面晃荡。两相比较，司马教授目前完成的姿势已经属于高难度动作了，可他居然并不满足。

这天黄昏，司马教授倒挂在单杠上，满头巍峨的银发离开头皮，像一顶冠冕堂皇的皇冠，直冲冲地指向大地。由于拉力的作用，本来就很干瘪的肚皮现在完全凹了进去，上身的衣服堆到胸口，于是让胸部显得很臃肿、很发达，好像女人的体形，又好像蕴藏着结实的胸大肌，如一个大力士一样。对于司马教授的别出心裁，人们普遍不看好。大家围在单杠边，规劝司马教授：

下来吧下来吧，这么大年纪了，有个闪失可怎么得了。

司马教授挂得时间不短了，血都涌在头上，脸色红彤彤的。他看大家的眼神也不对，向下翻着白眼。如果把他的身子翻转过来，白眼当然就是向上翻的，但不管向上还是向下，既然是白眼，就都有股目中无人的轻蔑在里面。然而大家能够原谅司马教授，认为他此刻的白眼和态度毫无关系，完全是地心引力使然。目睹一位年近七旬的老人在单杠上一意孤行，人们变得都很客观了，变得很有科学精神。

司马教授翻着白眼在围观者里睃寻，睃来睃去，好像上帝在严格地遴选他的子民。大家碰到他的目光，都有些害羞，并且不由自主地严肃一下。司马教授的白眼后来落在了林教授的脸上。林教授是数学系退下来的，但身体像个在职的体育系教授一样健壮有力。所以他被遴选出来了。司马教授对他说：

老林老林，你过来帮我一把。

人们挤在单杠周围，本来有一道无形的圈，尽管兴致勃勃，但大家都自发地停在那道圈外，和倒置的司马教授保持三步以上的距离。这三步以上的距离被许多复杂的情绪填充着，有惊讶，有兴奋，还有种莫可名状的恭顺在里面，雷池一样的，似乎谁迈了进去，谁就妨碍了伟大的事物。林教授得到了召唤，谨小慎微地走进了那道圈里，现在，他和司马教授只有一步之遥。

司马教授说，老林你过来扶我一把。

林教授蹲下去，头和他的头一正一反地对上，好像一组双引号。

林教授说，司马你是要下来吧？

司马教授说，我不要下来，我是让你过来托一下我，好让我的腰担在杠头上。

林教授说，把腰担在杠头上？你这个老东西耍什么把戏？

司马教授腰一挺，两只手捉住横杆了，这样一来，他的上身就像只虾米一样地弓着。考虑到司马教授的年纪，这个姿势就可谓矫健了。他说：

老林你给我点支烟抽抽。

林教授摸出自己的烟，嘴角一边一支，同时点着了，很周到地塞一支在司马教授嘴里。司马教授腾不出双手，只好吧嗒着嘴控制抽烟的频率，烟雾把他的眼睛熏得够呛。他嘴上叼着烟，眼睛一只开一只合，好像中风那样，半边脸抽搐着。把身体像只马扎似的折叠在单杠上的这个愿望，司马教授就是用这副表情向大家宣布的。

那个时候我正放学归来。时值阳春，空气暖酥酥的，让人很舒畅。我这个小学五年级的男生胸中洋溢着一股诗意，当时我在心里吟哦着的，是这样一首诗：

草长莺飞二月天，
拂堤杨柳醉春烟。
儿童散学归来早，
忙趁东风放纸鸢。

不是吗？很贴切的。唯一和事实有出入的是，散学归来的我，没有条件去“忙趁东风放纸鸢”。一般情况下，散学归来后我首先要回家报到，然后赶在晚饭前把作业搞完。晚饭后呢？就要去学习古典诗歌了。当我还是个学龄前儿童的时候，我的母亲就把我送到了司马教授面前，对他说：

司马先生，我儿子的古典诗歌就交给您啦。

我母亲是这所师范大学的物理讲师，但她认为，对于一个儿童来讲，古典诗歌比物理定律更具备滋养心灵的功效。所以她就把我交给了司马教授。司马教授已经退休多年，但名头依然是响当当的，他一生主攻楚辞，尤其对宋玉的研究，堪称学界翘楚,于是我的古典诗歌启蒙就是以此为发端的——悲哉秋之为气也！萧瑟兮草木摇落而变衰。学龄前儿童,算得上是“自幼”了吧？那么,我就是自幼在司马教授那里受到了古典诗歌的熏陶。因此,我觉得我对古典诗歌还是有一些心得体会的。被司马教授带了几年,我发现,我们的古典诗歌在总体上,是很忧伤的,见春悲春,遇秋伤秋,好像一年到头没有个让人高兴的时候,即使“一枝红杏出墙来”这样的句子,也让人心里酸酸地提不起精神。我这个小学五年级的男生,灌着一肚子这样的古典诗歌,整个人都有些心事懆懆的模样。这让我和同龄的孩子们形成了差别,他们红光满面,我小脸惨白,人说“腹有诗书气自华”,我想我惨白的小脸,就是一种“腹有诗书”的标志性容颜。所以我渐渐地有些自命不凡,习惯于独来独往。

那天黄昏,我散学归来时,身边还跟着个小孩。这个小孩是司马教授的孙子,名字就叫司马小孩。我们是同班同学,又毗邻而居,按理说应当是要好的朋友,但事实恰恰相反,我和这个司马小孩很合不来。我被母亲送到司马教授面前接受古典诗歌的熏陶,论条件,当然没有司马小孩得天独厚,但这个司马小孩对他爷爷的那一套根本不放在眼里,从小都是我在他家摇头晃脑地背,他却在一旁变着法地干扰人。我因此非常讨厌他,他爷爷呢,也因此讨厌他,用我做蓝本,时常比照着把他教训一通。这样司马小孩就有理由仇恨我了,他认为我剥夺了他这个“真孙子”的一些权益,在学校里总骂我——装孙子！我们这两个“孙子”一般是不来往的，即使在他家里，也像两个陌生人一样。散学归来的路上，更是各行其道，谁也不搭理谁。可是这天散学的时候，他却凑在我眼前说：

许浩波要揍你。

许浩波是谁？这个人我是知道的，他是我们那所小学的一个霸王，屁大一点的孩子，就会蹲在校门口抽烟了。对于这种人，我是很不屑的，有一次我对一个同学说过“少壮不努力，老大徒伤悲”的话，这话的确是针对许浩波说的，我也有些卖弄，不想却传到他耳朵里了。所以他要揍我。对于这个消息，我并不怎么感到害怕，我一肚子的古典诗歌，这点儿笃定还是有的，我想揍就揍呗，干什么先要让司马小孩传话呢？这明摆着就是虚张声势。司马小孩没有等来我胆战心惊的模样，很不甘心，一路尾随着我，喋喋不休地恫吓我说：

许浩波要揍你许浩波要揍你许浩波要揍你。

后来我被他说烦了，心里开始默诵起来，从“梦里不知身是客”一直背到“飞扬跋扈为谁雄”。这很管用，古典诗歌在我的心中萦绕，就好像让我做到了心中有数，根本对他的恫吓嗤之以鼻了。当我背到“草长莺飞二月天”时，已经走到了生活区里，眼看要和司马小孩分道扬镳，但是我们看到了单杠前聚拢的那群人。

司马小孩率先挤了进去。我本打算走开，但听到了人们嘴里在说司马教授，于是也跟着挤进去了。这时候林教授已经开始帮司马教授的忙了,他扎了个马步,双手托在司马教授的腰上,正用力向上举。人们都在心里跟着默默使劲,有一种众志成城的气氛。司马教授自己也很努力,身子配合得很好,所以林教授很稳地把他托起来了。现在,司马教授是这么一副姿势:本来勾着的腿伸直了,担在横杠上,挺挺的,腰部被林教授托举着,也挺挺的,他的双手并在大腿上,整个人悬浮在半空中,有些僵硬,好像魔术节目里凌空的配角,正等着魔术师用一个圈从身体上套过去。他说:

向前向前,老林你把我的腰送到杠头上。

让林教授把他的身子平移过去却是件比较困难的事,林教授使了把力,像给炮筒上炮弹一样,也才是把他的屁股送到了目的地。虽然腰和屁股近在咫尺,但林教授却力不从心了,毕竟,林教授也是快七十岁的人了。林教授说:

不行咯,不行咯,你个老东西骨头里面灌着铅,是个压秤杆的秤砣。

突然一个声音大叫道:爷爷我来帮你!

司马小孩一个箭步冲了上去,他抱住了自己爷爷的腿,二话不说就向前猛地一拽。司马教授的身子向前一滑,腰就落在杠头上了。

哇呀——

司马教授尖叫一声。

幸好林教授并没撒手,依然托举着他身子的重心,即便如此，腰间一旦受上力，还是让司马教授倒吸了一口凉气。人们忽然意识到了这里面的危险性，可谓恍然大悟，有几个身手敏捷的呼啦一下拥过去，七手八脚地把司马教授的身子撑住，于是，司马教授平躺在了人们用胳膊交叉起来的担架上。大家齐心协力，司马教授发现人们试图要将他抬下单杠，立刻叫起来：

不要放我下去！你们慢慢松手，我的身子就会像马扎一样地叠起来。

有人说，司马先生，人怎么能像个马扎一样呢？这太难了，只有杂技演员能做到吧？杂技演员也不一定做得到啊！

又有人说，只有柔术师才能把自己折成个马扎——可是，司马先生你不是个柔术师呀。

司马教授躺在空中对这两个人说，我当然不是杂技演员，更不是柔术师，这个还用你们说吗？

接着，司马教授挥着拳头向大家发誓：

可是，就在这根杠头上，今天早上我千真万确地把自己像个马扎一样地叠起来过！

人们嗡的一声，声音虽然不大，但有些哄堂大笑的效果。

司马教授说，你们可以不信，那时候天还没亮，鬼影子都没有一个，你们都在睡大觉，当然看不到那一幕。

司马教授的脸上浮出一丝陶醉的微笑，他横在空中，又毫不费力，当然应该有些这样飘飘然的表情。他一再要求大家：

试一试，你们试一试，实践是检验真理的唯一标准。

在他的指挥下,人们小心翼翼地实践起来。先是从司马小孩开始,司马小孩叫道:

爷爷我撒手啦!

然后,司马教授的脚就被自己的孙子丢开了。接着是头,被人抽去了支撑。那个托头的人松手后,还是很负责任地将手保持着先前的动作,只是略微向下沉了沉,半蹲着,像个守门员,随时要进行扑救一样。在他的示范之下,大家都采取了同样的态度,从头到脚,如履薄冰地交替着卸掉力气,渐渐把司马教授交付给那根横在当中的铁杠。起初很顺利,司马教授的身子很松弛,每失去一点依托,就软绵绵地向下垂一些,整个身子居然真的有种柔若无骨的趋势,那个马扎般的前景似乎真的就要兑现在人们眼前。但是,这种趋势很快就戛然而止了,膝盖,那是道绕不过去的坎,当司马教授的小腿完全耷拉下来后,良好的趋势就再也不向前迈进了,他的大腿硬邦邦地戳在半空中。上身的状况还不如下身,它在脖子那里就受到了阻击,司马教授只能把脑袋无力地向下垂挂着,尽管腰部那里微微拱向天空,但大家都看出来了,那是司马教授自己在向天使劲,并不是被杠头担弯了骨头。我也看到了,司马教授的腰已经离开了单杠,他是借助着大家的托力在搞鲤鱼打挺那样的动作。这样一来,司马教授的动作其实就和单杠没什么关系了。人们的手均匀地分担着他的重量,因此他没有吃到脊椎对杠头那种针尖对麦芒般的苦头。纵然如此,当身下的手越来越少时,司马教授还是禁不住呻吟开了：

啊哟，啊哟哟哟——

最后那几双手的主人意识到不妙了，很显然，随着自己前面的人撤手之后，他们的负荷会越来越重，这还是其次，严峻的是，随着负荷加重的，就是责任了。这几个人都感到自己是捧了个烫手的山芋。位置比较靠前的，干脆迅速抽身，像跑接力赛一样地，把棒交给下一个选手。支撑力撤得太快，司马教授就吃不消了，骨头都发出嘎嘎的声音。站在最中间的，是林教授，他处在最不利的位置，可谓风口浪尖，也可谓中流砥柱。林教授大吼一声：

停！

这一声喊住了最后的三双手。连林教授在内的那三个人，像捧着一具烈士的遗体般地捧着司马教授。司马教授还幻想着垂死挣扎，他说：

啊哟哟哟——你们听我命令，缓一缓缓一缓，然后再继续！

林教授恢复了一个数学教授应有的理性，他说：

司马，你这么拿我们开心，简直是荒谬啊！

司马教授分辩说，老林我是怎样的人你不清楚吗？我怎么会拿你们开心呀？

这句话好像有些说服力，起码我可以证明，司马教授不是个会拿人开心的人，我是他老人家的关门弟子，他的严谨我是领会至深的，司马老人家品行端庄，素有古君子之风。

林教授很有逻辑地说,既然你早上一个人都能折马扎,现在这么多人托着你,你倒啊哟哟哟起来,你这不是拿我们开心是什么呢?

司马教授无言以对,委屈地说:

你不要问我,我比你更奇怪,怎么早上能做的事,还不到晚上就做不出来了?我就是不信,人连自己身体的主都做不了。

林教授说,这有什么好奇怪,七老八十的人了,你还想做身体的主?

司马教授说,不是这样子的,明明我早上做出过那个动作,否则我现在也不会这样不自量力。

司马小孩绕到他爷爷头前,嬉皮笑脸地说:

爷爷你是在梦里折马扎的吧?

司马教授勃然大怒,脱口便是一句唐诗:

朱颜今日虽欺我,白发他日不放君!

司马小孩哪里听得懂这两句的意思,依然嬉皮笑脸的,他把自己爷爷的头搂在怀里,得意扬扬地说:

爷爷你的脖子累啦,你乖,我托托你。

司马教授的头摇得像拨浪鼓一样,他是在表达着自己沮丧的愤怒,他跟别人不好发作,就只好冲着司马小孩来了,谁让他是司马家的小孩呢?司马教授的身子被头连带着一起波动,捧着身子的那几双手猝不及防,一下子险象环生,司马教授几乎滚落下来。大家一片惊呼,那些蓄势待发的手呼啦一下全顶上去,重新将司马教授接在了胳膊交叉的担架里。这一回大家不给司马教授机会了,一二三,步调一致地将他从单杠上抬了下来。落地后的司马教授尴尬万分,像一个跌落人间、蒙尘了的老神仙,他站在人群里东张西顾,一副左右为难的样子,嘴里不断嘀咕,既像是自言自语,又像是对大家申辩:

真是这样子的,我晨练的时候真的做出那个动作了,我自己都是吓了一跳的。

我听到有个老太婆说,司马先生你一定搞错咯,你怕是用肚子担住杠头折马扎的,那样还是很好折的,我们大家都折得起。

一个妇女接住话说,话是这么讲,可是,难道司马先生连腰和肚子都分不清楚吗?

林教授的语言比较精练:是呀,一个是前仰,一个是后合,不同的。

人们开始各抒己见,畅所欲言。不要说司马教授,连我都觉得这种没头没脑的议论很让人反感。挤在单杠前的都是些什么人呢?他们基本上是这所师范大学教职员工的家属,这些家属,最喜欢来健身器前锻炼身体了,林教授这样的人混在里面算是有辱斯文,我想这也是司马教授求助于林教授的一个理由,他大概觉得林教授和自己是同类,比较好张口。我的心里也有一些偏见,我肚子里的古典诗歌令我将这些家属们当作自己的“异类”,听这些“异类”夸夸其谈地谈论司马教授,我突然有些义愤填膺。司马教授一定和我有着相似的心情,但他不好动怒,这些人刚刚热情洋溢地把他抬上抬下的，他就没有翻脸的权利了。司马教授为难死了，他很想让大家相信他的话，但又只能用比较低的姿态来反复说明，说来说去，就把自己说出了忍辱负重和自取其辱的模样，但人们还是不能相信他，家属们自说自话，好像都比眼前这个楚辞权威要聪明得多。我看出来了，立在人群中的司马教授有些矛盾，他脸上的表情很明显，那就是，他正在拿不定主意是否要破釜沉舟地重新回到单杠上。我鼓起勇气对司马教授喊道：

司马先生该回家吃饭啦！

我的声音让自己感到陌生，它混在家属们嘈杂的声音里，无端端地就有股做贼心虚的味道，轻飘飘的，像一根稻草浮在水面上。但司马教授立刻抓住了这根稻草，他的目光一下子就找到了我，他充满惊喜地对我说：

毛亮，你相信我的吧？

我模棱两可地哦了一声。

司马教授显得有些害羞，他说：

大家都不信我，你说我该怎么办？

我说，您不需要让大家信您啊，您自己信自己就好啦。

我继续指出：现在已经是吃饭的时候了，您应该先去吃饭，只有肚子吃饱了，您才有力气把自己折成马扎。

我们就这样轻轻地交流着，声音湮没在家属们热烈的议论之中。虽然我有时候也会怀疑，这番交流是否真的在那个黄昏发生过，然而记忆总是以肯定的面目向我证实——是的，它很有可能发生过，证据是：司马教授在那个黄昏突然像被人说服了一样，分开人群，回家吃饭了。

我也回家吃饭了。我的心情有些沉重，可我说不出理由，我已经被古典诗歌陶冶出了某种气质，就是，时常会神出鬼没地感伤，所谓“感时花溅泪，恨别鸟惊心”，完全是一些刁钻诡异的比附影射，根本不需要逻辑严密的因果。吃完饭，搞完作业，照例我要去司马教授家求教。往常出门，我会这样和母亲打招呼——我走啦！或者——我去司马先生家啦！但是这一天，我跟母亲打了个非同寻常的招呼，我对她说：

我去学习古典诗歌啦！

穿过夜色中的生活区时，我在那根单杠前逗留了片刻，我四下望一望，确定没人后，纵身跃上了杠头。我采用的是这样的姿势：双手反抓横杆，然后用力向后一蹶，身子翻转半周，天旋地转，两条腿就钩在上面了。我尝试了一下，发现要让腰部凑到杠头上，完全就是一件不可能的事情，是异想天开和痴人说梦。那时候已经是满天星斗了，我倒挂着，用腿弯钩住杠头晃荡了一阵，我认为从这个角度遥望夜晚的天空，还是很美的，因为它显得更空旷了。我只是不能确定自己的视角算是仰望还是俯视。

我按时敲响了司马教授的家门。司马教授的儿子、司马小孩的父亲，这个男人愁眉苦脸地将我迎了进去。然后我就看到了司马教授的怪模样。他横在那里，腿拖在地板上，头扎在沙发里，腰呢，狠狠地担在沙发藤质的扶手上。原来他把沙发的扶手当作单杠了。这个模样实在古怪，不专门摆，恐怕人一辈子也不会弄出这样的造型来，除非一些命案的现场，一些非正常死亡的尸体才有可能这样架在沙发上。依然是毫无道理，我的心里又蹦出一句牛头不对马嘴的诗：

君看一叶舟，
出没风波里。

司马教授的儿子、司马小孩的父亲，这个一筹莫展的男人，把我当成救星了，他冲着自己的父亲说：

你看你看，毛亮来学习了，你快些起来吧。

从我的角度看，我看不到司马教授的头，只能看到他挺起的肚皮。我看到他的手从沙发里伸了出来，向我摆了一摆。司马小孩一直不怀好意地贴在我身后，此时用手捅了一下我的屁股，提醒我：

他在叫你！

我不安地走向前，有些战战兢兢。这样我就看到司马教授的头了，但他的头钻在沙发里，一片阴影把他的面目蒙住了，让我不能看得分明。司马教授埋在阴影里对我说：

毛亮，以后你不要来了……

司马教授沉吟了一下，继续说：

古典诗歌没用的,如果人连自己的身体都做不了主,学什么都是可笑的。

如今看,司马教授话里的意思是很明白的,但是当时我却没有听懂。当时我细着嗓子问:

您说什么?

司马小孩大声指点我:笨蛋!他是说身体比诗歌厉害,他绝望啦!他要重新做人!

我不相信这些话是司马小孩自己总结的,我想一定是我来之前司马教授这样表达过。司马教授的儿子、司马小孩的父亲,这个束手无策的男人,开始教训他的儿子。司马小孩很张狂,和他老子针锋相对地干。我失魂落魄地从他们家出来,心里有种被拒绝后的凄凉,他们家的门在我身后关上,我觉得被那扇门关闭了的,岂止是三个姓司马的人,我想从此一些浩渺的事物就和我切断了关联。当我走出楼洞,走到夜空下时,仰头望天,尽管有星无月,但我的心里还是蹦出了不咸不淡的一句:

人散后,一勾新月天如水。

我接受古典诗歌熏陶的日子就此终结,一切看起来比较荒谬,正本清源,我只能将此归咎于那根单杠。我胸中的文章失去了补给,这样一来,我惨白的小脸就完全只是惨白和小脸了,没有了华彩的理由。坏运气总是接二连三,当我彻底无精打采的时刻，许浩波杀到了我的眼前。他在春天的时候通过许多人向我传达过他要揍我一顿的宣言，这样沸沸扬扬地散布了半年的光景，我都听得麻木了，所以当他突然要兑现这个宣言时，我真的是惊慌失措。我去上学，正值午后，路面上升起袅袅的热浪，视野低处的景物都有些荡漾。许浩波就在此时拦住了我的去路，他的身后跟着一群看热闹的阿猫阿狗，里面当然有司马小孩的影子。我听到许浩波大喝一声：

喂！你骂过我！

我感到自己在发抖，我的笃定在半年前那个“一勾新月天如水”的夜晚开始随风而散，现在几乎已经荡然无存了。我避实就虚地说：

你说什么？我听不懂。

许浩波说，你骂过我！

我做沉思状。

许浩波说，少壮不努力，老大徒伤悲，这个话，是你骂的吧？

我弄出顿悟的样子，点点头。

我和他商量：这个，不能算是骂吧？

我承认，我是有些装疯卖傻，可是，此刻除了装疯卖傻，我还能怎么办呢？我眼前的这个霸王，不但比我高出一头，还比我宽出一截，他在盛夏里敞胸露怀，那模样，大马金刀的，我伤心地想自己今天在劫难逃了。果然如此，我们面面相觑了一会儿，许浩波被我搞烦了，他说：

妈的不跟你啰唆!

说完他就动手了。实际情况比我料想的更糟糕,这个霸王五大三粗,却一点也不笨拙,甚至称得上是灵动。他没有用我想象中的蛮力来攻击我,而是非常专业地使出各种花招,把我打得团团转。我先是被他背了起来,他一耸肩,我便飞了出去,但手腕还被他扣在掌心,他一拽,我就到了他的怀里,然后我的脚下一绊,不知道什么原理,又一头栽了下去。就是这样,我完全是身不由己,好像被一双翻云覆雨的手在肆意拨弄。我宁愿像个被动的拳击手那样遭人殴打,那样,还有一些惨烈的体面在里面,有种“虽死犹荣”的光彩,但是当下发生的一切,只能让人羞愤,他的这种打法完全是戏弄式的蹂躏,像耍猴一样地让我出丑。围观的人又是喝彩又是鼓掌,真像是在看戏一样。他们都是我的同学,他们见证着我的耻辱时刻。我知道了,在他们眼里,我也是一个“异类”。我的确是被打蒙了,这个家伙真是神奇,能够把我像个风车似的转来转去。我被摔坏了,晕头转向的我,脑子里居然不合时宜地闪出这样的句子:

粉身碎骨浑不怕,
要留清白在人间。

不伦不类啊!而且还自欺欺人!今天我想起来头皮依然会一阵阵地发麻,我很为自己的滑稽而伤心。那个午后,我的对头充分展示了一具身体所能够达到的完美境界。他的身段行云流水一般流畅,电光火石一般洒脱,连挨打的我,都深深地体会出了一种美感。后来他打累了,我居然有些意犹未尽之感。他们跑散掉了,我呼哧呼哧地躺在热浪袅袅的路面上。那天下午我第一次逃课了,我整个人都披头散发、东倒西歪的,这副样子实在没脸再去学校了。我奄奄一息地沿街徘徊,有几个与我年纪相仿的小乞丐对我生出了警惕之心,他们恶狠狠地向我做鬼脸,打下流手势。我吓坏了,很怕再次遭到不测,只好寂寞地走向了城外。

当我灰头土脸地踅回家时,已经是后半夜了。我想不用说,我的父母一定急坏了,我为此有些恶毒的快意,我只是个小学五年级的男生,受了这么大的伤害,似乎只有父母也跟着我一道痛苦,才能安慰我那幼小的心。我走进黑夜中的生活区,然后就看到了那枚闪闪烁烁的烟头,它在黑暗中明明灭灭,分外惹眼。我被它吸引着来到了那根单杠前,于是,这样的一幕在夜色下浮现:有一样物体,貌似一床棉被,两头齐平地挂在单杠上。我把它首先想成棉被是有根据的——天气好的时候,学校里的家属们经常把自家的棉被搭在单杠上晾晒。但是显然,棉被不会叼着支烟。你一定也猜出来了,不错,这个两头齐平挂在单杠上的,正是司马教授。我的脑袋依然昏沉,但还是感到一阵激动,我想奇迹总是发生在黑暗中,他老人家终于把自己折成了一只马扎啊!我听到他问我:

是毛亮吗？

我答应了一声，贴近了认真地端详他。他是多么惬意啊，嘴上叼着烟，身体在夜风中不易觉察地轻轻摆动。他像一床棉被，但是比棉被更柔软，确切地说，他更像一把拉面——我母亲在家里拉面时，总是用一根筷子挑起拉好的面条，然后下到沸腾的水中。我刚刚经历了身体上严重的挫败，现在目睹这样一个出神入化的身躯，感到了无比的惊诧，向往之情油然而生。司马教授如愿以偿地悬挂在单杠上，在这个夜晚，他的喜悦溢于言表。尽管他曾经向我宣告过“古典诗歌是没用的”，但是，此刻他还是得意地对着夜空吟诵出了如下的诗句：

六十余岁妄学诗，
功夫深处独心知。
夜来一笑寒灯下，
始是金丹换骨时。

那天夜里，受到他的感染，处在挨打后遗症中、脑子像一团糨糊一样的我，也不由得浮想联翩，许多毫不搭界的诗句纷至沓来——此曲只应天上有，人间哪得几回闻；同来玩月人何在，风景依稀似去年；当年不肯嫁春风，无端却被西风误……其中最离谱的两句是：

仗义半是屠狗辈，

负心都是读书人。

然而我们的古典诗歌是多么莫名其妙啊，似乎哪一句都能对应着此情此景。和古典诗歌同样莫名其妙的，还有我们的身体。今天我已经是一名出色的柔术师了，我能够随随便便地把自己的身体拧成一根大麻花，至于马扎什么的，简直是轻而易举，有时候我吃饭都是把头从胯下钻出来边玩边吃。当我在舞台上旁枝斜逸地表演时，观众们一定会觉得非常之莫名其妙。我的职业让我的母亲很失望，我连一个物理讲师都没弄到手，然而我心安理得，因为我的身体可以被我随心所欲地做主。如果要追溯我职业的发端，我会向你回忆那个夜晚——那时我晃了晃脑袋，里面喧嚣的诗句像头皮屑一样地纷纷撒落，然后我默默地走过去，贴着司马先生，神魂颠倒地把自己挂在了单杠上。

爱情诗

我们的无所依附的眷恋有可能被看作是无所眷恋。

——艾略特

春天的时候，林永靖医生决定养一缸鱼。医院里的小车司机管生向他推荐了锦鲤。管生说：这种鱼皮实，性情温和，好养。最妙的是，有个讲究——养在家里，能让生活中的一切关系在潜移默化中变得和谐。林永靖医生被打动了，花了不菲的价格，买下了九条不同品种的锦鲤。

进入盛夏的时候，九条锦鲤中最漂亮的一条死掉了。死掉的锦鲤华丽而矫健，在林永靖医生心里，是当作那一缸鱼中的领袖来看待的，并且对它格外地赋予了一些神秘的寄托。随着它的死亡，林永靖医生的生活也改变了。

庞安医生

庞安医生看到那条死掉的锦鲤时,“死亡”这两个字就令她一阵眩晕。对这条死去的锦鲤,她竟然无力去仔细端详,更遑论将其打捞出鱼缸。庞安医生被一种大而无当的忧伤覆盖了,这种无法说明的忧伤令她感到了困倦。她恍惚记起林永靖医生出门时的叮嘱:照顾好鱼,万一停电,就换换水,这样它们才不会缺氧。天气这么热,嗯——你也要照顾好自己。庞安医生忍不住呻吟了一声,心里想,我既没有照顾好鱼,也没有照顾好自己啊!这样的结论不但令她自怜,也令她自艾,混合在一起,就是种消极的情绪。在这种消极的情绪中,庞安医生进入了深沉的睡眠。

庞安医生从来就是个消极的人。对于生活,她从来没有积极地去谋求过。她按部就班地读书、工作,没有格外地经营过什么,也就似乎没有格外地丧失过什么。尤其在嫁给林永靖医生后,生活在她面前变得更加轻盈,一切都被林永靖医生积极地克服了,留给她的,似乎只有水和空气,虽然必须,却都是可以忽略不计的。有时候庞安医生觉得,自己就像一条鱼啊,在一片幽暗的深海里,安静地游来游去。

入夏以来,庞安医生的安静却被打乱了。医院里新来了一位院长,叫乔戈。新院长乔戈仿佛一枚高品质的鱼钩,对她这条寂寞的鱼发出了试探。对于一枚鱼钩的试探,庞安医生身不由己地做出了回应。这种回应天经地义,它来自庞安医生的内心,被荏苒的时光酝酿着,甚至独立在她消极的意识以外。庞安医生觉得,这位新院长在遥远的过去就站在某个地方对她张望着,那种意味深长的窥望,终究要引动她内心积存已久的焦虑。

但鱼钩与鱼叵测的关系,从初夏到盛夏,一直陷入在遥遥无期的对峙之中。庞安医生惯常的消极态度,有效地延宕了那种顺其自然地咬合。犹豫与徘徊混合在燠热的温度中,让这个夏天成了一个心照不宣的季节。在林永靖医生出差之前,他们没有任何轻举妄动的理由。这样的局面甚至让庞安医生觉得自己内心的波澜只是一种幻觉,它并没有现实的依据,两人之间的召唤与回应,只是一种虚构的情节。直到乔戈院长对她暗示林永靖医生的出差是一次刻意的安排后,她才相信,这一切是真的发生着。

傍晚的时候突然下起雨来,顷刻间雨水滂沱。庞安医生在暴雨击打窗子的嘈杂声中苏醒。然而苏醒之后她的第一个意识,就是那条锦鲤的死亡。她从床上下来,奔至鱼缸前。虽然阴沉的天空令屋内的光线一片昏暗,但她仍然可以看见那条锦鲤漂浮在水面上的姿态。它翻着肚皮,仿佛一个惬意的仰泳者,随着鱼缸里的水流不易觉察地摆动着。那些微不足道的水流出自一只水泵,正是由于它一度停止了工作,才造成了这条锦鲤的死亡。如今它却勤奋地工作着,制造出的气泡发出嘟嘟囔囔的水声,像一个人周而复始的抱怨。庞安医生觉得自己的听觉发生了奇妙的变化，现在，她觉得这只水泵发出的声音压过了窗外暴雨的喧哗，那种轻微、单调的声音，在四周营造出一种懒散的寂寞。一切声音都被它覆盖了。所以，电话铃声响了很久才被庞安医生觉察到。

乔戈院长只在电话里喂了一声，就被庞安医生的哭泣打断了。

庞安医生悲伤地呜咽起来。

她说："它死了！"

乔戈院长

乔戈院长在看到女医生庞安的第一眼时，就变得心事重重了。他觉得时隔多年，她依然保持着那种惘然若失的风度。他不由得要去凝望她，双眼满含忧郁的深情。但在行动上，乔戈院长却是迟缓的。他一度甚至满足于这样的状态：仿佛在共同钻研一道令人着迷的难题，只和对方模棱两可地相互启发着，却并不去响亮地给出答案。这样的情绪裹挟在盛夏的酷暑之中，成了一种软弱无力和装腔作势的混合物，它令乔戈院长感到了尴尬。乔戈院长感觉到，在这种情形下，他的威信都有丧失的可能。他甚至觉得医院里所有人的目光都在审视着他，在他们眼里，一个新的院长，或许不该陷入在裹足不前的境地之中。

院里要在盛夏的时刻派出一名医生去外省完成一项合作，

这是一个重要的机会。乔戈院长犹豫再三，终于做出了决定：就让林永靖医生去吧！当这个决定被宣布的时刻，乔戈院长显得有些不知所措，过了好一阵，他仿佛才回过神来。乔戈院长用一种毋庸置疑的语气对林永靖医生命令道：

“就是你了，就派你去！”

林永靖医生走后，开始的两天乔戈院长还有种如释重负的解脱之感，似乎仅仅实施了这个决定就足以令他满意了，已经算是对自己做出了交代。但是在第三天，当他和庞安医生在院里那条羊肠小径不期而遇时，他像一个大梦之后的觉醒者一样，突然就洞悉了自己的方向。

“乔院长好！”

“庞医生，你好！”

“林永靖打电话回来了，他已经到了。”

乔戈院长没有吭声。他的双眼再一次满含忧郁的深情。他看着眼前的这个女人，泪水居然溢出了眼眶。这泪水来临得有些荒唐，事后乔戈院长认为，它是源于某种神秘的危机感。

后来他们一同走出了医院。准确地说，也并非是“一同”。两人之间始终保持着一段距离，在炽烈的光线下一前一后地走在大街上。阳光粗暴地泼在他们身上，大街上没有一丝风。高温令大街上的车辆都稀少起来。乔戈院长吃惊地发现，原来医院门前的这条马路是如此笔直，它明晃晃地延伸出去，仿佛没有尽头。他们走在这条金光大道上，对乔戈院长来说，一切依然显得叵测。

傍晚的时候，他们进入了那家酒店。在前台登记的时候，乔戈院长产生了一瞬间的动摇。但庞安医生的态度纠正了他，庞安医生朝他笑了笑：

“走了一身的汗，冲冲澡会舒服很多。你看，你的衬衫已经湿透了。”

庞安医生这样一说，乔戈院长当然就没有了余地。于是“冲冲澡”便成了最大的任务。进入房间后，庞安医生果然直接去了卫生间。乔戈院长独自坐在一把椅子里。房间里晦暗的光线产生出一种幽冥的效果。乔戈院长觉得自己坐在了一席最糟糕的位置上：悬在头顶的空调，风向正对着他，汗流浃背的身体被冷风一吹，有种被针刺的感觉，立刻就泛起了一层鸡皮疙瘩。但是他没有更换自己的位置。他把自己置于冷风的覆盖之下，这种有些自虐意味的行为，不禁再次令他潸然泪下。

庞安医生在卫生间里待了很久。出来的时候，她衣衫齐整，甚至头发都是干爽的，一点没有沐浴后的样子。这令乔戈院长感到了诧异。乔戈院长心事重重地进入了卫生间。他看到卫生间的地面上分明是积着一洼水的。他打开了龙头，在一片水声中脱光了衣服。恍惚中，他觉得自己不是站在酒店的卫生间里，而是站在多年前那堆篝火明亮的光明之中。

——那是为了分别而点燃的篝火，燃烧在毕业典礼后的夜晚。

火焰熊熊，将一张张年轻的脸辉映得光彩夺目，每个人的面孔仿佛都被涂抹上了一层黄金。只有一个女生例外，她用双手遮住面部，像是试图挡住眼前耀眼的光明。年轻的乔戈发现，当她的双手偶尔移开的瞬间，暴露出的眼睛在火光的照耀下有一股惘然若失的情绪像水一样汩汩流出。年轻的乔戈并不熟悉这个女生，只隐约知道她的名字。整个大学期间，年轻的乔戈都是静止着的。他的静止来自一种天然的羞怯与卑下。像一具泡在福尔马林中的标本。在整个青春期，他就是一个站在成长这个大操场外的旁观者。但是那一天，当这个女生起身离开篝火的时候，年轻的乔戈朝她追踪而去。

很多年来乔戈回忆起那天夜里自己的举动，唯一可以归纳出的理由就是：他当时喝醉了，在毕业聚餐上他喝了过量的啤酒，而且，分离的情绪，灿烂的火焰，都放大了酒精的作用。他尾随着那个女生，看她走入了操场角落里隐蔽的厕所。远处的篝火依然在燃烧，回望过去却变得蓝幽幽的了。同学们的身影在火光下袅袅浮动。有人在背诗，诗句在夜空中有了重重叠叠的回响般的效果。年轻的乔戈遥望着远处的光明，觉得自己像一颗独悬在天边的孤星，已经被浩瀚的天际抛在了苍穹的边缘。

林永靖医生

在去往外省的火车上，林永靖医生想起了新院长对自己说话时的态度。

就是你了，就派你去！

这像是在和谁赌气啊?！林永靖医生感到有些好笑：他赌什么气呢？他不用赌气我也要服从命令嘛。望着车窗外逐渐改变了的地貌，林永靖医生的嘴角不由得荡漾出了微笑。

在春天的时候，林永靖医生买下了那缸锦鲤。他觉得那些锦鲤果然神奇，真的是在潜移默化中改善了自己的生活。林永靖医生心目中的“改善”，与一个叫徐未的女人有关。徐未是林永靖医生大学时期的女友，掐指算来，两人已经有将近十年没有见面了，可就在林永靖医生买下那缸锦鲤后的第三天，两人却意外地邂逅了。那是一次医学会议，进入会场的时候林永靖医生就看到了昔日女友的身影。但他没敢确认，因为昔日女友在他心里已经定格了，永远保持着当学生时的样子。直到徐未开始在会议上发言，林永靖医生才把眼前这位圆润的女性和自己曾经的女友落实在了一起。会议要在那家酒店里开三天，与会人员来自五湖四海。徐未来自遥远的兰城。当天夜里，当林永靖医生在徐未的房间里重温了昔日的温存之后，他不禁由衷地将自己的好运与那缸锦鲤联系出了一种因果的关系。

徐未身在兰城，而林永靖医生此行的目的地，恰恰正是兰城。好运在延续着。所以，把即将到来的重逢与乔戈院长滑稽的态度并列着去对比，林永靖医生就差点笑出声来。

林永靖医生出发前并没有跟徐未打招呼。他觉得这样更好，能让惊喜更加惊喜。而且，林永靖医生也没有为对方准备什么礼物，随身携带的行李中，唯一和徐未有关的，只是一包避孕药膜。

到达兰城后，出乎林永靖医生意料的是，他居然不能立刻和徐未见面。林永靖医生此行参与的合作是诊治经济困难的白内障患者，一下火车他就被带上了手术台，几乎马不停蹄地连续摘除了二十多个混浊的晶状体。直到第四天，他才得到了休息的机会。林永靖医生给徐未所在的医院打了电话，对方告诉他徐未医生正在手术，让他待会儿再打过去。在等待的空闲中，林永靖医生把电话打到了家里，起先是占线的忙音，间隔了几分钟后电话才被接起。

林永靖医生也是只在电话里“喂”了一声，就被庞安医生的哭泣打断了。

庞安医生悲伤地呜咽起来。她说：

“它死了！”

“谁？你说谁死了？”

林永靖医生一阵紧张。

“鱼，最大的那条，呜——”庞安医生急迫地说，“就是那条‘大正三色’，是吧，是叫这名字吧？”

“是！”林永靖医生愤愤地答了一声，质问道，“它怎么会死的，嗯？怎么会？”

“停电了，水泵不工作，我想……它是缺氧死掉的。”

“停电？你为什么不换换水？你去哪儿了，停电的时候你不在家吗？”

电话那头沉默了。庞安医生的呜咽声也戛然而止。林永靖医生觉得自己的态度有些恶劣，他控制了一下情绪，安慰道：

“算了，没关系，不过是一条鱼……”

年轻的乔戈

庞安医生在卫生间里冲澡时也回忆起了那堆篝火。

那一夜年轻的庞安受到了惊吓。那个夜晚所发生的一幕她从未向人提及，只在回想之中伴随着某种耻辱的印象使她惊悸不安。那件事情在庞安年轻的内心里是难以理喻的，但是它瞬间揭示出的真实却随着重复的记忆，成了庞安医生日后消极岁月中翩翩幻觉的一个部分。随着岁月的粉饰，它居然逐渐具备了一种令人着迷的性质。它一直潜伏在庞安医生的心里，直到很多年后，乔戈院长出现在眼前，它才清晰地浮现出来。

那天夜里，年轻的庞安解完手起来整理裙子的时候，突然发现了那双闪烁着的眼睛。它盯着她的身体，在星光下熠熠发亮。对方几乎是和年轻的庞安一同惊醒的。当年轻的庞安即将无可遏制地惊叫起来时，对方首先发出了声音：

“不要叫！”

“不要叫啊——求求你！”他用痛苦、喑哑的声音乞求她，“求求你！”

年轻的庞安看到那双眼睛里涌出了泪水，心底一瞬间也感到了巨大的悲伤。她惊魂未定地看清了眼前的这个男生。他的脸经过泪水的冲刷，在星光下一览无余。那是一张流着泪的脆弱的脸。

这张脸浮现在卫生间蒸气氤氲的镜子上，让庞安医生宛如梦中。几年前，庞安医生在医院的候诊大厅里看到过一张同样脆弱的脸，它在庞安医生的眼前一闪即逝。庞安医生仿佛受到了神秘的召唤，撒腿就追了过去。她一直追到了医院门口，在几名保安的眼皮下抓住了那张脸的主人。他朝她转过脸来，不是那个男同学。他只是一名患者，脸色煞白，表情因为病痛而显得脆弱无力。

庞安医生陷入在冥想中无力自拔。她在卫生间里待了很久，出来时沐浴过的头发都已经干了。

乔戈院长在卫生间里待的时间更长。他也从蒸气氤氲的镜子上看到了某种物体。那是一块隐匿在黑暗之中的白色，仿佛一只饱满的气球，悬浮在无尽的幽暗里。乔戈院长知道，这是毕业那天夜里的一幕再现了。从理论上讲，年轻的乔戈在那一夜窥视到的应当就是一个女生的屁股。但事与愿违，从目睹到这团雪白的东西之后，这团东西在他的心中就从未和身体联系在一起。它只是一团颜色，或者是一团光。这团光在乔戈院长的记忆里闪烁不定，总在一些沮丧的日子里站栗着照亮他心里的某道伤疤一样的皱褶。和这团光一同到来的，还有那种淅淅沥沥的水声。当然，在乔戈院长的听觉里，那也不是一个女生解手的声音，它是一种忧伤的音符，淅沥沥，淅淅沥沥……

那天夜里，那个女生终究没有叫喊出来。她只是在片刻的失措后从他的身边跑了过去。年轻的乔戈已经是泪流满面。他目送着她的背影奔向了那堆篝火。巨大的恐惧让他颤抖不已。当他平静下来重新回到篝火边时，他看到那个女生依然用双手遮住自己的脸。同学们在背诵诗歌。那是一首北岛写的爱情诗，恋爱着的和没有恋爱着的，都被这首诗打动了。他们神情虔诚，每一句都背诵得仿佛誓言一般庄严。

乔戈院长把花洒的水流调到最小，让水花滴滴答答地跌在自己的脸上，恍惚间，耳边又响起了那种忧伤的音符。

当他从卫生间里出来时，他发现庞安医生坐在自己刚才坐过的椅子里。乔戈院长想，那可是一席最糟糕的位置啊。

“你不要坐在那里啊，正对着空调，会被吹坏的。”

他这样说着，就有种想哭的冲动。他觉得，经过了这么多年，他才第一次有机会去报答这个女同学。

庞安医生仿佛没有听到他的话。乔戈院长又说了一些话，她都置若罔闻。直到他喃喃自语道“林医生是我派出去的”时，庞安医生才如梦方醒。

脑震荡患者

那条锦鲤的死讯最初并没给林永靖医生带来额外的阴影。他很快就联系上了徐未，两个人约在一家酒店里见面。对于兰城，林永靖医生当然是陌生的，所以酒店由徐未落实。徐未很体贴，在电话里详细告诉了他路线。

直到他们从酒店里出来，林永靖医生都觉得一切仍是顺随人意的。他也企图留下徐未，但徐未有家庭，晚上必须回去。林永靖医生没有坚持，他要求送徐未一程。那个时候天已经黑下来。在徐未家的楼下，身心愉快的林永靖医生在告别的时刻顺理成章地伸出一只手去拥抱徐未。徐未的态度却在一瞬间发生了逆转。她突然变成了一个陌生的女人，动作粗暴地甩开了林永靖医生的手。林永靖医生下意识地再次举起手时，就感觉自己的手在半空中被人攥住了。那个攥住他手的人是谁，他始终没有看清楚。他觉得那个人非常矫健，使用的手段完全具备专业的水准，拿捏之下，轻而易举地就将他扔了个跟头。他被摔了出去，脑袋重重地撞在一张水泥石凳上。

“不要打啊，你们不要打！”他听见徐未在惊叫。

林永靖医生意识到什么，他也在一瞬间变得敏捷，几乎是从地上一跃而起，像只一往无前的兔子，飞快地逃掉了。后来他拦下了一辆出租车，坐进去后才回头观看，但车外只是一片陌生的街景,并没有徐未,也没有其他的人追来。这时候林永靖医生才感觉到了脑袋的沉重。他以一个医生的职业素养判断出:自己脑震荡了。

被自己确诊出脑震荡的林永靖医生表现出了一定的症状:对于刚刚发生的事情出现了短暂的失忆,他没有去推究自己受伤的原因,而是跳跃着将自己的伤情和那条死去的锦鲤联系在了一起。他突然变得很激动,狂暴地用手机拨通了家里的电话。

“鱼为什么会死?停电的时候你在哪里?和谁在一起?”

他严厉地对庞安医生发出了质问。

庞安医生一阵恍惚,甚至没有辨认出对方的声音。他从未用这样的语气对她说过话,所以,在庞安医生听来,电话里传出的就是一个陌生人玄秘的呵斥。庞安医生恐惧地扔下了电话。

但是这个电话在深夜再次打了进来。依然是同样的严厉,依然是同样的质问:

“鱼为什么会死?停电的时候你在哪里?和谁在一起?”

这一次庞安医生镇定了,她判断出了对方是谁。她只是不能理解,这个人为什么会变得如此陌生。她对着电话嗫嚅地说:

“不过是一条鱼……”

“这不是一条鱼的问题!”林永靖医生显然是被激怒了,他吼道,“好好的一条鱼被你弄死掉了,我们都会倒霉的!”

庞安医生觉得他不可理喻。如果这时候她知道林永靖医生是一个脑震荡患者,她就会理解他的偏执与易怒了。她只是觉得，如今那条锦鲤的死亡成了一个严峻的问题。庞安医生怔怔地想：为什么偏偏在那天停电呢？她不由得要去猜测，是在哪个时刻，家里的那只水泵停止了工作？她对这个疑问产生了一种莫名的兴趣。她把电话打到了物业公司，询问那天停电的具体时间。得到准确的答复后，她就开始绞尽脑汁地追忆起来：在那个时刻，自己和乔戈院长究竟在酒店的房间里做着什么呢？

管生

乔戈院长在电话里得到了那条锦鲤的死讯。他感到了庞安医生的悲伤，还在电话里劝慰了她几句。但出乎他意料的是，庞安医生深夜再一次将电话打到了他的家里，主题还是那条死去的锦鲤：

"它死了！"

乔戈院长很被动。他的妻子就睡在身边，他只有爬起来走到阳台上去说。

"嗯，我知道了。"

"林永靖很生气，质问我当时在哪里，和谁在一起。"

"嗯。"乔戈院长无言以对。

"那天清晨……五点钟的时候，我们，在做什么？"

"嗯。"

乔戈院长觉得自己的眼泪又要流出来了。他似乎听到一声惊悸的叫喊穿越了时空，从当年那个夜晚抵达了现在。他甚至又要再一次乞求她“不要叫啊——求求你”！他用痛苦、喑哑的声音低声回答她：

“我们，大概是在背诗。”

回到床上时，面对妻子的询问，乔戈院长回答道：

“医院里一个重要的病人死了。”

他的妻子对这个回答感到满意，安心地入睡了。

庞安医生却因为他的回答泪如雨下。这个回答带给她无法言说的忧伤和深深的慰藉。

第二天清晨，庞安医生找到了医院的小车司机管生。管生很年轻，却有着一个老年人才有的兴趣与爱好。他热衷于饲养各种花草和鱼类，就是他，向林永靖医生推荐了锦鲤。庞安医生找到他，目的很明确，就是请他买一条那种名叫“大正三色”的锦鲤。这本身是件很容易办到的事情，但庞安医生附加的条件却令管生为难了。

管生吃惊地看到庞安医生将那条死鱼从一只塑料袋里取了出来：

“要和这条一模一样的。”

那条鱼显然是被放进冰箱中冷冻过了，硬邦邦的，表面蒙着一层灰白的霜。管生大惑不解，不免要问为什么。

庞安医生回答说：“林医生对这条鱼有感情，我不想让他难过。”

管生被感动了，其后的几天陪着庞安医生转遍了市里大大小小的花鸟市场，苦苦寻觅着一条心目中的锦鲤。然而始终难以达到庞安医生的要求。他们甄别了无数条鱼，却没有一条符合那条死鱼的标准：不是体型有偏差，就是斑纹和色彩不一致。那条作为参照物的死鱼被反复暴露着，很快就有了腐烂的趋势，尸体上的色泽逐渐向着相反的颜色变化，白色成了黑色，红色成了绿色。管生被这种奇特的寻找迷惑了，那种无望的执着，那种倔强的坚持，像一种高贵的精神怂恿和激励了他。他决心不帮助庞安医生找到那条毫无二致的锦鲤就绝不罢休。

同样的，这种寻找也蛊惑了庞安医生。这个盛夏的季节在这些天突然阳光收敛，雨水滂沱。坐在管生的车里，庞安医生觉得自己真的成了一条鱼，在一望无际的水的世界里漂泊。

与此同时，身在兰城的林永靖医生尚处在脑震荡的恢复之中。显然，他是不能再上手术台摘除白内障了。医院对他进行了头颅的 CT 扫描，确诊了病情，让他住进病房里休息了。躺在病床上的林永靖医生始终精神紧张、情绪焦灼。他也希望让自己的状态平静下来，但人面对病痛时却是绝对脆弱的，即使你是一个医生。徐未居然在事后没有任何音讯，这一点林永靖医生是无论如何也无法释然的。他觉得她不做出解释，至少也应当表示一下问候吧？愤懑加重了林永靖医生的症状，他头痛、眩晕、恶心、呕吐，在控制不住的时候就把电话打回家里，声色俱厉地冲着庞安医生发火：

“鱼为什么会死？停电的时候你在哪里？和谁在一起？”

庞安医生总是保持着沉默，最多会呻吟般地说一句：

“不过是一条鱼……”

一个多月后的一个黄昏，当林永靖医生再一次拨通了家里的电话时，得到了一个令他啼笑皆非的答案。

“鱼为什么会死？停电的时候你在哪里？和谁在一起？”

“鱼因为缺氧而死。停电的时候我在一家酒店里。和管生在一起。”

庞安医生条理清晰地一一回答道。

“管生？”

林永靖医生迟钝地想了想，然后他哧哧地笑了出来。

爱情诗

林永靖医生出差回来的时候，他才知道，庞安医生的回答并不是一句玩笑。这当然令他大感震惊。

感到震惊的还有乔戈院长。乔戈院长也不能理解庞安医生怎么会和一个小车司机发生了爱情。他经常会在医院里看到这对恋人。有时候他从自己的办公室眺望出去，看到庞安医生走向医院外面那条笔直的马路，就会回想起那天发生在酒店里的一切。那一天，他们分别冲了两个漫长的澡，说了一些话，当他暗示林永靖医生是被他刻意派往了兰城时，庞安医生就溢出了他的企图。她用那种惘然若失的表情杜绝了他的一切愿望。他们只是共同追忆起那个篝火之夜。在那个夜晚,离别在即的同学们围在篝火边,彻夜不眠,一首接一首地背诵着诗歌,直到晨曦初现,直到篝火熄灭,化作一堆灰烬。他们都记得,在那些诗里最打动他们的是北岛的一首爱情诗,他们在酒店的房间里不由得再次背诵了其中的一段:

即使明天早上
枪口和血淋淋的太阳
让我交出青春、自由和笔
我也决不会交出这个夜晚
我决不会交出你

这诗句里的情绪曾经在那个篝火之夜深刻地感染了他们。那个时候,他们都没有品尝过爱情的滋味,但是年轻的心却被这坚贞的爱情誓言所击中。他们正陷入在分别时刻的特殊情绪中,并且,彼此之间毫无防备地发生了一幕复杂难言的遭遇,那一幕混合着青春的无辜和邪恶,混合着脆弱与悲悯……这一切奇妙地作用在两个年轻人的心里,让他们在爱情诗的歌颂之中,无法说明地相互忠诚与眷恋。

乔戈院长沉痛地想,这一次,她依然没有交出那个夜晚,依然没有交出他。这么一想,乔戈院长的眼泪就溢出了眼眶。而那一天的清晨，当他们背诵完爱情的诗句后，他分开酒店房间的窗帘，晨曦涌进，他也同样地流下了眼泪。

乔戈院长不知道，就是那个时刻，有一条锦鲤因为缺氧而正在死去。

平行

自从退休那天起，他就开始思考“老去”的含义。其实，很久以来，“老去”这个事实已经在他身上悄无声息却又无可置疑地发生着——不知道何时，他已经变成了秃头，性欲减退，眼睛也老花了。但对这一切，他都熟视无睹。他罔顾秃了的头和老花了的眼睛。在他的意识里，这些细节只是“老去”的外衣，顶多算是表层的感觉材料，而“老去”应该是某种更具本质性的突变，生命由此会有一个质的翻转——就像扑克牌经过魔术师的手，变成了鸽子。

这种偏执的思维方式也许来自他的职业。退休前，他在一所大学里教书，尽管他教授的是地理这样一门看似刻板的学科，但却并不妨碍他养成了那种善于抽象性思维的习惯。他习惯于将大千世界进行去粗取精、去伪存真、由此及彼、由表及里的分析。

退休意味着老年的正式降临，一种源自生命本身的紧迫感随之而来。他认为自己必须面对这个重大的问题，想清楚它，从而全面、客观地把握它。如此一来，就像一个浸泡在水里的人，自己却对水温毫无体查，他已然身陷在老年的岁月里，却孜孜以求着老去的含义。

老去是怎么回事呢？他绞尽脑汁地想。这成了他退休后的一门功课，每个夜晚入睡前，每个清晨醒来后，他都会在心里向自己发问。有时候，内心的诘问不自觉地脱口而出，还会令他像一个真正的老人那样喃喃自语起来。这样的时候，他不免要梳理一番自己的生活，但生活本身却并不足以给出他所认可的答案，那无外乎就是由“秃了头、老花了眼睛”这样的碎片般的材料构成的浅显的表象。而他，需要的是一个本质性的结论。

日复一日，十几年过去，中风袭击了他。好在救治得及时，并没有给他落下格外影响生活的后遗症。在床上瘫痪了一段日子后，他只是变得有些老年性痴呆了。最初他记不清亲人的名字，后来干脆时时需要反复回忆才能记起自己的名字。十几年来困扰着他的那个问题却历久弥新，始终盘桓在他的脑袋里，已致有时他会突然口齿不清地向着虚无发问：老去是怎么回事呢？中风清空了他的脑子，只留下了这个唯一的问题折磨着他。原本堪可承受的冥想变成了备受煎熬的拷问；然而事物却总是有两面性，这个问题同时又激发了他几近告罄的记忆力，让他以此为基点，有限地恢复了一些脑力。

春天里的一天，就像醍醐灌顶了一般，他想起了自己的一位老同事。他们都是“困难年代”毕业的大学生，就读于同一所著名的大学，不同的只是一个学了地理，一个学了哲学。毕业后他们被分配到了同一所学府，后来一度又结伴被下放到边远地区。共同的履历让他们成了心有戚戚的朋友，尽管平时交往不多，但彼此之间却都怀着一份默契。他不记得已经多久没有联系过这位老同事了。如今，对于具体的生活，他顶多只保留两天左右的记忆，两天前的事情对他的记忆来讲都是遥不可及的。但他觉得这并不重要。重要的是，现在他终于想起这位教授哲学的老同事了，由此唤醒的记忆接着提示他，这位老同事睿智、深刻，差不多就是那个问题完美的回答者。他决定去向这位老同事请教。他让儿子送他去这位老同事家。其实他们住得很近，都在学院的家属区里。具体方位他当然是记不得了，好在他的儿子对一切还算熟悉。在儿子的陪同下，他登门拜访了这位老同事。

老同事鹤发童颜，腰背挺拔，但精神却有些萎靡。对于造访者的到来，老同事并没有表现出太大的热情，甚至还流露出了某种令人难堪的冷淡。老同事甚至都没有给造访者让座。

他自己落座了，一时却不知从何说起。他的儿子为此显得有些尴尬，站在父亲身边向主人问好。

“我一点都不好，”老同事居然生硬地回答，“你不要跟我说普通话，你的普通话说得一点都不标准。”

“伯伯您真幽默。”他的儿子只好讪笑着给自己找台阶。

老同事不再理睬他的儿子，转而看向他。“你怎么变成这副样子了？你都不知道自己擦口水了吗？”老同事就这么刻薄地向他发问。

他下意识地揩了一下嘴角，果然有口水抹在了手指上。他感到有些羞愧，同时也生出了一股冲动。“退休这么久了……”他说，“有个问题我始终没有搞明白。”他的口气好像是在为嘴角溢出的口水辩护。

可是，老同事一点也不接受他这样的辩护。“你从来就没有搞明白过什么，”老同事不屑地说，“你只知道经度和纬度这些没用的知识。世界的本质是什么，你何时搞明白过呢？”

关于“世界的本质是什么”，下放时期他们有过激烈的争论。那时他们都很年轻，在繁重的劳动和“触及心灵的检讨”之余，私下里一个以地理学为武器，一个以哲学为武器，各自立论，相互辩难。这支撑着他们的精神生活。从那时候起，哲学便对地理学充满了蔑视。但他从未因此恼火过，这不仅仅因为那是一个哲学强势的年代，还因为，从年轻时候起，他就是一个温文尔雅的人。他的这种性格，维系住了两个人之间的友谊。而且，下放时期他们所蒙受的一切困厄，似乎用哲学来分析更能够给予他们撑下去的理由。下放时期的哲学是那么有效！为此，他在心底是对这位老同事怀有敬意的。

“你说得没错。”他像个小学生那样的态度端正，“但现在我对一切问题都不关心了，我只关心一个问题。”

“什么问题？”老同事似乎被勾起了一些兴趣，“人在四十岁就应该不惑了，你都老成了这样，差不多活了两个四十岁了，居然还有问题!”

他看出了老同事的兴趣,却不急着说了,顽皮地指着自己的嘴角。

“我对你的问题毫无兴趣!”老同事干脆任性地说。

“好吧,”他用妥协的口气说,“我的这个问题就是有关老年的——”

老同事翻着眼睛。

“老去是怎么回事呢?”他顿了顿,严肃地说出了他的问题。

“这会是一个问题吗?”老同事的这句话他太熟悉不过了,他们曾经无数次在这句话的提领之下开始对话。他想,如果不出所料的话,老同事下面大约又会说起康德或者海德格尔的名字。记忆像沙尘一般涌进他已经萎缩了的大脑,每一个能够被他记起的瞬间都像一颗颗粗糙的沙砾。但是,老同事接下去的话却令他感到了意外。“这难道不是一目了然的事吗?”老同事出其不意地问道,“——你早晨还会勃起吗?”

“勃起?”他喃喃地重复了一遍这个词。

“二十岁每月六次,三十岁每月七次,五十岁五次,七十岁两次。”老同事屈指对他数算道,“明白了吗? 老去就是这么回事儿!”

“哪里有这么简单!”他激动起来了,觉得这笔账跟“秃了头、老花了眼睛”一样,都是些障人眼目的把戏。

“射精次数二十岁一年一百零四次,其中自慰四十九次;三十岁一百二十一次，自慰十次；五十岁五十二次，自慰两次；七十岁二十二次，自慰八次。”老同事兴致勃勃地继续着他的计算，劈头向他问道，“你现在一年自慰几次？”

“没有，我已经很久不做这种事情了……”他支支吾吾地回答，开始拼命回忆自己最后一次自慰是在什么时候。

“那你已经老得不能再老了！”老同事大声训斥道，“老去就是这么回事儿！”说完他扭身离开了客厅，好像已经愤慨到了不能自已。

这组如同方程式一般玄奥的数字令人眩晕，主人已经离去的客厅里依然回旋和充斥着数字的风暴。他惊诧莫名，感到匪夷所思。用数字来说明问题，从来就不是这位老同事的风格啊，这更像是他所擅长的领域。他不知道教授哲学的这位老同事从何处得来的这些数据，仅仅这份记忆力就令他自愧弗如；同时，“很久不做这种事情了”的认识，也令他突然感到了隐隐的伤心。这个认识以前他也有过，和“秃了头、老花了眼睛”这样的现状一同出现在他的意识里。但那时他的心是麻木的，并不会为之所惑。他不知道为什么此刻自己会因为这个事实而伤心，他想，也许这组数据从一个学哲学的人嘴里说出，才格外地令人惘然吧！老了恐怕就是这么回事吧？——一个哲学家开始例数勃起和射精的次数，以此来雄辩地说明问题。

“爸爸，我们走吧！”主人一去不回，他的儿子终于忍不住对他说。聆听了这样一席话后，他的儿子显然有些无所适从。

他还陷入在沉思里，嘴角的口水一直滴到了胸前。这时候老同事再次回到了客厅，脸色依然有些激动之后的潮红。老同事直接向他走来，把手搭在他的肩上。

“对不起，”老同事说，“我是有些粗鲁了。那组数据是以美国人为对象做的统计，可能和我们会有些差异。我也是刚刚在一本画报上看到的——就在你们进门前。”

他没有接话，他觉得对方还有什么话要说。

“好吧，这都不重要。”果然，老同事声音低下去说道，“我太太上周刚去世，我情绪很不好。”

“哦，”他由衷地说，“真是件让人难过的事。”

老同事站在他的身边，搭在他肩上的那只手在微微颤抖。“太难了，我们在一起生活了快五十年了，我根本没办法适应没有她的生活。”老同事脸颊搐动，忍不住抽泣起来，“没有她，我连自慰的兴趣都不会有了！”

他看到自己的这位老同事哭了。这个桀骜的哲学家，这个从来蔑视经度和纬度的人，在丧妻的悲痛里哭了。这好像让他此行得到了一个答案。老了恐怕就是这么回事吧？但他还不能完全被说服，他只是隐隐约约感到了一丝烛照般的光亮。他无法感同身受地理解老同事的悲伤，他觉得这一切还是和他有些隔膜。因为他在四十岁的时候就和自己的妻子离婚了，他无从以丧妻这样的处境来参照“老去”的真谛。

当天晚上，他临睡前的最后一个念头依然是那个问题；第二天清晨，他同样依然被那个问题唤醒。甚至，和老同事见过一面后，他想要解答这个问题的愿望变得更加强烈了。老去究竟是怎么回事呢？它居然可以将一个学哲学的家伙改造得那么脆弱和失魂落魄！

昨天的拜访给了他灵感，他自然地想到了自己的前妻。虽然生活在同一座城市里，他和自己的前妻却三十多年都没有见过面了。尽管人海茫茫，尽管世事无常，但身在同一座城市却彼此经历这么漫长的间离，不能不算是一个小小的奇迹。三十多年，几乎是将他的岁数对折了一下，前妻如今在他的记忆里完全算得上前世一般的存在。那么，他想去造访自己的前世，以此来观照垂暮之年的自己。没准，对于那个问题的回答，就藏在他与昔日妻子的重逢里呢。这个念头让他兴奋不已。他十分迫切地想要见到自己的前妻，看一看那个女人老去之后会是什么样子。

他的儿子依然和自己的母亲保持着联系。当他将他的愿望讲给儿子时，儿子并没有表现出多大的诧异。他的儿子是位公务员，已经有了一定的级别，身上有着一种他和他前妻都没有的冷漠气质。

“好吧，我来安排。”他的儿子说，“你们是该见见面了。”他的儿子为什么这样说呢？潜台词无外乎是——既然你们所剩的时间都不多了。“下周日吧，其他时间我没空的。”他的儿子说。

其实他恨不得立刻就实现与前妻的这次见面，他认为，这次见面，没有儿子在场可能效果会更好。但是如今他离了儿子就寸步难行。如今，除了在小保姆的陪同下偶尔出去散散步外，他已经很久不曾出过远门了。这里所说的“远门”，不过是指学校家属区大门以外的所有地方。中风以后，他不但腿脚迟钝，连大脑都是迟钝着的，只身一人，他会走不动，会记不得路，会迷失在无尽的“远门”里。他只有按捺住自己急迫的心情，等待“下周日”的到来。对于自己如今的状态，之前他从来没有抱怨过，即使中风康复期瘫痪在床上的那些日子，他也不曾为自己行动的不便而沮丧。他不觉得一张病榻和一个世界有多大的差别。他是教授地理学的，世界的物质形态早已经令他厌倦。但是这一周的等待却令他生出了绝望感。他终于认识到了，随着年华的老去，他正在逐渐丧失着独立自主的人格。他只能仰仗他人，必须仰仗他人，被搀扶，被引领，否则，他压根无法自由地去回溯他的从前。

儿子将他的这次回溯安排在一家星巴克咖啡店里。当天他特意换了一身西装，打了红色的领带，还刮了胡子。兴奋的心情让他仿佛变了一个人，思维和行动都敏捷了不少。他乘着儿子的车来到了约会的地点。前妻却姗姗来迟。等待的过程中儿子不断接听着电话，一副日理万机的样子。

“有事的话你就走吧，到时候来接我就行。”他对儿子说。

他的儿子狐疑地看着他。“也好。不过我还是有些不放心，”儿子调侃着说，“万一你们打起来怎么办？”

“怎么会。”他难为情地笑了。

"现在你可不一定能打过她了,她很健康,天天跳广场舞呢。"他的儿子说。

"怎么会。"他再一次温和地说。的确不会,他一直是一个温文尔雅的人,即便当年闹到离婚的地步,他也没有动过自己的前妻一根手指头。

儿子像是得到保证后松了口气。"那好,两小时后我来接你。两小时够吗?"儿子问。

他矜重地点点头。

儿子刚刚离开,前妻就出现在了他的面前。她的出现令他眼前一亮。这也许和她的着装有关,她穿了一件亮度很高的明黄色的风衣。看上去,眼前的这个女人居然还有着一种毫不勉强的风韵。尽管,这种风韵是一种老年女性的风韵,但性别的因素依然在她身上熠熠闪光。她没有像大多数老人那样,活成了平庸而中性的人。并且,在他眼里,前妻的风韵中还有着一种别样的威仪。这真是一种奇怪的感觉,即使在他脑力丰沛的时候,对于这个女人,也从未有过"威仪"的感观。前妻的职业是舞蹈演员,年轻的时候,性格就像她的腰身一般柔软,"威仪"压根就和她扯不上关系。

直到前妻在他面前落座后,他才找到了这股"威仪"之感的来源。他的前妻随手拎着一把雨伞。坐下后,这把雨伞自然地搭靠在她身后的落地玻璃窗上。这是一把老式的雨伞,黑色,紧紧地卷着,收进细长的套子里,笔直而又饱满,无端地令人确信当它展开时一定浑圆开阔，足以遮挡所有的风雨。是这把雨伞，赋予了一个老年女性以“威仪”之感，它就像一把随身携带着的、彰显身份的佩剑，充满了自尊的意味。前妻和一把雨伞同时款款地呈现在他眼前，背景是咖啡店落地玻璃窗外明媚的街景。在这样一个晴朗的春日里，她干吗要带着一把雨伞呢？他想。

时隔三十多年后，曾经的一对夫妻开始对话，而话题，却是从一把雨伞开始。

“干吗要带着雨伞呢？”他率先说出了自己的疑问。对于眼前的这个女人，他显得多么熟稔，仿佛白驹过隙，分离的时光只应该从昨天算起。

“人老了，总会懂得未雨绸缪吧。”他的前妻微笑着说。

话题如此直截了当地进入了他所期许的范畴，让他感到微微有些头晕。“是啊是啊，我们都老了！可是——”他紧张地说。

“可是一切就像发生在昨天。”前妻打断了他的话，“我刚刚走在街上，心情就像我们离婚的那天一样。我是说，那种感觉就好像不久前才经历过。”

“哦……”他只好咽下已经到了嘴边的问题，本来他已经决定开门见山地向前妻发问：老去是怎么回事呢？它当然不是“懂得未雨绸缪”这么简单吧？

“那一天，我从家里离开，外面下着小雨，除了随身的背包，我什么也没拿，是你追出来给了我一把雨伞。”他的前妻意味深长地看了一眼靠在玻璃窗上的雨伞,“这些,你还记得吗?”

“不记得了。”他诚实地说,“你知道,我中过一次风,记忆力衰退得厉害,许多事情我都不记得了。有时候,连自己的名字都需要想上好半天。”他这么说并不是想替自己辩解,他只是不愿让前妻太失望。这时候,他才发觉“老去”原来可以成为一个很好的理由,在一切问题上用以给自己开脱。

“没关系。”他的前妻大度地说,“我们都老了,即使不中风,有些事情记起来都会吃力。要不是那天发生了后来的事情,我可能也不会记得这个细节了。”

“后来的事情?对不起,我还是什么也不记得了。”他歉疚地说。

“当然,你当然不会记得,这又不是你的错,那件事情你又没有经历。”前妻的语气里含有怜悯的嗔怪,“我走到街上后,遇到了一起抢劫事件。”她煞有介事地说。

他惊讶地睁大了眼睛。

“在街角拐弯的地方,那个男人迎面向我走来。我都感觉到了,他像一头随时准备咬人的恶犬一样蓄势待发。女人是有第六感的,我当时紧张极了。”他的前妻继续说,昔日的余悸浮上了她的脸颊,“他肯定也很紧张,始终盯着我,但奇怪的是,就在我们近在咫尺的时候,他却突然放弃了伤害我的念头。他和我擦肩而过。潜意识里的恐惧已经吓软了我的腿,我根本走不动路了。当我回头去看他时,就看到了那恐怖的一幕——他劈手抢去了我身后一位女士的手包，同时伸手在她的脸上抹了一下。然后他就飞快地跑掉了。时间完全静止了，过了半天，我才惊叫起来。没错，不是那位女士惊叫，是我在惊叫。因为我看到那位女士的脸上绽开了一条猩红的口子，血像喷泉一样涌了出来！”

“哦！”他呻吟了一声。

“真的很恐怖，要知道，这一切本该是发生在我身上的！我本来应该更加倒霉，在那一天，离了婚，还要被劫匪割伤脸！”他的前妻吁了口气，仿佛溺水者从水底探出了头，“我确信，最初他是准备对我下手的，但一个细节令他转移了目标。”

“是什么？”他完全被前妻的叙述攫紧了。

“雨伞，我手中的雨伞，它就像一个护身符一样，保护了我。那个男人企图对我的伤害止步在那把雨伞前。可能他心里做出了权衡，攻击一个手握雨伞的女人，风险会变大。”他的前妻莞尔一笑，“那天的雨很小，我的心情又很糟糕，所以我并没有撑开那把雨伞，只是像一柄剑一样地拎在手里——而这把雨伞，是你追出来塞给我的。”

他分明从中听出了某种感激之情，但这种感激之情是他愧于领受的。“我并没有想到它会帮你这么大的忙。如果知道你离开家后会遭遇到这么危险的事情，我一定不会让你走的！”他动情地说。是的，他动情了，但他自己却没有意识到。他只是感到许多回忆被某种深邃的情感所唤醒。他仿佛再一次看到了年轻时候的妻子，看到了她曼妙的舞姿。那时候，她常常在舞台上穿着宽大的束腰长裙……

“我也知道你是无心之下做了件天大的好事。”他的前妻怅然若失地说，“但是老了之后，我却不这么想了。我觉得这一切都是天意和宿命。我觉得，这一生，你就是会在严峻的时刻挽救我。这么一想，我们之间所有的恩怨就都冰释了。从此每次出门我都会带着一把雨伞，我把这当成一个纪念或者仪式，就像自己每次走上舞台时先要起一个范儿——”她的手腕优雅地挥动了一下，说道，“我不再恨你。”

“我也从来没有恨过你……”他嗫嚅着说。

“人老了，就是这么回事——会变得宽容，会从自己的经历中发现神的旨意。”不期然，他的前妻说出了这样的话。

老去是怎么回事呢？这是他期望得到的答案吗？他不知道。此刻，他只是被奔涌而来的情感撞击得胸口发痛。当他的目光再次落在那把雨伞上的时候，他痛切地觉得要说那是带鞘的刀剑或者上帝的权杖都完全可以成立。

痛切的感受贯穿了这个周日余下的时刻。

他的儿子准时来接走了他，驱车将他送了回去。父子俩在楼下的电梯口分了手。

小保姆不在家，不知道又跑到哪里去了，这种状况最近时有发生，已经引起了他的儿子强烈的不满。他昏昏沉沉地躺在了床上，过去的时光依然在胸中萦回：“困难时期”的爱情，“下放时期”的诺言，“开放时期”的婚变……他被某种懊悔之情所笼罩。他想，同样是老了，为什么他就没有学会宽宥一切？既然他和他的前妻此生是被宿命捆绑在一起的，既然他们共同吃了那么多苦，度过了那么多非常的“时期”，那么为什么还要分离，为什么还要各自孤独地老去……他在这种情绪中睡着了。醒来后已经是黄昏。小保姆依然不见人影，而他却感到了饥饿。他从冰箱里翻出了一袋速冻水饺，开火煮了吃。然后他又回到了床上。再次醒来的时候，他看到的是自己儿子忧心忡忡的脸。

起初他还有些摸不着头脑，在儿子对小保姆的训斥声中，他才逐渐明白过来。原来他煮过饺子后，又一次忘记了关闭煤气阀门。溢出的水浇灭了火苗，煤气却源源不断地泄漏着。幸好儿子适时而来——分手后儿子总是感到心神不宁，于是决定来看看。这样的事情以前也发生过一次，那次是小保姆回来得及时。这种事情太危险了，平时他还是汲取了教训的，甚至趁小保姆不在的时候有意训练过自己——开了火，然后回客厅转一圈，赶紧再转回厨房，看看阀门关上没有。一看，哦，关上了。可是出了厨房又不放心了，又转回来看一眼。如是来来回回地看，可心里就是不踏实，即便在梦里都觉着能闻到一屋子的煤气味儿。警惕性他是有的。但是今天他又一次犯下了同样的错误。老去可不就是这么回事吗？

盛怒之下，儿子赶走了小保姆——看起来，这个冷漠的公务员似乎有了新的决定。这也怪不得他的儿子，今天儿子若是晚来片刻，悲剧就已经酿成了。门窗洞开着，他的儿子在客厅和人通着电话，具体的内容躺在卧室里的他无从知晓，他只是能够隐约感受到儿子发出的官腔。他有些灰心丧气。空气中依然弥留着淡淡的煤气味，甜丝丝的，有种令人至幻的味道。

当天晚上，儿子破天荒地留下来陪他过夜。他却怎么也睡不着了，心里有些担忧和焦灼，觉得有某件不好的事情即将发生。

第二天一早，儿子为他做好了早餐。他一边默默地吃着，一边看儿子将他的两身换洗衣裳装进了一只纸袋里。随后，儿子驱车将他送到了市郊的那个大院。

他知道这是所养老院，是老人住的地方——他又不瞎，满院子的老头老太太，他还想不出这是个什么地方吗？他不愿意待在这里，心里抵触极了。但是他却突然变得非常消极，以一种漠然处之的态度看着儿子向一些陌生人移交着自己。他的鼻息里似乎还残留着煤气那甜丝丝的、令人至幻的气味。他的脑子像一台老朽的发动机，怎么使劲，也难以发动起来。愤怒和不满只是一个模模糊糊的轮廓，他已经无力调动和感知那些激烈的心情。这一刻，他很气馁，脆弱极了，仿佛是一个对着世界无能为力的儿童，面对加害，只能够坐以待毙。他天真地想，也许儿子只是将他暂时寄存在这儿的，过几天就会接他回家。就像过去他忙不过来时，也会暂时把年幼的儿子放在邻居家一样。

儿子把他安顿好，转身走的时候，他很想大声哭出来。可他看上去却非常平静。这不是因为自尊的缘故，他只是不敢放声哭泣。旁边围着一堆人，到了一个新的地方，他的胆子一下子变得很小了。

这样，他就开始了养老院的生活。

老去是怎么回事呢？这个问题依然困扰着他。尽管现在他满眼都是有关这个问题的答案。养老院里集中呈现着老年人的衰败：痴呆、病态、疯疯癫癫和邋里邋遢，有什么好说的呢？老去不就是这么回事！

这里不好吗？也不是不好，可他觉得自己害怕这地方。里面的人对他也不错，见面就冲他笑，伙食也不差，可是他心里就是害怕。有时候院领导视察，挨间房子看望老人，每次他的心里都直打哆嗦，也不知道为什么，反正就是害怕。现在他明白了，为什么孩子都排斥幼儿园——不是幼儿园的阿姨不好，是孩子心里害怕。那种集体的、整齐划一的、四列纵队式的生活方式，天然就有着一种粗暴和残酷，完全有悖于人的天性。和他同屋的一个老头，常年卧床。老头睡在墙根，他的铺位在门口。这个老头早糊涂了，每天除了吃就是睡，睡着了说梦话，声音粗得吓死人，而且声色俱厉，看得出是在梦里和人凶狠地吵架；醒着的时候老头就瞪着眼睛看天花板，喉咙里呼噜呼噜的都是痰声，在他听来像是一声一声的恫吓。他都不敢看这个老头，每次偷偷看一眼就赶快把头扭到一边儿去。

难道"恐惧"就是老去的真义？可现实又唤醒了他下放时期的那些记忆。那时候他多么年轻啊，可当时的恐惧，又同如今的恐惧何其相似——世界对于一个恐惧者而言，如出一辙，都是一个莫测的迷局。这样的类比令他生出了逃逸的心。重温昔日的恐惧实在太令他绝望了。

出逃的前一刻，他收拾了自己的衣服——不过是可以塞进纸袋里的两身内衣。养老院还给他发了一身里面老人都穿的那种衣服，红颜色的，质量还好。他想了半天，该带走还是不该带走？他知道这衣服一定是儿子付了钱的，不是白给他的，那么他就该带上走；可他转念又害怕自己会因此背上偷窃的罪名。为此，他踟蹰了半天，最后还是决定不带走。这个决定有悖于他一贯的节俭作风。他的心里还是害怕。紧绷的神经唤回了他的生命经验，他惨痛地记起，这世界总是会不由分说地给人栽赃。

天气晴朗。他在午休的时候踅到了养老院的大门口。门卫从窗户探出头来，问他干什么去，他镇定地撒了个慌，说儿子一会儿要来，他在门口迎一下儿子。说完他并不敢拔脚就走，他害怕对方看出破绽。他在门口站着，尽量不露声色地一点儿一点儿往外挪着脚跟。他偷眼观察，直到超出了门卫的视线，这才放开胆子快步疾走起来。

关于他这一天的行动，日后他的儿子百思不得其解。养老院在城西，他的家在城东，之间横亘着一座庞大的城市，几十公里的路程呢。他的儿子无法想象，一个随时会忘记关掉煤气阀门的老人，是如何穿城而过，回到了自己的老窝。他已经许多年没有出过“远门”了，活动半径基本就在距自家一里地的范围内;如今城市日新月异地发展,变化之大,有时候连年轻人都找不着北。他的儿子想不通,他是怎么摸索着走上了归家的路。要知道,他如今连自己的名字都时常想不起来,他居住的地方,也早已经换了新的路名;他肯定不会打出租车,这已经超出了他如今的智力水平;从养老院出来,最近的公交车站也在几里地之外……但他就是凭着两条腿,凭着几乎是某种神秘的直觉和突然焕发出的如同年轻人一般的体力,误差不大地反复换乘着公交车,用了大半天时间,成功地完成了他的逃离。

那一天,他一路蹒跚着,碰见公交车站就上车。他身无分文,但是没有一个司机向他索要过车票。他苍老的面容就是一张通行无阻的证件。一趟车不走了,他就换下一趟车,每次上车后,都会有人热情地给他让座。其间有一阵天空飘起了小雨,雨丝飘进车窗,令他不免想到了雨伞和手握雨伞的前妻。小雨很快就停了,阳光穿透云层,潮湿的路面闪着微光,世界显得格外明亮。他根本不担心自己会误入歧途。他的心里非常笃定。他好像能闻见自己家里的气味——那股甜丝丝的、令人至幻的味儿。这种气味由远及近,越来越浓,不过是按图索骥,他就知道没错了。就这样,他在这一天顺畅地奔向了自己的终点。

去养老院的时候,儿子开着车,他被不好的预感笼罩着,没有顾上看看车外的景致。这一天,深居简出多年的他,终于有了打量这座城市的机会。在他眼里,这座城市当然已经完全变样了,到处是林立的高楼,公交车一会儿就上了桥,在桥上转个弯,又上了另一座桥。他在这种陌生的、周而复始的运行中犹如滑入了母亲的产道,他觉得,一次新的重生似乎就在不远的地方等着他。这种感觉不禁令他百感交集,眼里不时地盈满了热泪。

他在黄昏的时候回到了自己的家。客厅的窗帘没有合拢,落日的余晖铺在木地板上,防盗窗的栅栏在木地板上洒下栅格状的影子——多像一只鸟巢啊!他欣慰地想。他就像一只归巢的倦鸟一般,跌坐在沙发里,手捧着头,感到了从未有过的疲惫。这样静静地枯坐了许久,直到天色完全暗下来后,他才起身进到厨房动手为自己做了一顿晚餐。他的确是饿极了。冰箱里只有半袋速冻饺子,但他已经记不得这正是自己上次吃剩下的了。

吃饺子的时候,他的心里浮上了某种强烈的不安,但他无法找到自己这种不安的根源。吃完后,他很认真地在厨房里冲洗了碗筷。他回到了客厅,打算看一会儿电视,但是他立刻恍悟到了什么,疾步折回厨房。他看到水龙头是关紧的,但他还是伸手仔细地又拧了拧。这时他惊讶地发现,自己不过短短离开了几天,却已经有蜘蛛在水槽的边上织了网。这给他的眼前平添了一种废墟的气息,同时也中断了他内心悬着的那股不安。再一次打量了一番关紧的水龙头后,他如释重负地重新回到了客厅,心里有种对某件事情奇怪的不可避免感。

电视还没有打开,茶几上的那部电话却响了起来。

“爷爷,我猜得没错,你果然在家!”话筒里传来孙女惊喜的声音。

他的孙女正在读高中，夏天就要高考了。这孩子很懂事，经常会在晚上给他打来电话，陪他聊几句。他很看重这样的通话，但他知道孙女晚上的学习负担很重，他不能耽误她太多的时间。此刻，他并不能领会孙女的惊喜。“你吃饭了吗？”他按部就班地问道。

“哎呀，你还顾得上问我吃饭没有！我爸找你都找疯了，养老院的人已经报警啦！”孙女快活地嚷嚷着，“可我总觉得你不会跑丢，我猜你一定是回家了！”

“是的是的，我回家了！”他说。

“你是怎么找回去的啊？爷爷我真佩服你，你这是飞越老人院！”孙女一惊一乍地说，“我这就给我爸打电话，让他别在街上瞎找了。”

“不要，你让他再找一会儿吧！”他也被孙女的快乐感染了，“谁让他把我扔到那里的呢。”

挂了电话后，他在一种松弛的情绪下回味着孙女所说的话——你这是飞越老人院！他注意到，孙女使用了“飞越”这个词。他觉得孙女说得真好，他可不就是像一只候鸟一样，自己“飞越”着回来了吗？他感到这个想法有着一种说不出的魅力，让他如同感受到了山穷水复之后的柳暗花明。

此刻他觉得自己正在一点一点变得轻盈，僵硬已久的躯体也开始变得柔和，而头颅中却有沉沉的睡意袭来。他仰身躺进了沙发里，闭上眼睛，好让自己更加充分地体会此刻——他下意识地觉得，这将是重要的一刻。他恍惚地想，这一生，自己都力图与大地站成一个标准的直角，如今是时候换一个姿势了，不如索性躺下去吧，与地面保持平行。他觉得自己的身体像躺在云端上漂浮着似的，有种“已经没什么可再失去”的释然之情盈满了胸腔。他在上升，而一个答案在徐徐降临，在某个恰到好处的维度，两者完美地对接了。他的鼻息里弥漫着一股甜丝丝的、令人至幻的气息，好像这气味是从他身体里释放出来弥漫到了空气里的。他深深地呼吸着，深深地松下了一口气。多年来，那个一直困扰着他的问题终于迎刃而解，有了一个答案。

他高兴地想，原来老去是这么回事：如果幸运的话，你终将变成一只候鸟，与大地平行——就像扑克牌经过魔术师的手，变成了鸽子。

爪雨人

大学的校门有个讲究——无论周边景致如何日新月异，门脸却是越老越好。道理很简单：摆出一张斑驳垂暮、旧照一般的老脸，就有了德高望重的架势。西大的校门也概莫能外。因此，每当我面对西大校门的那张老脸时，不免就会陷入所谓的“回忆”。这也是没办法的事情，就好像口水与骨头，旧照与回忆也是一对儿天然的矛盾，这是本能，是条件反射。最早提出经典性条件反射的巴甫洛夫观察到，较老的狗一看到骨头就淌口水，不必尝到食物的刺激，单是视觉就可以使其产生分泌口水的反应。就是说，老狗们对于刺激的反射已经不简单依赖本能了，上升到了一个更加形而上的层面。在这个意义上，面对西大的老脸追忆往事的我，就是一条无力自控的老狗。不知道老狗们会是一种怎样的心情——除了瞄一眼骨头就会悲惨地口水四溢外，是不是还会像人一样，变得耽于幻想？人比较老了，就比较容易浮想联翩吧？当然，这种浮想一定不是那种积极的态势，多少接近于一种痴呆的表现，是身不由已和无能为力。

如今每当我穿过西大的校门，便会虚弱地浮想。

浮想中，潘侯二十年后走进西大校门的时候，这个城市正被春天惯有的黄沙笼罩着。他和我擦肩而过。我没有注意到这就是我那失散多年的兄弟——有两个学生远远地向我打招呼，我迎着他们而去。我和我的学生站在一起说话，他们中的一个突然指着我身后说：

“那个人不会是瞎子吧？他已经两次撞在树上了。”

我的心必然会在一瞬间缩紧，也许只回过头扫了一眼，就泪水盈眶了：那个身高接近两米的壮硕男人正小心地避让着一棵梧桐树。他的腿实在是太长了，即使犹疑着，也是一步就跨到了另一棵树的面前，像是有意要用肩膀去和树干角力，于是咚的一声，他再一次被撞得向后趔趄……

我和潘侯的交往，仔细算一下，不过区区一年多的时间。但直到今天，我仍觉得那段日子长于百年。关于那段日子，那段就像麦当娜在歌中唱到的“感觉自己像个超级骗子，他们说我像个伞兵”的日子，在这里，我只想说说非说不可的。

大三那年，我被系主任叫到办公室去。他指着一位个头奇高、方头大脸的男孩子对我说：

“这是哲学系今年的新生，安排在你们宿舍，你多照顾照顾他。”

我很不理解。首先，不是同一年级的学生安排在同一个宿舍，这好像没有先例，何况我们还不是一个专业的。其次，我不明白为什么要我“照顾照顾”这个比我高出大半个头去的同学。后一个问题系主任似乎给出了答案，他说：

“你是学生会主席嘛。”

我不认为这是一个令人信服的理由。

这时那位新生突然问我：“你从哪里来？”

我吃了一惊，甚至要以为是他背后藏着的一个什么人在发问，就像舞台上表演的双簧，而他不过只是个做着口型的傀儡。这个提问的语气是儿童化的，但声音却分明是一个青年人的。我不知如何作答，因为我一下子搞不清楚他所指的“哪里”究竟是哪里。

“他是问你老家在什么地方。”一位精干的中年男人不动声色地向我解释。

我想他一定是这位新生的家长了。我对他说我是西安人。那位新生立刻滔滔不绝地说道：

“西安啊，大唐帝国建都的地方，唐高祖李渊公元 618 年开国，公元 627 年太宗李世民，公元 650 年高宗李治，公元 684 年中宗李显又名哲……”

眼前的这位同学两眼瞪得溜圆，垂肩而立，双手背在身后，歪着脑袋对我细数了唐朝近三百年的历代帝王。

我有些恼火，认为这个家伙是在拿我开玩笑。初次见面就这么肆无忌惮地恶作剧，真是让人不可思议。但这种念头很快就打消了。他的表情颇为恳切,丝毫没有捉弄人的戏谑。

这就是我和潘侯第一次见面时的情形。他这个哲学系的给我摆出了一副历史系的架势。那一连串的李姓帝王和以公元纪年的数字,有种蛊惑人心的力量,似乎可以对人进行催眠,像水一样地把我托起来,使我进入到一种浮游的状态中去。

系主任把我叫到另一间办公室,给我做了进一步的解释。他告诉了需要我"照顾"的这个人的名字,然后皱着眉头,用一根手指顶住太阳穴说:

"他这里有些问题。"

我也用手指顶住太阳穴,问道:"这里有问题也可以读哲学吗?"

我的言下之意其实是:这里有问题那他读中文好了。因为我自己就是个读中文的。

"其实也不是什么大问题,"看到我模仿他,主任有点不高兴,"不是我们认为的一般意义上的那种问题——他的成绩相当不错,甚至比你入学时的成绩还要好!"

主任有些颠三倒四。他拿我来和这个新生做出让我处于劣势的比较,不仅多此一举,还令我很不满。我顶撞道:

"那应该让他来'照顾'我嘛。"

"真麻烦!"主任显得有点吃惊,嘴里嘀咕了一声,亮出一张底牌,"实话对你说吧,潘侯的父亲是省上的重要领导,安排好潘侯是组织任务,我们必须配合!"

说出这样的话，主任和我一样，都有片刻的错愕，仿佛不知所云地说了段浑话。

我接受了“组织任务”，重新站在潘侯的面前。这位“公子”的身份令我反感——我们家三代普通工人，我父亲穷其一生，见过的最高领导人大概就是他们厂长。我自然会有些抵触这个高大、古怪的家伙。那位精干的中年男人其实是潘侯父亲的秘书，姓王，说他精干，完全是那颗秃顶给人带来的感观。他留给我一个电话号码，说有事可以和他联系。潘侯显得很兴奋，王秘书要替他拿行李，被他用胳膊肘挡出好几步去。他自己像拎一捆稻草一样地拎起那捆大大的被褥包裹，迈开步子兴冲冲地就走。

这时候我才真正察觉出他的与众不同：此人健步如飞，却不是向着门，而是迎着一面墙直奔过去。他那硕大的肉身踊跃地与一面墙撞击在一起，我感到整个房间都为之一颤。他却若无其事，向后踉跄几步，拧一下脖子，活动一下肩膀，掉头又情绪饱满地迈开了步子，倒霉的是，不过是将目标换成了另一面墙。

好像是看到了一张通行证，我对这个人的敌意顷刻冰释。我试探着拽住了他的袖子，把他的方向扯到门的位置。这条大汉对我粲然一笑。他长了好一张大脸啊，宽鼻厚唇，真真是面如满月。

我们走在去往宿舍的路上。开学伊始，校园里有股集市般的热闹。许多老生沿路摆起了旧货摊，仿佛迫不及待地要将自己变卖掉，以最快的速度和大学作别。这让潘侯很感兴趣，同时那遍地的旧货也对他形成了障碍。我需要不时拽一把身边的潘侯,这个人的体积太大,凭空占据了过分的空间,横行霸道,就像是一个专门来踢摊子的。那捆被褥被他扛在了肩上,一路东张西望,走得跌跌绊绊。系主任和王秘书跟在我们身后,我无端地感到自己正行走在一个四列纵队那样可笑的行列里。

到了宿舍后系主任亲自动手协助王秘书为潘侯收拾床铺。看着这样的两个人忙上忙下,实在是有些滑稽。我冷眼旁观了一阵,突发奇想,把主任拉在一边悄悄问:

"那个怎么办?嗯?他怎么上厕所,也需要我来照顾吗?"

主任看了我足有半分钟,掉头跟王秘书低语了几句,然后回身如释重负地对我说:

"不用,这点没问题,在家专门训练了的,多去几趟,认了门就没问题了。"

果然,铺完床王秘书就领着潘侯去认门了。

出于可以想见的好奇,我打听了潘侯的入学成绩,那的确是个令人咋舌的高分。更令人咋舌的是,这位上厕所都需要事先训练的哲学系新生,居然能将圆周率小数点后的一万多位数背出来。后来据说有位数学系的好事者找过潘侯验证,结果就传出了潘侯在十秒钟内运算出 72 的 4 次方这样的奇闻。我很同情这位好事者,想必当时他也一定如我一样的眩晕。

我不禁要说服自己,我这是遇到了一个"雨人"。在那部达斯汀·霍夫曼主演的同名影片中,“雨人”被塑造成了一个具有特别意义的专用名词——特指那些具有某种非凡才能但日常生活不能自理的家伙,厉害点的就叫“白痴天才”。谁能想到呢,这样的人物竟会出现在我的大学生涯中。

除了心智蒙昧,欠缺方向感才是这位“雨人”最显著的问题。以后的一年多时间里,我的耳朵将充斥着各种撞击的声音,纷乱骚动,甚至喧哗铿锵。而我们之间的关系,就是一个如何调整彼此“方向”的关系。

学校里每位老师都接受了“组织任务”,他们对潘侯爱护有加。上课时,任课老师负责引领潘侯向着座位,而不是向着讲台而去;在食堂打饭,也有专人替潘侯安排整个程序,他所要做的,不过是亲自把粮食送进嘴里——将一片肉或者几块土豆举在眼皮下,好像对自己接下去将要做的事情感到没谱,如果不假思索,就难以顺利下咽一般。因此旁观潘侯进食也是件令人揪心的事,那个倒霉的“专人”只有暗自对着他的每一次吞咽做出无声的祈祷,提心吊胆,生怕他的筷子找不到规定的路径。潘侯对这样的待遇并不领情。此人总给人一种蠢蠢欲动的感觉,总是让人不太放心,觉得他始终在妄图自己决定一些事——结果当然总是挫折不断。照顾他的人强行干预他,他倒也很顺从,双手插在上衣口袋里,仿佛心无所属的样子,其实很明显,他更愿意自行其是。但他从不抵触,不过是一有机会就去撞墙。

只在一件事情上,潘侯表现出了他的执拗。学校不允许他上体育课，这个决定无疑很英明。显然，那块操场在这位“雨人”眼里不啻是一块没有路标的蛮荒之地。但潘侯我行我素，坚决不服从这个英明的决定。他以一个“公子”才有的专横跋扈，挣开一切阻拦，像一颗炮弹般地飞奔在操场上。兴许他那高度接近两米、重量超过一百公斤的沉重肉身需要宣泄掉撑得难受的精力。这一点，处在青春期尾巴上的我们感同身受，否则大学校园的操场不会被弄得像个斗兽场。但我认为，就凭我们那点儿躲在被窝里自渎的动力，根本难以激发出如此摧枯拉朽的狂奔。这具庞大的身躯被更加不可遏制的力量推拥着，仿佛是火箭发射一般地迎着某种召唤喷薄而去。奔跑的时候，潘侯的嘴里发出一种十万火急的气声：

火——火——火——

他就这样呼啸着，漫无目的地撞向操场边的各种障碍物。于是单杠双杠成了险隘，沙坑成了泥潭。

他的冲击力委实惊人，很快就发生了事故，有一次撞在主席台的水泥台面上，当场就昏死了过去。体育老师慌了手脚，派人把我从课堂喊了出来。大家都知道我是学生中唯一接受了“组织任务”的，似乎我便因此成了潘侯的监护者，是一个对他有着责任和义务的人。

我跑到操场边的现场，以一个中文系学生特有的谦卑挤进一堆哲学系的家伙之中。潘侯已经苏醒过来。他脸色煞白，嘴角挂着白沫，身体紧紧地蜷缩在地上，安静地等待着痛苦的离去。这副样子被我俯瞰，反而像一个随时准备起跑的姿势。我蹲下去，抓住他的一只手，那只手冰冷无力，在我掰开之前，一直把大拇指捏在拳头里。我们的手握在一起，像按下了一个开关，我看到潘侯的眼睛一下子涌出泪水来。我相当震惊，因为之前我的意识从未将这个人和泪水联系在一起，他太像一团蒙昧不清的化合物了，但组成元素中并没有情感之类的成分，没有一个氢气和两个氧气那类的玩意儿，所以形成不了水。我很局促，只能喃喃地说：

“撞啦……没事了吧……兄弟你真该当心点儿……”

此人虚弱地眨着眼，表示同意我的说法。

时值仲秋，我偶一抬头，从我蹲着的那个角度望去，太阳有气无力地恰好担在两栋楼之间，仿佛架着双拐，那景致，不禁令人一阵怆然。

在一帮未来哲学家的围观下，我没有什么有效的招数来行使自己“监护人”的职责，只有一直蹲着握住这个人的手。我也得认认门，训练训练。但此番握手对于我也是个从未有过的体验。谁会长达半小时地握着一个人的手呢？当然恋人们不算。我们的手握在一起，我的手大约只有他的一半大。潘侯的体力在逐渐恢复，由此我的手也捕捉到了那种生命迹象一点一点聚拢、复苏的过程。

这件事发生后，我对潘侯有了异样的感观。我不知道该如何形容，只是觉得它几近温柔，就像遥望那枚如同患病的太阳，不免让人心生恻隐。

这时潘侯已经成了附近几所大学人所共知的人物。他的“有些问题”、他的家庭背景、他让人匪夷所思的特殊禀赋乃至他雄阔壮硕的派头，都足以令人关注。连外校的学生也跑来看他。大家是怀着一种观看珍禽异兽的心态来观赏“雨人”的。我无形中暗自认可了监护人的角色，对这样的状况自然颇感厌恶。

我打算帮帮潘侯。提纲挈领，我对他的帮助就始于解决他那不可遏止的奔跑欲。

一个周末，我们一同来到操场，那时秋高气爽、万里无云。潘侯没有什么异议地跟着我，他可能被格外叮嘱过，对于我这个帮助者应当予以配合。他只是有些好奇，把我借来的皮尺要到手里卷来卷去。我们合作着测量了一下 200 米的跑道，让他用 200 步跑完。我提醒他把注意力放在自己的左手上，以此为坐标，向左，再跑 200 步，再向左，再跑 200 步，周而复始，直到他觉得已经跑灭了胸中的火焰。

这套路数非常有效。能将圆周率小数点后的一万多位数背出来的潘侯，对数字惊人的敏感，训练了几次就完全掌握了要领。势如破竹，他在飒飒秋风中跑得不亦乐乎。起初我捡了根树枝，站在跑道的内圈吆喝着，但当他跑出状态后，我便受到了感染，跟着他一起跑。由于规定了步子的频率，我们跑得并不算太快，但就像上足了发条，自有一股欲罢不能的激情和持久的耐力。像得了强迫症，我完全是靠着惯性跟着这个不知疲倦的狂人跑。直跑到夕阳低垂，双腿犹如加工出来的机械，摆动得极富规律；直跑出一张备受折磨的扭曲的脸，并打着马儿那样的响鼻。

然后，在某一个临界点，我确乎体验到了那种灵肉分离的曼妙。那不是一个累积叠加的结果，也无从期待酝酿，它来得令人猝不及防。我根本没有准备——那痛苦的走投无路的一步迈出后，会和前面所有的痛苦有什么不同。一条灼亮的弧线在脚下闪过，与之同步的，是自由的翩然降临。我想说我体会到了自由。它不是我们想象得那样酣畅淋漓，它没有那么霸道、蛮横和粗鲁，而是宛如一个婴儿般的令人疼惜。

休止的一刻却令人惊愕。当我停下步子后，陡然便有了一种茫然四顾，才发现凭空孤立于云端的魂飞魄散。于是急遽的跌落无可避免：干呕、痉挛、失重、麻痹，倒在地上神经质地抽搐不已。往日熟悉的这块操场在我眼里倒成了一片苍凉无际的荒原，望之不禁令人气馁与心碎。

对我的表现潘侯不能理解。他在我身边转着圈。同样经历了这番狂奔，他的鼻息不过像一匹悠闲的马儿的轻嘶。当我生不如死的时候，他却胜似闲庭散步。我躺在地上，有气无力地战兢着，生怕遭到这匹大马的践踏。后来他一个回旋，蹲在了我的身边，将一颗大头探在我的眼皮前打量我。过了一会儿见我并无起色，就干脆和我肩并肩地躺在了一起，用一只手，抚弄一只小狗似的拨拉着我的头。

两个晚练的女生从我们身边跑过，脚步声在我贴地的耳朵里空漠地响着，踢里踏拉，荡起一阵微小的尘埃。她们那种女性特有的摇摆步态，那种不自觉夹紧、相互摩擦着的大腿，被我仰望，真是有种毁灭性的愚蠢和绝望。

从此，操场这块旷野在潘侯眼里就有了地标和基准。每当体育课时，他便将左手举在眼前，响亮地呼喊着数字，迈着均衡的大步，像钟表上的指针一样精确、匀称地飞奔在操场的跑道上。向左！向左！将自己拽出肉体……

这样的景致理所当然地成了一道风景，永久地镌刻在了那一时期西大学子们的心里。

我对潘侯的照顾其实很有限。按照和校方的默契，我大概只应该对他在宿舍里的时间负责。

潘侯大多数时候是温顺的，除了一开口逻辑飘忽令人出其不意外，如果不要求他背圆周率，基本上与常人并无不同。但他也会突然地激动兴奋。

宿舍楼每晚 11 点钟准时拉闸熄灯。每到这个时刻，不用看表，潘侯的情绪都会准时地动荡起来。那时候，他通常正趴在自己的铺上，抱着一本黑壳的笔记本，在上面写写停停。黑暗将至的前一刻，他仿佛能嗅到异样的气息，突然停下手头的活儿，警觉地四下张望一番，然后嗵地从架子床上蹦下来，挥舞着手臂，像一个踢着正步操练的列兵，几步从宿舍的这一头跨到另一头，然后又折回来，嘴里嘀嘀咕咕，来回往复。于是房间里霎时乒乒乓乓地乱了套。

这当然成了其他人的痛苦。尽管大家都分别被做了工作，但还是有人故意把椅子、水瓶之类的东西摆在宿舍中间，给潘侯设置路障。既然只能承受，那么就让肇事的家伙更艰难些吧——这就是他们的逻辑。水瓶踢碎了不要紧，学校马上会换来新的，以至于有需要的家伙都把他们的破设备送到了我们宿舍。如果能搞来绊马索，没准这帮家伙都会弄到我们宿舍里来使用一下。我能够理解大家的情绪，只好他们前脚摆上，自己后脚跟上去挪开，像一个排雷的工兵。

我的举动招来了不满，有列兵有工兵，我们的宿舍岂不就成了一个兵营？他们迁怒于我。毕竟，我不是一个需要照顾的人。于是就有了这样的流言，说我是想靠上潘家这棵大树，好在毕业后踏上仕途。那个年代，就像我们这帮大学生到了青春期的尾巴上一样，理想主义也已经进入了它的更年期。但在大学里被人做出这样的评价还是很令人难堪的。我被尖锐的流言所激怒，急于申诉和澄清。终于有一天当潘侯又准时地跳了下来时，我用一个中文系学生的腔调，带着表白性质地对他吟哦：

“安静！请你安静！这里难道是疯人院乎？”

天啊，潘侯一步就蹦到了我的面前，这一回他倒是目标明确。他歪着头看我，一言不发，足足有一分钟的时间。我突然很紧张，感到这个家伙会攻击我。当时我正半躺在床上，身体有种要蜷起来的愿望，基本上不敢正视他那张嘴唇挛缩着的大脸。我不是一个懦弱的人，本来也酝酿已久，但我的勇气是建立在理性之上的。如今我面对的是这样的一个人物，所有的理性都有可能变得勉强甚至无效，于是勇气便不复存在。

我色厉内荏地吞咽着唾沫。几个室友关注地伸直了脖子，做出一旦发生意外便一哄而上的架势。潘侯却做出了相反的举动。他摆一下脑袋，像一头不屑于朽尸的熊，笨拙地爬回了自己的床铺，留下我和几个室友面面相觑。符合规定的黑暗适时而降。叭的一声，像某个有权势的家伙打了一个响指——那是大面积断电发出的声音，一块黑布兜头便蒙住了我们。不管怎么说，我毫发无损，但淹没在这种被管制的时间里，我一下子居然有种啜泣的冲动。

此后潘侯竟然终止了这种黑暗前的亢奋。我认为这是我教会他在操场上狂奔换来的善果。这个"雨人"对我有了感激之情，以至于甘愿委屈自己。他不再跳到地下，却躲在铺上瑟瑟发抖，喉咙深处发出诡谲的喘息。那喘息经过努力压抑后，蠕动着，像窨井下涌动的暗流，宛如紧随其后必将到来的黑暗的前奏。我知道，他已经尽力了，这是他所能做到的极致。尽管我不免为此自责——这个人不过是干扰了我们，而我对他却造成了煎熬——但还是觉得这种喘息听得多了会导致大家患上肺癌，至少会让人喉咙发痒，以致不咳嗽几声简直就觉得过不去。

楼道和厕所是不熄灯的，后来有一次我起夜，就在厕所里看到了蹲在里面的潘侯。他经过训练，对这块宝贵的光明之地熟门熟路。那时他靠在一排锈迹斑斑的暖气片上，抱着那本黑壳的笔记本，顶着一头氨气，正在奋笔疾书。他真是专注，根本没有发现我，这让我得以悄悄对他端详良久。基于潘侯的专业，憋着一泡尿的我首先将他盘踞在厕所里的这一幕和打磨镜片的那位斯宾诺莎联系在了一起。在我眼里，这本黑壳笔记本之于哲学系新生潘侯，就像镜片之于先哲斯宾诺莎一样，是他们不为人知的专业表达；同时，也成了此人每逢熄灯之时便要发作的诱因——他预感到自己的工作将被蛮横地中断，于是便不可遏制地愤怒。

这个神秘的本子里究竟有何玄机呢？好在它最终落到了我的手里：黑壳上压印着“为人民服务”的字样，这几个字的存在更多要仰仗手指的触摸；里面记录着的，不过是每天出现在潘侯视野里的人，而且以陌生人居多。它不能被称为日记，说是流水账都很勉强。因为在我们看来，那些或许连生命中的过客都算不上的人，实在乏善可陈。潘侯持之以恒记录下的，不过是这样的一些文字：早餐，二班的瘦女生，吃了十分钟，心情好；第一节课，徐教授，眼睛红，疲惫；穿着运动服的男同学，看天，天上有云……如此等等，言简意赅，却比书本上的冗长脚注都要乏味。但是，当我一页一页逐字逐行地读下去，却不禁为之着迷。

悲观些说，潘侯记录下的，是一些人在尘世走过这么一遭的佐证。有幸进入这本黑壳笔记本的那些人，如果在咽气之前能够读到这些文字，没准会唏嘘不已。他们会因此记得，在生命中的某一天，自己心情不错地吃了十分钟的早餐；某一天，自己眼睛红肿着疲惫地登上了讲台；某一天，自己百无聊赖地举头望天，而天上浮云片片……由此前后推演，便是一段相互关联的岁月。于是，他们在终结之时所成为的那一个自己，就不再是凭空成为的了，他们那时所走向的归途，就有了这样一个确凿的来路。我们走得仓皇，每一天的每一刻，何曾巴望会被这样铭记下来？但是潘侯做这样的工作，有意义吗？是谁赋予了他这样的权柄，来为大家数算每一个日子？谁知道呢。也许，这依然是他的哲学方式，借此他暗自与这个世界达成谅解，来感觉自己并非完全与之无关。

当然，我在这本黑壳笔记本里也看到了自己的名字。我是以这样的面貌第一次出现在上面的：

某日，李林，唐朝人，忧郁。

潘侯把我这个忧郁的唐朝人当作了他的兄弟。这个“雨人”没什么交际的能力，但显然内心对这方面的需求还很火热，于是挺现成的，顺理成章将我这个“组织上”安排给他的人视为了伙伴。他开始在大庭广众下突袭式地对我表现出不恰当的亲昵。随便列举一下：譬如在食堂吃饭，他看到我的嘴边有米粒，就径直过来用他的大手小心翼翼地摘掉。当我的嘴唇被那只大手碰触的一刻，有种从未经历过的战栗令人痛苦地从小腹一直奔涌到唇角，周身居然有股纯粹发自生理的反应。有时候他挤坐在我的身边，手放在我的大腿上，我需要提醒他一下，他才能意识到原来落掌之处并不是他自己的大腿。我很窘迫，身体绷得硬邦邦的。尽管我的心一再被潘侯柔化，但是我没法让自己挺直身子去面对参差的目光。我所谓的方向，不如说是风向。我真是有点儿发愁，怕潘侯会弄出些什么更来劲的。

离我们学校不远，有一座废弃了的天主教堂，据说解放前非常有名。学期快要结束的时候，潘侯带我去了那个地方。我们在黄昏的时候来到它的面前。一些鸟在它高耸的尖顶之上盘旋，发出急促的叫声。夕阳无力地覆盖着我们脚下干枯的落叶。一走进它边缘锐利的阴影，我的心就遭到了温和地切割。潘侯仿佛变成了另外一个人。他突然变得轻盈、机智，牵着我的手灵敏地跨过每一个障碍：一段腐朽的木头，一块破碎的瓦砾，一架说不出名堂的小型动物的骨骸，乃至一团风干了的粪便。奇怪的是，我并没有感到太大的惊异。仿佛我早就知道，在“雨人”的世界里，有着属于他们的地图，在那里，他们自有条分缕析的途径。而如今，我只是进入了他们的领地。

这片神的废墟就是潘侯的领地。他熟悉它的脉络，曳足而行，可以毫无困难地深入到它的每一个角落。他的地盘他做主，潘侯引领着我，成了我的方向。我们走过圆弧状的拱门，走进弥散着难言的哥特式的隐秘里，满目垂直的线条，让我们犹如走进了一具庞大尸骨的腹腔。肋骨一般交错而成的穹顶下，一排排信众的座椅周正而孤寂，它们已经腐烂，散发出泥土潮湿的腥味，上面生长着稆生的植物，却依旧整齐划一，难掩那种神所设立的秩序感。在这荒凉之境，所有的花儿却都如期开放，那些穿堂而过的鸟，不种也不收，也没有积蓄在仓里，更不用读中文或者哲学，却依然被神所养育。

潘侯甩开我，一路蹦跳到牧师布道的讲坛前，大步跨了上去，仰起头，开始声音响亮地朗诵一首诗：

我披着深色的披巾捏住他的手……
“为什么你今天脸色惨白忧愁？”
原来是我让他饱尝了
心灵的苦涩的痛楚。

怎能忘记啊！我摇晃着往前走，
歪着嘴唇十分难受……
我没扶楼梯奔下楼来，
跟着他跑到大门口。

我一边喘气，一边喊叫：“过去的一切
都是玩笑。你一走，我就会死掉！”

他平静地强颜一笑，对我说：
“你别站在风里头！”

当年的大学，即使是一个体育系的都能背出几首诗来。所以潘侯朗诵这首阿赫玛托娃的诗，在我这个中文系的看来，算不得太稀罕。我只是想不到，在这样一个场景中，潘侯怎么会朗诵这样一首极尽曲折的爱情诗。我所受到的专业训练约束我，在这里，来一句“主啊，是时候了！”才是恰如其分的。对此我只能叹服，这个人能够秉着恳切的态度超越场景对一首诗的辖制，令本无瓜葛的事物浑然一体。我从未听过、也坚信再也不会听到有人能够将诗朗诵得如此端庄与体面。朗诵者的语调没有修饰和起伏，没有声情并茂，每一个字都像钉在钢铁之上的钉子。于是诗被还原成了诗，自有一股高贵的威仪。

潘侯身边好像还站着个看不见的人，并且在对他的朗诵给予无声的掌声，他向这位莫须有的声援者频频颔首致意。当然你也可以得出这样的印象：这个大块头不过是在打着轻微的摆子，或者是在着力表现着“歪着嘴唇十分难受”的诗意。

那一刻，教堂破败窗口涌进的夕阳极其明亮。就着光，在这位“雨人”的身上，我瞥见了这个世界隐秘的内核。它是另一条路径，某一类人与这样的路径在这神奇的角落里和谐地悄悄会合，就像万物不被觉察地自给自足。

但这条路径只在这座被遮蔽的废墟里有效。当我们重新走到尘世中时,世界立刻恢复了它的坚硬。回去的路上,潘侯两次撞向了电线杆。我就像一个被乖僻的主子搞得颇为狼狈的跟班儿,只好把他的手挽住。这回他的手倒是凉爽而稳定,只是在比例上给我一种反倒被人襄助着的手感。两个大男生牵手而行,真的是不太好看吧?反正我是有些别扭。但潘侯却好像因此得到了某种许可,突然和我推心置腹起来。

“你有什么难忘的事吗?”他转头看着我,无根无由地向我打问道。我没什么心思回他的话,但经不住他反复地追问:“有没有?有没有啊?”

“有吧,”我沉吟着,顺嘴说了一句,“小时候死过一条小狗。”

“一条狗?什么品种?”

“一条小狗,”他这么认真,但我实在对狗的品种所知甚少,而且实际上一直还是比较怕狗的,所以只能答复他,“就是一条小狗。”

“噢,一条小狗,”他玩味了一阵,继续质问我,“死啦?”

“嗯,死啦。”

“真的死啦?”

“没有死吗?”我被问得没了把握。

“噢,哦,”他和我捏在一起的手加了几分力气,表示有些不好意思,表示有些叹息,“怎么死的呢?”

“吃了死老鼠。”

“死老鼠?”

“是,是死老鼠,老鼠是被毒死的。就是说,狗吃了死老鼠,就跟吃了老鼠药一样,就毒死了。”

我以一种三段论式的严谨用力解释着,态度忽而转变了,不再是心不在焉的敷衍,声音也逐渐哽咽一般地嘶哑了。这件童年往事此刻被提及,居然会令人伤心,这是我无论如何也想不到的,要知道,如果不是被这样拉出来说一说,我基本上把这茬事遗忘殆尽了。它长得什么样子呀?说黑不黑,说棕不棕。耳朵呢?耷拉着,好像总是湿漉漉的。湿漉漉?嗯,但和下雨没关系,也不是出汗弄的。你伤心吧?是。为什么?因为没有不伤心的理由……

我们在夕阳里手挽着手,谈论着一条死了十几年的小狗,腔调严肃,一点不比谈论一个瘦女生或者一个红眼睛教授轻浮。在我眼里,这条“因为吃了死老鼠而死”的小狗,从一个简单的事实中脱颖而出,陡然无条件地被赋予了某种令人动情的价值。仿佛我也有一本属于自己的黑壳笔记本,此刻打开检索,那条小狗就以一种令人从未巴望过的,我想说,使人怅惘的可贵被全新地塑造了出来。

当我抬头看到校门时,才从这种放诞的悒郁中回过神。我像被烫着了一样从潘侯手里拔出了自己的手,心想这是怎么啦,为一个“雨人”打伞,结果自己却被搞得像落汤鸡啦!已经有认识的同学出现在我们面前了。我故意放缓步子,装作若无其事的样子跟在潘侯后面。失去了我的手，潘侯一下子有些不知所措，两只空手无处安顿，在大腿上拍打了一阵，终于好像找到归宿般地迅速插进了上衣的口袋中。

校门外的路面正在翻新，走在前面的潘侯一脚踏进了刚刚浇灌了水泥的禁区。我用大喝一声来提醒他。他定下身形，进退维谷地傻在那里。我向他打着后撤的手势。但他好像看不懂似的，好像被吸附凝固住了一般，纹丝不动地把那个前腿弓后腿蹬的姿势保持了良久，然后才慢慢收回了那只误入歧途的大脚。那意思，好像还颇为有些遗憾，有些恋恋不舍，让我都要认为他是故意这么做的了。

倘若你有一双慧眼，并且足够耐心，如今你在西大的校门口，也许还可以找到这么一只来自一位“雨人”的足有50码的足印。它隐蔽地长在西大校门那张刻意维护着的老脸上，就像一块极具说服力的老年斑。

不知道从什么时候起，我开始把潘侯叫作老潘了。这除了说明他在我的眼里符合一个“老潘”的指标，至少还说明我对他已经颇感亲昵。临近寒假的时候，我被邀请到潘侯家里作客。王秘书坐着一辆小车来学校接我们。我几乎忘记了这个老潘的家庭背景。在他的身上，没有丝毫的纨绔之气，相反，他倒是比任何人都来得朴素。潘侯是我们宿舍里唯一不吸烟的男生，穿布鞋，衣服也似乎永远是那两件条绒外套，有一次临时还借穿过我的裤子，结果裤脚吊在脚踝上，裤裆紧绷地在校园里晃荡了一个下午。

直到我们乘坐的车子驶进那座俄式大院，我才意识到了潘家的非同一般。看到门前站岗的两名军人姿态标准地向我们敬礼，我的身体就虚弱下来。

潘侯的父亲看起来比潘侯还要庞大，主要是比他宽出很多，像一座山，即使向我走来也仿佛岿然不动。我们握手，我的手像被一团棉花包裹了一下。潘侯的母亲是一位皮肤白皙的南方妇女，倒是令人感到亲切。她的南方口音很重，而且语调又压得很低，我需要支棱起耳朵才可以听清楚她的话。她要求潘侯为我们弹奏一曲钢琴，殷切地鼓励自己的儿子说：

“弹一首啦！”

潘侯显然不太情愿，大脸憋得通红，但还是坐在了一架钢琴前。他的表情和坐姿都很僵硬，弯腰曲背，手指无力，给人的感觉是在用除了手指以外的全部身体落实着这桩风雅之事。琴声若隐若现。我听了一阵，才幡然醒悟，叮叮咚咚，飘在耳畔的原来是《国际歌》啊。

潘侯的母亲低声对我说：“他这是为你弹的，他从来不在外人面前弹琴的啦。”

她说感谢我对潘侯的帮助，这半年来，潘侯发生了“老大”的变化。

我有些受宠若惊。首先，我不觉得自己为潘侯提供了多大的帮助;其次,这幢完全超出我阅历的房子也在无形中压迫了我,似乎在这里,任何被感谢的话都是令人无法消受的。而那叮叮咚咚的旋律也使得我更加不知从何说起。

这时潘侯的父亲开口了,声如洪钟:

“李同学,听说你是学生会主席嘛,很不错,有前途。”

他的话音未落,潘侯猝然一拳捶在琴键上,用一声共鸣凶悍的强音来伴奏自己的叫嚷:

“讨厌!你不要说这种话,讨厌!”

场面一下子僵住了。潘侯的父亲面无表情地闭上了眼睛,一副雷打不动的凛然。潘侯气哼哼地从钢琴前起来,足有上百平米的客厅他也只需几步就可以找到一面墙,撞过去,折回来,再撞过去,像一只恒定的钟摆。头顶的枝形吊灯在震荡下窸窸窣窣地颤动。没有一个人试图去阻止潘侯。他的父母安之若素地坐在沙发里,对眼前的状况置若罔闻。一个类似保姆身份的阿姨默默地进来给我们的茶杯添水,然后又默默地退出去。我本该看看事情会被允许发展到什么地步,但终于还是忍不住了,轻声叫道:

“老潘……”

像听到了一声哨响,潘侯立刻收住了狂躁的步子。他的母亲惊异地瞪大了眼睛,用一种南方气质的氤氲眼神看看我,再看看自己的儿子,显然一下子不能把“老潘”这个称谓跟自己的儿子对上号。潘侯站在原地喘着粗气,好像比狂奔了一场还要气息难定。稍微平静之后，他过来略显粗暴地抓住我的手腕说：

“我们走。”

我无所适从地向他的父母点点头，说是点头哈腰也差不多，那种不自觉想要讨好什么的态度，真是要不得。我被潘侯提溜到了他自己的房间。我注意到这个房间的四壁都包着齐人高的棕色皮革。潘侯的情绪转变得非常快，一下子又兴高采烈起来。他从一面书柜里拿出一大摞画，很阔绰地丢给我：

“我画的！”

画是用铅笔画的，一些锋利的线条狼奔豕突，乍一看，就是一团乱麻。

“是教堂的尖顶吧？”我完全是信口开河。这一次，我没有把他当成一个美术系的。我的脑子还留在客厅里。我想着那对父母依然坐在沙发里的情景。他们一言不发地各自端起茶杯，杯子上印着“为人民服务”。同时，这幢房子也令我神伤：大客厅、钢琴、枝形吊灯、成排的书柜，外加一个沉默的保姆，可不就是一个中文系学生所能憧憬出的最完美的梦境嘛。

潘侯的脸色微微有些发白。

“你能看懂呢！”他惊呼着，“只有你能看懂呢！”

他眼睛翻起来，既像是高兴，又像是生气，上唇渗出细密的汗珠。

我歪打正着，不太好意思回他的话。孰料，他却因此打算回报我一下。

他突然拉起我的一只手说:“李林,我要告诉你一个秘密!”

他这般郑重,我不由得也跟着严肃起来,迅速向门口看了一眼。要知道,在这样的一幢房子里言及“秘密”,岂不就要令人联想到“机密”?

潘侯喘得厉害,像是在下着很大的决心,他说:

“我爱上一个女生!”

我感觉自己的头晕了一下,问道:“谁? 能告诉我是谁吗?”

然后我屏住呼吸,等着他的回答。

老潘的回答使我的头更晕了。

他下了个狠劲,向我俯下身来,用自认为是悄悄话,但足以令客厅里的那两个人也吓一跳的声音,暴怒般地说出了一个我熟悉的名字:

“朱莉!”

因此这两个字都显得不太具备一个名字那样的指称性,让人觉得像是空洞地瞎吼了一声。

新学期伊始,我就感觉到了潘侯的变化。夜晚一声响指之后,依然可以在厕所里看到抱着那本黑壳笔记本的老潘。但是他却宁静多了,蹑手蹑脚地摸黑钻出去,然后又蹑手蹑脚地摸黑钻回来,尽管弄出的动静反而比百无禁忌时还要来得大,但那份自控的努力却是一目了然。接着,他和朱莉的恋情就被公布出来。

朱莉是西大有名的女生，低我一届，高潘侯一届，上天作弄，学的是物理。此人非常活跃，长着一双天使般的眼睛，深深地陷进去，有着很淡的眼珠，因此显得大而哀怨。朱莉善于交际，诗歌朗诵、交谊舞会、话剧演出，学校里组织的每一项活动几乎都能得见其影。

“雨人”在谈恋爱——校园里风传着这样一桩奇事。这段恋情之所以一开始就被视为了“奇事”，并且遭到非议，原因在于几乎所有的人都认为朱莉怀着显而易见的目的。我也用这样的尺度来测量潘侯的爱情。尽管我承认，原来我一直忽视了老潘居然也会有爱的本能（这早有端倪，他在神坛上吟诵过的），既然有本能，面对条件，就会有反射。我认为，朱莉这样一个学物理的女生，对于物质的守恒自有其专业的体悟。我担心潘侯无法抵御这种陡峭的爱情。老潘在神坛上朗诵阿赫玛托娃的情形历历在目，我不愿意看着他被朱莉拽到一场物理实验当中去，弄到“歪着嘴唇十分难受”的沉痛境地。

为此，我擅自扩大了“照顾”潘侯的范围，做了一些不太磊落的事情。我找来了一些朱莉的照片，都是学校组织活动时拍下的。朱莉在上面与各色男生做出亲密的动作，依着、靠着、吊在胳膊上。我想以此唤醒老潘，让他对爱情这件事情有一些清醒的认识。

潘侯看得认真，两眼冒光地对我说：“朱莉多矫健！”

多矫健？是的，这并不奇怪，老潘有时候就是会这样语出惊人，譬如像表扬一匹马似的表扬一个女生。

我有意打击他："朱莉穿高跟鞋不好看，你不觉得吗？"

这倒也是实情。美丽的朱莉也有微疵，像很多女孩子一样，穿上高跟鞋走路就多少有些颠颠簸簸的样子。

"哈！"

潘侯拳头向前捅了一下，我理解他是想擂我一拳，不过他落空了，拳头指向的那个区域是我五秒钟前站着的位置，现在我已经挪窝了，而他的方向感还没调整过来。他一拳打在空气里，自己都怔了一下，但脸上的表情并没有收住，依旧洋溢着红光，并且依然快活地叫起来：

"你看得真仔细，你看得真仔细啊！"

我反而被他搞得颇为尴尬，只好重新闪到先前的位置，正色引导他：

"老潘你知道吧，爱情有时候是可以成为一种手段的。"

我差点要将爱情说成是一个物理公式。这样显然针对性太强。

老潘安静冷淡地看着我，好像才开始回味方才落空的一拳到底是哪里出了故障。

他偶尔回一句："不是，爱情不是。"

我让他说说那么爱情是什么。他漠然地看着我，并不作声。仿佛跟我说了也是白说。仿佛对我还挺轻蔑的。

我有些恼羞成怒，大声教导他："老潘，人都很自私，你知道吗，人都很自私！”

他被我吓住了，紧紧地咬着腮帮子，连声说：“自私！”

潘侯不为我所动，爱得颟顸。奇事的另一位缔造者朱莉，同样也经得住非议的侵扰。这位孔雀一般骄傲的女生，自信到一种地步，根本无视流言与蜚语，甚至让人觉得，这反而是一种待遇，她挺享受这种沦为话题与谈资的局面。朱莉与潘侯在校园里亮相，效果形同今天的女人挎着一只 LV 的包包。在大家看来，这个朱莉是在用自己的行动声明，她并不讳言自己的企图，而且绝对不以此为耻。

他们约会的时候基本上是在周末，平时呢，有些按部就班的意思，必定会在傍晚时分牵着手在校园里巡视般地走一遭。这走一遭的意思，在大家眼里，是朱莉刻意为之的，她是在示威，是在用自己的身体发言——她扬起的头说：怎么啦？我就是想抓住一个公子！她挺起的胸说：有本事你们也抓一个我看呀！颠颠簸簸的脚步宛如鼓点，给她的声明敲击出有声有色的精气神儿。朱莉意气风发，这么招摇，实在是有些蔑视大家的情感啦！于是局面为之一转，旁观的我们倒仿佛被置于了羞耻的境地。尤其是我，无形中，好像成了舆论谴责的一个焦点，仿佛这件有伤大雅的事之所以发生，完全是因为我没有负起一个“监护人”的职责，是我放任了这样的事情，将老潘置于了凶险的试探之中。

我在一个周末尾随过他们。出了校门，这两个人一路向西，走出不多远，我就明白了他们的目的地。他们是在走向那座废弃的天主教堂。这个事实让我好一阵失落，居然有着一丝的妒意。是我觉得朱莉从我的身边夺走了一个"雨人"吗？似乎又不完全是，因为无论从哪方面讲，我都无权，并且无意霸占这个"雨人"。根源在哪里？如今我也难以梳理清楚。那种蒙昧的情绪，只能永远陷入在蒙昧里。我远远地跟在他们后面，吸引我眼球的，不是目标昭彰的大块头潘侯，相反，倒是他身边那个婀娜的背影。

之前我和朱莉只是在学校组织的活动中有过一些接触——我是学生会主席嘛。那时我没有对这个女生产生过更多的想法。朱莉的辐射力过于强大，热力四射，让一个严肃内敛的学生会主席只能敬而远之。

直到她用这样的方式闯入我的视野——更多的时候，只是一个背影，一个婀娜的背影。

我还得继续找潘侯谈话。

我们坐在操场的主席台上，两腿悬空，双眼望天。老潘又把自己的手放错了地方，理直气壮地搭在我的大腿上。考虑到这场谈话必然的艰难，我唯有任凭他将我的腿当作了他的腿。

"老潘，你想过没有，朱莉爱你什么？"

"我爱朱莉。"

“我是在问你，朱莉爱你什么?”

我的大腿被毫不客气地拍打了一下。

“我爱朱莉。”

“这不是一回事！我没问你爱不爱她!”

“是一回事，都是爱情的事。”

“好吧，好，那你爱朱莉什么?”

“我爱朱莉。”

“好，好！你爱她，总有原因吧？比如，爱她的什么?”

“身体。”

这个答案让我险些从主席台上跌下去。

“你是说——身体?”

“是，朱莉是漂亮的女生。”

“荒唐啊老潘，爱一个人应该是爱上了这个人的特性，你说的漂亮是一种共性的东西，显然，漂亮的女生很多，可你并没有全部爱上她们嘛。”

“我爱她们。”

我的大腿又是一阵火辣辣的痛，但这次是我自己拍打的。

“可现状是，你只爱朱莉啊。”

“那是因为，只有朱莉来让我爱。”

这句话太有效了，蕴含的那份哀伤，几乎要让我放弃谈下去的努力。潘侯的语调真的是突然降低了下去，在“因为”这两个字后面，有着一个明显的停顿，就像舌头突然被牙齿绊倒。我这才意识到，原来我除了否认着老潘也有爱的本能，而且从根本上，也一直无视着老潘居然也会有忧愁。他有爱，但除了朱莉，没有人来让他爱，他是天然被规避着的那一类人。

“可是老潘，爱是一件需要彼此确认的事，你爱朱莉，要建立在她爱你的基础上。”

“爱不是。她爱我，我才爱她，这不是爱。爱不是交换。”

“可也许对方是当作一场交换呢？”

我的语调出奇地无力，远没有我预料的那样会拔高起来。

“爱不计算。”

“你不计算并不表明对方不计算啊。”

“所以爱不是两个人的事。”

“你什么意思，爱难道是一个人的事？”

“不，爱是所有人的事。”

“所有人的事？”

我几乎要呻吟了。

“所有人自己需要去做的事。”

我感觉到了，此刻我们这两个坐在主席台上望天的人，是在说着一件不同的事。这种不同截然相反，却又不可分割。于是我们无法说到同一个程度上去。我无法厘清自己的思路，但在情感上，却分明是被感染了。我没有能力来定义校园里的这样一桩奇事了，如果非要有个定义，我们勉强可以将其称为是一场“所有人中两个人各自去爱的事”。如果这样的道理真的可以讲得通，那么，谁还有权再来质疑朱莉的动机？

在潘侯的逻辑里，人需要面对的，只是我们自己。

朱莉远远地向我们走来，没有其他的比喻，只能老生常谈，说她像是一个跳动的音符。潘侯依然望天，倒是我的目光，远远地就被这个走来的音符所引动。的确，当我们欣赏一个音符的时候，是不会甄别这个音符有什么动机的，那是音符自己的事，我们只服从我们自己的情感，就够了。

就够了吗？

我被潘侯弄乱了脑子，不再那么抵触朱莉。这种情绪一经产生，居然繁衍出其他的情绪。我发现，即使朱莉真的是在谋求什么，那么她谋求得这么当仁不让，本身就极富魅力。这种魅力刀砍斧劈，简直是凌厉，如果换作是我，我也会缴械。这时候，令大家震惊的已经不单单是潘侯了。当舆论在朱莉的气势下即将溃败的时候，朱莉却乘胜追击，反其道而行之，掀起了新的一轮攻势。她突然冷待起火热的潘侯。什么动机呢？大家的猜测是：朱莉感觉时机到了，潘侯已经被充分燃烧，她要翻盘，向大家证明，校园里发生着的这桩奇事，责任原本是在潘侯的。

朱莉多有智慧。大家多有智慧。

但潘侯焉知这里面的奥妙。尘世叵测，爱情这样的事情又是格外地曲折逶迤，哪里是他老潘所能轻松穿越的呢？受了冷待的潘侯在一天夜里跑到女生宿舍楼下等朱莉，翘首以盼，一直等到月朗星稀,惊动了校方。换了其他人,这样的事情就不成其为问题,无非一通申饬。但麻烦的是,现在是公子潘侯。本来恋爱之事原则上在大学是不被提倡的,但校方显然是特许了潘侯的爱情。学校派出两位老师来做规劝的工作,一男一女,一老一少,搭配得非常合理。这对组合当然劝不动潘侯,于是上楼劝起朱莉来。十多分钟后,朱莉仿佛蒙受了天大的委屈,从楼上飞奔下来,冲着潘侯气势汹汹地叫:

"好了吧!好了吧!"

楼上楼下挤满了兴奋的脑袋。大家在这初春的月圆之夜,玩味着校园里的爱情。这爱情寓意无穷,在我们这些年轻学子的眼中,"好了吧",却唯独看不到那些纯美的题中应有之义。一阵乌云过后,星星像一股回流的河水在天上流淌。这是多么难得的一刻,大家安静地麇集在星空之下,仿佛在欣赏一幕话剧。作为背景,天上的星星和月亮都显得那么的富于装饰趣味。大家都是看客。就像每出好戏都必不可少的那样,校方无疑在这出戏中扮演了滑稽的角色,他们在策动朱莉去满足潘侯的爱情。朱莉呢,穿着一身碎花睡衣,是一个有些左右为难的公主,她都有些气急败坏了——而欣赏一个穿着碎花睡衣、被为难了的气急败坏的公主,是一件多么令人愉快的事。至于潘侯呢,很不幸,不过是一个身世显赫的白痴。

潘侯插在上衣口袋里的两只手企鹅翅膀般地扑棱着,"歪着嘴唇十分难受"。他判断出了眼下的状况不妙。因为"好了吧”，朱莉标志性的大眼睛显然在流泪，泪花在星光下熠熠生辉。这让潘侯分辨出了好歹。他立刻没了主意，回头举目张望。我知道他在找什么，下意识就想缩到人群背后。但他高瞻远瞩，一眼就望到了我。我们的目光碰在一处。我该怎么回应他呢？我可不想在这出戏里跑龙套。真是很可耻，我调头走掉了。我的身后是一片喧哗。绝望的老潘也分开了众人。他退场的动静太大了，像一头巨大的鲨鱼破水而去。

一段新的传奇就此展开。我们校门口有家小餐馆，无非卖些豆腐白菜这样的简餐。潘侯大约和朱莉在这家餐馆里有些什么故事，可能就是吃过几次饭吧。他从此不再顶着星月到女生宿舍楼前示爱了，改在了这家餐馆，天天傍晚浑身带响地准时到达，在餐馆老板的协助下落座于最里端的同一张桌子旁。

餐馆里黑漆麻乌，顾客全是西大的穷学生，本来生意惨淡至极，不想随着潘侯的到来，迅速变得热闹起来。只要潘侯光临，立刻就有人尾随而至，当然不能昭彰地观瞻，一盘豆腐白菜什么的总是要点的，大家一边吃，一边心事懆懆地静候着潘侯弄出新鲜的花样来。潘侯却很规矩，闷头端坐，眼前无外乎也是一盘豆腐白菜。然后果然就有了花样：对面摆着一双碗筷，他夹起一筷子菜，准星不稳地放进对面的碗里。即使是最冷漠的家伙，看到这一幕都不禁要心酸——谁都知道，天啊，潘侯这是在给朱莉夹菜呢，他在煞有介事地虚拟和回放着曾经的甜蜜。

这家小店因此成了一所课堂。一些有志于爱情这件事的同学成双而来，在一种异乎寻常的静谧之中，跟随着老潘，学习爱与被爱。真是奇妙啊，老潘端坐在灰暗的小餐馆里，却俨然一位身处豪华酒店的钢琴师，用自己的音符将一切都浸透了。这里成了一块现实之外的飞地，起码，在这里，大家能够得到短暂的感化。潘侯旁若无人地重复着他的弹奏，日复一日，西大的穷学生们那些卑微的爱情却借此得到了升华。在这个春天，恋人们携手而来，在潘侯营造的格调中吃着意味无限的豆腐白菜。

朱莉的目的达到了吧？舆论果然从反面的方向来裹挟她啦。水到渠成，初夏的时候他们终于重新走到了一起。这一回，"好了吧"，倒是有些众望所归的意思。但朱莉有条件，前提是，她不允许潘侯再光临这家小餐馆。朱莉是怎么想的呢？大家也许不难理解，那就是，即使是一件感人至深的事，我们也羞于过分地演绎。是的是的，朱莉和我们一样，只要不是一个会撞在墙上的人，大家都不堪过于华丽的滋味。

王子和公主并肩走在校园里。潘侯的行走依然横冲直撞，朱莉在一旁引导着他，手和手攥在一起。这样一来，我得到了解脱，完全失去了潘侯"监护人"的资格。但是很不幸，朱莉却因此被人称为了"导盲犬"。我当然不会因此对朱莉幸灾乐祸。但说实话，看着他们走成西大的又一道风景，那段日子的我满腹抑郁。

基于此时我和老潘已经达成的友谊，不可避免，我也经常和这对佳人混在了一起。由此，我掌握了他们邂逅的每一个步骤：原来，某一天，物理系和哲学系的两个班级在操场上宿命般的遭遇。在这堂体育课上，潘侯一如既往的奔跑博得了史无前例的喝彩——跑道边一个有备而来的大眼睛女生尖叫不已，又是跺脚又是鼓掌，高喊"加油！加油！潘侯加油"！这种激励对潘侯而言如同对牛弹琴。大家却都听出些意思来，翻译一下的话，差不多就是"爱你！爱你！我很爱你"！但很可惜，这么露骨的表达对老潘却是无效的，"雨人"的字典里压根没有"意会"这样的词。于是大眼睛朱莉破釜沉舟，下课后就将潘侯挟持进了那家小餐馆，在豆腐白菜的见证下，直截了当、明白无误地对着跑步健将潘侯说出了："我爱你！"这种局面不要说是潘侯，换了任何人，恐怕都难以理智地权衡应对。

我找机会比较策略地问过朱莉：她爱潘侯什么呢？

这个问题我问过潘侯，没有得到想要的答案，反而被搞坏了脑子。

朱莉一眼就识破了我的诡计。那时候我们三个坐在图书馆前的石阶上，老潘傻乎乎地拄着脑袋听我和朱莉东拉西扯。我趁着朱莉麻痹大意的时刻，偷袭般地问了朱莉一句：

"你真是挺有勇气的嘛，说一说，老潘什么地方打动你了？"

朱莉将头扭到一边。我觉得她的这个动作有力极了，对面花坛里的草都仿佛跟着呼啦摇摆了一下。朱莉用这个强劲的动作回答了我——管得多！委婉一些，就很有可能是这样的一句

陈词滥调:爱难道需要理由吗?我正有些气愤,却听到朱莉意味深长地说了一句:

“飞机,我还没坐过飞机呀。”

顺着她扭头的方向看去,原来天边正有一架飞机飞过。

朱莉坐在石阶上,裙子夹在大腿中,两只膝盖聚拢,膝盖以下却大幅度地撇向两边,腿胭难度极高地侧翻成直角,使得两条分开的小腿颇像飞机张开的翅膀。她也真的如同飞机翅膀一样地微微扇动了一下这两条小腿,用来配合自己的叹息。那年头,坐过飞机的人怕是不多,我就没坐过。朱莉那两条微微振荡着的小腿以及女生才能完成的惊人坐姿,一瞬间把我的意识拖曳而去,让我也痴痴地跟着配合了一句:

“飞机,是啊,我也没坐过,飞机……”

老潘插话道:“飞机,我坐过的,飞机。”

他把目光公平地分摊在朱莉和我身上。不过也有可能其实是在眺望业已消失了的飞机。

我立刻回过了神,对自己的失态十分不满,心中愤愤地认为,明目张胆的朱莉啊,她这就是在正面回答我的问题:老潘有什么好?这不是明摆着的嘛——他坐过飞机,形同一张飞机票。

这张“飞机票”在他可疑的爱情里状态倒是一天比一天好。已经很少能够见到老潘撞在墙上了。他日趋恬静,肢体动作也渐渐变得协调,甚至主动与人搭起讪来。和朱莉散步时,他会突然热情地向某位路遇的同学大声问候,猛不丁劈头给人家来一句“吃了吗?”或者“朋友,你的鞋子蛮不错!”这是有些荒唐,因为对于鞋子的鉴赏显然不是潘侯的长项,大家看看他脚上的状况就明白了——老潘他常年穿着一双那种被称为“懒汉鞋”的黑布鞋。被潘侯问候的人,多半会让他吓一跳。要知道,一个像老潘这样体格的庞然大物凭空向你示好,反而有种令人惊悚的威力。这就是我们弯曲的现实:一个大块头,天经地义,好像就不该是为良善预备的,他的善意,往往倒要叫人抽一口凉气。这就好比美丽的朱莉,如果不精明世故,好像就一定是辜负了她的美丽。

我们虽然还都是一群学生,但当身体的青春期遇到了时代的更年期,人人似乎就有了一颗看破世事的心,对空气中袭来的一切都保持警惕,友谊、爱情、突如其来的亲密和不经意的问候,都首先理所当然地被我们怀疑。只有潘侯和朱莉,这两个我行我素的人,以不同的角度活出了磊落的样子。

七月流火的一天,潘侯对我说:“李林你要帮我。”

我不明白他是何用意,一问之下,才知道原来是朱莉要他一同出去跳舞。我对朱莉的这个要求很反感。她怎么能要求潘侯去陪她跳舞呢?这就好像是要求一个路都走不稳的孩子去耍杂技。

我说:“那你就不要去了。”

“不,我要去!”潘侯坚决地说。

我听到他说“不”时流露出的那种愤慨语调很是吃惊。这个音节就像是在他的嘴里放了一颗小炮仗。

“那我怎么帮你？是让我来陪她跳吗？”我这话听起来的确有些不怀好意。

“不！”他的嘴里又这么响了一声，像看着一条需要调教的狗那样地看着我，“你陪着我就好，你可以给我指方向，喏，向左，向左……”

说着他把自己的左手举在靠近眼睛的地方，冲着我比画不已。

还有什么好说的呢？那天晚上我们三个人去了莲池公园里的一家舞厅。

朱莉穿一条红色的连衣裙，胸脯高耸，很漂亮，也很招摇。由于预见到我会有微词，这个物理系的女生基本上不怎么搭理我。我跟着他们，心里有些不是滋味。除了对潘侯一贯的担忧之外，我也对自己的处境颇感忧愁。毕竟，朱莉是那样的引人眼目，而我，可不同样也处在青春期的尾巴上吗？是啊，我也有想往，更不缺乏欲望，但悲哀的是，我的身边没有朱莉这样的女生，哪怕她是个学物理的。

那是一家很有名气的舞厅。朱莉提出来要去那里，我其实想否定的。我认为我们应当找一个相对冷清些的地方。在我看来，所有有名气的事物，必定都是复杂的，就像有名气的朱莉一样。但潘侯热切的眼神迫使我打消了自己的偏见。而且尽管排斥，出门时我却鬼使神差地换上了一双新皮鞋。

舞厅的生意很好，我们进去时已经人满为患了。让我耿耿于怀的是，进门时我攥着三张粉红色的票，而这两个人却像透明人似的，完全是一副东家的派头，目不斜视地昂首穿过了舞厅的守门人，好像从来没有人用检票这种手段对付过他们一样。

朱莉兴致高涨，一进门就拽着潘侯挤进了舞池。潘侯明显受到了惊吓，在半明半暗的光影下求救般地望着我。我只有举起左手放在眼前，向他打着只有我们之间才能辨识的旗语。看来我是做对了。老潘向我咧着嘴笑。他当然不会跳舞，但他并不把，也无从把这当成一个困难。他只是被动地被朱莉拥着，挤在人堆里缓慢地挪动。他实在是太高太大了，即使人海如沸，我也能一眼就找到他。看着他像一头温顺的大猫一般晃动着，一步一步地挪出他的那个世界，我不知道究竟是什么让我如此焦灼。这里面可能有些自艾，毕竟看着别人火热地抱在一起谁都会有些不是滋味。而且我脚上的新皮鞋不太合脚，硌得我脚背生疼。

接着就发生了混乱。朱莉突然尖叫起来。她的叫声穿透了响彻整个空间的舞曲：

“潘侯，你快松手！”

舞曲戛然而止，灯光也在一瞬间通明。刚刚还密不透风的舞池刹那间让出了一个舞台，只留下三个人在里面表演。仿佛是莎士比亚的一出戏，三个人各有造型。朱莉面若桃花地待在那里，潘侯的一只手死死地攥着一个男人的衣领。

那个男人向后半仰着，其实很镇定，反倒是潘侯的脸色煞白，嘴唇一直在哆嗦。

“放了！”男人对潘侯命令道。

潘侯一言不发，嘴唇哆嗦得更加厉害。

男人说：“放了！”

我挤过去，从身后抱住潘侯。

潘侯像是见到了亲人般地申诉起来：“李林，他摸朱莉的屁股！”

男人不甘示弱地反驳道：“我摸你的屁股了吗？”

像遇到了一个哲学命题，潘侯一怔，实事求是地说：“没有。”

男人说：“那你放手。”

潘侯证伪道：“你摸朱莉的屁股！”

男人说：“我愿意，你放手！”

我感到潘侯的身体抖起来，连忙对他说：“老潘，你先放了他。”

“不！”潘侯嘴里爆响了一声。他的手就像一把锁，死死地锁住了对手。

男人火了，低声咆哮道：“放了！给老子放了！”

潘侯一言不发，手锁得更紧了。男人照准潘侯脸上就是一拳。这一拳打得太实在了，稳、准、狠，连潘侯身后的我都受到了震动。

朱莉再次尖叫起来:“不要打!”

她扑过来拽男人的胳膊。我异常愤怒,跳过去用两只手卡住了男人的脖子。这样就形成了我们三个围攻这个男人的局面。

男人的脸被我卡得青筋鼓凸,声嘶力竭地吼叫道:“朱莉,你他妈的也是疯子啊!”

我颓然地松开手,对潘侯说:“老潘你放开他吧。”

潘侯说:“不!”

男人急了,丧心病狂地朝着潘侯的脸啐了一口:“松了,你这个白痴,松了!”

我超越了对自己的估计,毫不迟疑地一拳打向男人的嘴。反而像是被咬了一口,我感到自己的拳头一下子没了。

朱莉呻吟了一声,哭叫道:“都不要打呀,我们认识……”

我甩着手向潘侯嚷嚷:“你听到了,人家认识,你松手!”

潘侯说:“不!”

我吼道:“你真是个白痴吗?松手!”

潘侯一下子松懈了。他扭头就走。我还保留着一个怒吼者的造型。我知道他是想要离开,但却只能眼睁睁地看着他撞在一根柱子上。他的步伐迅疾无比,就像发射出去的一样,我根本没有机会拽住他。这一下撞得真是猛啊,潘侯居然向后一屁股坐在了地上。人群哄然大笑。潘侯四仰八叉地坐在那里,歪着嘴唇，是一个沉思者的模样，肿起来的眼眶让他像极了一头琢磨人事的河马。

回去的路上潘侯走得东倒西歪，他像喝醉了酒一般地步履散乱。他刚刚迈进一个陌生的世界，就被这个世界搞乱了步子。以前他即使是迎着墙壁而去，步伐也从来没犹豫过，总是高视阔步、一往无前地向着一个方向坚定地跨出去。

朱莉在一旁边走边哭。朱莉的哭泣同样让我感到意外，就像当初我第一次看到潘侯的眼泪一样，朱莉这个明晃晃的女生在我的意识中也从未和泪水联系在一起，她也是一团化合物，但组成元素中并没有情感之类的成分，没有一个氢气和两个氧气那类的玩意，所以形成不了水。那么，此刻我是否可以将朱莉汹涌的泪水与情感联系在一起，将此看作是她爱着潘侯的一个确据？不知为何，一这样想，我就更加暴躁。如果正视自己的内心，我得承认，我更愿意把朱莉永远当作一个深谙物质守恒的女生。

朱莉哭得顽强。我似乎没有资格去训斥她，但我有种说不出的痛苦在发作——不合脚的破皮鞋，粉红色的粗糙舞票，凸凹有致的物理系女生，被啃了一口的手，这些从出门起就追着我咬的愤懑情绪终于集中爆发啦。

潘侯原本的世界里只有呼吸，而他即将进入的这个世界，对不起，妈的全是老鼠药。我跳到路沿上——这样能让我在高度上处于一个比较有利的位置——开口向老潘灌输起这个世界的基本图景:想要点儿新的方向感吗?那么兄弟,刚才的这件事你错了,这很滑稽,人是自私的物种,应该学会变通,不要把自己置身于无谓的激荡之中,否则只有被人当作是白痴一样地往脸上啐口水,丧失掉尊严,成为别人的笑料……

无谓的激荡之中——这么说老潘就变成了汪洋中的一条破船,而我重新夺回了一个"监护人"的权力,得替他掌掌舵。那一会儿,我哪能意识到这些话隐含着多少幽暗的苟且,归纳起来不外乎:既然这个世界全是老鼠药,人就有理由怀疑一切馒头和面包。

我说得兴起,在夏夜里汗流浃背地慷慨陈词,傲慢极了。毋宁说我是在自我排遣,被新皮鞋折磨着的脚都舒缓了不少。

当老潘被我说出了一副唯命是从的模样后,我转而影射身边的朱莉,指桑骂槐地讲了一通"红颜祸水"之类的格言。朱莉只是哭,居然哭得我颇有快感。后来她突然像是被重锤当胸猛击了一下,抱着肚子蹲在路边再也不肯起来。起初我以为她是悲伤过度了,甚至还含有表演的成分,所以不耐烦地在一边继续聒噪。但过了一阵却看着不像是那么回事。这个女生的确是被空前的绞痛袭击了,她上气不接下气地蹲在那里打着泪嗝,没完没了,好像随时都有晕死过去的可能。我的恶意渐渐散去,意识到了点儿什么,但也似懂非懂,只能束手无策地干看着。潘侯置身事外,目光茫然地对着无尽的黑暗望出去,仿佛面前的虚空中写满了晦涩莫测的公式。朱莉蹲了好久才窝着腰站起来,就这么一路抱着肚子蹒跚而行。潘侯目空一切,始终神游天外。我突然变得万分沮丧,像个俘虏一样灰溜溜地跟在他们后面。在路灯的照射下,我看到朱莉的红裙子上洇出一大团深色的污迹。在我眼里,仿佛这个女生正在变成一块铁,仿佛这块铁正在剧烈地生锈,仿佛那条红裙子下正在进行一场化学实验,硫混进了磷,或者锰遇到了汞什么的。

后来我当然搞明白了,那天夜里的朱莉原来是在痛经。

我想我的教导对潘侯起到了作用。鉴于我教会了他一次“向左”,他就把我当成了一部可资信赖的教科书。这以后老潘日益像一个正常的人了。上课的时候他基本上能够找到自己的位子,捧着一只大饭盒自己去食堂进餐,中规中矩地排在队伍的后面。在爱情和现实这两只一软一硬的大手调教下,他开始变得缓慢,十拿九稳,每走一步都小心谨慎的样子,不再奋不顾身,不再亡命飞奔,连尺寸都没有那么大了,好像缩了一圈。就是说,他不太像老潘了,有些像潘老。

大家公认这是我的功劳。学校给了我一个“优秀学生干部”的荣誉。王秘书亲自来学校见我,暗示潘侯的父亲很器重我。不是吗,换了谁对此都会有些蠢蠢欲动吧?

而且这番暗示很快就兑现了。大四一开学我就被分配到团省委开始了实习。潘侯和朱莉还来看过我一次,他们已经到了形影不离的地步。有传言说朱莉最终会被分配到最热门的单位，尽管她离毕业还有两年的时间。他们坐在我的面前，不知为何，隔着一桌子的文件和报纸，我怎么看都觉得这两个人的状态有些不可捉摸的垂头丧气，连得偿所愿的朱莉都显得有些落寞。

是什么让我产生这样的感觉呢？直到几天后我在办公室里被一把椅子撞青了膝盖，才恍然大悟。原来那天在我这间逼仄到难以落脚的办公室里，老潘他居然如履平地。他进得门来，至少需要穿越两把椅子，一张桌子，一只老式的木头脸盆架，一个古董似的文件柜，才能落座在我的眼前。但是他却带着出色的空间感成功地绕过了这一切陷阱。他走得太自如了，寸进尺退，在我的感觉中，反而丧失了那种明快的披荆斩棘的虎虎生气。

这时我谈起了有生以来的第一次恋爱。对方是外校派到团省委实习的一个女生，当然也是个"优秀学生干部"，胖乎乎的，还戴着副眼睛。我们有幸被分在了同一个部门。许是"优秀学生干部"的大学生涯都有了致命的亏欠，我们两个真可谓是一拍即合，转瞬就在单位提供的临时宿舍里彼此借助了对方。那些个日子啊！汗水，体液，混杂着机关里才有的那股子严峻气味，囊括了我们青春垂死挣扎般的最后的一丝孤独。

情绪稍稍稳定的时候，我定神思忖，自己是否真的身处一场爱情之中，答案是：断乎没有。胖姑娘想必也和我有着同样的觉悟。她横陈在我的身边，全身赤裸，但依然架在脸上的那副眼镜，仿佛就是一个"有所保留"的象征。敦促我们这样躺在一起的动力大致相同，那就是，眼看大学时代行将终结，青春行将散场落幕，彼此不免就下了要“捞上一把”的狠心。一切不过借着爱情的名义。但是上帝做证，每当我们高潮退去的那一刻，我胸中涌起的凄凉又与我所认为的爱的滋味何其相似。那种只有曲终人散时刻才会升起的落寞与空寂，仿佛一座弃园，忧伤反而得以葳蕤凶猛地生长。这样的滋味使得我们自觉地克服掉那种事后必然的沮丧乃至厌弃，打起精神，用一种体谅的态度继续将对方拥在怀中。

我想说的是，当我第一次进入到那条温润的通道时，仿佛终于在跑道的终点完美撞线。那条灼亮的弧线又一次被我体验和看见：微微震荡着，不受重力约束，光波一般悬浮在半空。那份不期而至的自由从天而降：它不是我们想象的那样酣畅淋漓，它没有那么霸道、蛮横和粗鲁，而是宛如一个婴儿般的令人疼惜。

而且天啊，如果再将我拷问下去，你们就会知道，在那一刻，我还想到了朱莉。

不久就发生了那件大事。

王秘书在一个深夜打电话给我，让我马上赶到潘家。单位居然因此给我派了辆车。当我赶去时，潘家灯火通明，像一个临战的指挥室。但潘侯半小时前已经成功地冲出了那幢壁垒森严的俄式大院。他击碎了玻璃，从两层楼上跳下来，风驰电掣般地摆脱了几名哨兵的围堵，消失在了茫茫的黑夜里。

对于这个事件的发端，西大有着一致的说辞。

他们说那天傍晚潘侯和朱莉去那座废弃的教堂是为了偷欢。尽管潘侯已经日趋“正常”，尽管他庞大的肉身必然也有“捞上一把”的需要，但我仍然难以相信他会在那片上帝的废墟中让身体复兴。直觉告诉我，在那里，他只会热忱地对着朱莉朗诵“歪着嘴唇十分难受”。

他们从废墟中走出来时，四个男人拦住了他们——只有这段话是无可辩驳的事实，下面的情景我依然需要依靠自己的直觉来呈现。

四个男人用匕首逼过来，他们让潘侯滚蛋。世界瞬间错乱。最初的一刻，潘侯下意识举起了自己的左手。但致命的是，那本该攥紧抡出去的拳头，却变成了具有指南针性质的参照物。朱莉后来告诉我，那时的老潘有种分裂般的撕扯感，他的头脸在痛苦地左右摇摆——朱莉用她的专业术语形容道：“像不断切换的电路。”最终，一个他所信赖的兄弟的教导占据了上峰。我一再试图用污秽来擦亮老潘的眼睛，给他导航，殊不知把他引向的是一片荒芜。他有了方向，只能够采取这样一个条件反射般的姿态：把左手举在眼前，然后响亮地呼喊着数字，像钟表上的指针一样精确地飞奔而去——向左！向左！将自己拽出肉体……

某种意义上讲，潘侯在这个事件面前做出了最符合一个正常人的选择，他懂得了退却，并在“无谓的激荡之中”选择了逃窜。这个逃窜的理论和逃窜的方式，都是我教的。但他那令人咋舌的禀赋显然没有余力甄别这里面的凶恶。据宿舍里的其他人说，当天老潘跑回来后，一直缩在被子里蒙头大睡，让人一点也看不出有何异样。就是说，朱莉原本还是有机会的，潘侯至少能去喊来救兵，但是好了吧，和一个“雨人”相爱，她就要付上常理之外的代价。

第二天中午警方送来通知，朱莉被四个男人挟持到教堂的废墟里轮奸了。更加不堪的是，原来这四个人中还有一个是朱莉在社会上认识的熟人。

好事者飞快地将这个消息塞进了潘侯的耳朵。那时他依然缩在宿舍的被子里。几个室友议论得上气不接下气，直到潘侯直挺挺地坐了起来，他们才大吃一惊地发现，原来这个人早上都没有去上课，一直在被子下藏了十多个小时。露出头来的潘侯立刻和这个世界诀别了。他从架子床上跌下来，用头而不是用身体，目标明确地向着地面栽去，只一下，就陷入了昏迷。这个“雨人”回到了他的勇捷和无畏，没有再如同一个正常人那样地泪水涟涟。

潘家的人闻讯而来，把他抬回了家。但是他一苏醒过来，就坚定不移地用那颗大头去撞击一切坚硬的东西。他憎恨他能够看到的一切。王秘书在情急之下想到了我，可我还是来晚了一步。

潘家动用了一切力量，大批身份不详的人云集在那座俄式大院内。命令和指示发布下去，由于力度太大，反而使得反馈回来的消息过于芜杂，结果花了巨大的精力一一落实后却都扑了空。两天后，最可信的一条线索来自西郊。有个起早到地里劳作的农民证实说，他在当天清晨看到过一条大汉从田间飞奔而过，外貌、衣着和潘侯都能对上号。

“遇到鬼咯！这个人一路跑一路哇哇叫：火——火——火——”农民打着手势，做出疯癫状，诚然是在模仿一个疯子，“我还以为哪里着火哩，向他喊哪儿呀哪儿呀，可他一溜烟就没影啦！”

看来是没错了。

我已经在潘家守了两天两夜。是王秘书要求我这么做的，他的口气让我感到如果拂逆他的意思，我这个穷学生就得冒着和整个世界对抗的风险。且不说对于潘侯的牵挂，这时让我也击碎玻璃跳楼而去，我是一定做不到的。

潘侯的父亲沉郁地立在楼前的台阶上，讲了一番类似动员的话，大队人马便出发了。形形色色，这支队伍足有二三十人，开着七八辆车。带队的是王秘书。令我吃惊的是，我居然在同车的一个警察不经意暴露的腰间看到了枪。在我眼里，这把枪让此番行动的性质变成了一场围捕，而老潘则悲剧性地成了一头苍凉的困兽。

那时候城市远没有今天这样臃肿，出城几里就是散落的村庄。而这样一支车队，也称得上是兴师动众。我始终有种梦幻感。当我坐在车里闭上眼睛的时候，毫无道理，有一条似曾相识的小狗撒着欢地向我奔来。它跑得心花怒放、眉飞色舞，两条后腿几乎都要从胯上甩出去了一样，可就在即将投入我的怀中之际，却突然倒地，肚皮圆圆地朝着天，一命呜呼。我仿佛沉睡了一场，醒来后恍然记起，这条命运多舛的小狗曾经被我和老潘谈及。

队伍出了西郊一路撒网，很快就在一个村子得到了确切报告。当地村民遇到了潘侯，他向人家讨水喝。我们赶过去时，村民指着远方一片高粱地说：

“走啦，大概还没走多远。”

我从这句话里看到了潘侯的处境：他是在走，不是在跑。他已经精疲力竭。

那片足有一人多高的高粱地一望无际，将天边染出一种结核病人脸上所特有的潮红。风吹草动，成熟的穗子宛如一把辽阔的大扫帚，从容地扫荡着低垂的天空。当地政府的领导早早就到了，随即发动村民协助我们，呈扇面向着高粱地的纵深开进。

这片高粱地远看是一回事，近看又是另一回事了。我觉得它们简直就是一个军团有着共同意志的士兵，纪律森严，僵直而又莽撞地站立在眼前，深入它们，简直就是挑衅和冒犯。大多数村民并不明白自己在做什么。但他们似乎印证了我的想法，把此事赋予了战斗般的激情，几乎人人手里都握上了武器：锄头、砍刀，最不济也是一根浑圆的棒子。王秘书似乎无意于纠正大家的错误情绪。他显得有些神不守舍。两天来这件事在潘家造成的震动几乎让他一个人背负了。我从未置身过这样的队列，混迹期间，自然有股赝品般的忐忑和恍惚。我多少可以理解王秘书，也许当他打盹的某一刻，脑子里也会像我一般跑出小狗之类的莫名往事，并且变本加厉，他还会对着这些莫名之事下达命令说：

"搜！"

午后的田间蒸腾着一股沉闷的地气。成熟的高粱更是有股发酵一般的酸味，几乎要令人生出醉意。这么多人撒进去，就像一把盐扔到了沸水中，顷刻便被农作物吞没了。虽然身边有着这样一支大部队，但闯进这片密密匝匝的高粱地的瞬间，孤独感便立刻包裹了我。仿佛天地间只有自己在徒劳地跋涉，孤军奋战，从密不透风的境地里努力地钻出去。我一度甚至绝望地认为，自己也许永远就出不去了。周边窸窸窣窣地响作一片，起初这声音还是四下有人的一个确据，但逐渐，它们就混成了天地本来的声息。这种声息没有准确的象声词可资形容，不是哗哗，不是唰唰，如果非要有个说明，只能勉强被称为是"哗刷哗刷"。

哗唰哗唰。一切如此漫长，一切似乎永无止境。我渐渐不能确定身处的现实，我想，我可能只是像条小狗般地奔波在某个庞然大物的梦境中。

就这样摸索了很久，当我已经彻底忘记了此行的宗旨时，抬头就看到了潘侯。

他离我不过几步之遥。高粱的枝叶凌乱地分隔着我们，阳光被它们摇碎，在我们之间这个局部的微小世界动荡地跳跃着。我没有一丝的震惊与激动。仿佛我们早有约定。仿佛我这一路的跋涉就是在走向这样的一个局面。潘侯也如我一样的宁静。他逆光而立，不动声色地站在几步之遥凝视着我，嘴里衔着一根草，额头上布满乌青黑紫的撞痕，双手插在上衣口袋里，而那件条绒上衣几乎已经成了一团烂布。他的眼中并没有一个被追逐者的惊恐，反倒有些气定神闲和慢条斯理，好像他躲在高粱地里不过是为了方便一下，而现在也已经一身轻松地得到了释放。天地的喧哗顷刻废去，我只听到他鼻息中那马儿般的轻嘶。

我们就这样对视着，直到潘侯的眼里渐渐浮上了诘问的质疑。

那种无形的力量在向我们压迫过来。毫无余地，我只能迟疑着举起了自己的左手，放在眼前，致敬般地向着潘侯示意。身后那股凶恶的力量和老潘逐渐谴责起来的目光都在勒令我做出如此的选择。带着一种挽回和偿还的心情，我那尘世的逻辑已经破碎。我的立场和脚跟，在溃败般的动摇。潘侯即刻看懂了这个手势。他依然望着我，开始向后倒退，然后转过身，再一次回头望了我一眼，脸上浮现出一种近乎嘲弄又如同善意揶揄的笑容，随即拔腿訇然而去。

世界顿时恢复了它的嘈杂。高粱们齐声呐喊，犹如怒涛。有人跟着大声叫嚷。那个警察从我身后蹿了出来，完全是虚张声势，他竟然将那把枪高高地举在脑袋上。四面八方都涌出亢奋的人。他们呜里哇啦地狂呼乱叫，个个奋勇当先，朝着潘侯逃逸的方向追去。之前大家还都本着爱护庄稼的心意，但此时却不管不顾地大面积践踏起来。高粱们中弹一般成批成批地相继倒下。我木然枯立，仿佛处于弥留之际，高粱的秸秆鞭笞一般扫打着我的脸。众声喧哗之中，我能够准确地区分出潘侯的脚步。只有他那兽蹄蹴地般的脚步声目标明确，毫不动摇，渐行渐远，在我默数到200步时骤然遽转，就像收音机突然跳台，换了个毫不相干的频道，朝着左面绝尘而去。于是南辕北辙，那些杂沓的脚步被晃在了一边。当他们再次调整好方向时，这个“雨人”在他的路径中衔枚疾进，已经风卷残云般地从大地上掠过，就此失去了踪迹。

搜寻潘侯的队伍无功而返。一路上王秘书的脸上愁云密布。这个精干的秃顶好像看出了什么破绽，一有机会就偏执地盯住我，发出大有名堂的喟叹，仿佛在翻来覆去地提醒我错失了多么宝贵的机会。我认为这个人和我一样，都崩溃了，他不但无法邀功，而且无法交代，怎么会在眼皮下活生生地弄丢了猎物。他该怎样才能让大人物们明白，追捕一颗方向感与常人迥异的心，就好比是捕风与捉影。尽管他的确是尽职尽责了，率队继续又向西搜寻了几十公里。

进城后我要求中途下车。使我感到难以理解的是：这支车队在我身后隆重地停了好长一段时间。我一个人往前走，但能够感觉到以王秘书为首的几十双眼睛颇为哀怨地在背后目送着我。这让我几乎走成了一顺子，手和脚都不知道该如何安顿。王秘书什么意思呢？这是按照他职业经验的常规办呢，还是他特别赐给我一个仪式，用以哀悼我这个年轻人就此逆转的命运？风卷着树叶打转。空气中全是尘土的腥味。当年的路人和今天的路人毫无二致地在街上来来往往。我竭力避免着那种想要席地躺下的愿望将自己当街撂倒，一边戗直地走，一边倔强地吹起了口哨，吁吁啦啦，节奏拖沓得难以成调。

几个女生中的积极分子陪在朱莉身边。我形神涣散地去医院看朱莉，她们见到我，就像见到了所有猥琐的男性一般，同仇敌忾地鄙夷着我。朱莉蜷缩在白色的被子里，就像包裹在一堆单纯的不幸当中，两颗颜色本来就很淡的眼珠几乎已经完全成了透明的。她长久地保持一个动作。我发现，那是因为稍一动，就会有大量的眼泪流出来。经历了一场浩劫，她的眼眶成了一个盛满液体的容器，稍微倾斜，就会流溢。直到这个时候，我依然认为潘侯才是这个事件最大的受害者。不同程度，我和朱莉都有着教唆与加害的嫌疑。尽管此时的我差不多有愿望去宽恕包括自己在内的一切人。

我好不容易理出点儿头绪，打起精神对她说："朱莉你不要恨老潘，他不是我们这个世界的人。"

说完这话，女生们控制不住地嘘起来。我猛然觉得这间病房正悬浮在世界的另一头。

朱莉却笑了，昙花一现，从肉体的戕害中飞离。她先是辨认了一下灰头土脸的我，然后身体保持不动，手臂难度极高地屈伸在枕头下面摸来摸去，却一直摸不着要拿的东西，于是向上挺直身子，露出了半只乌紫的乳房，最终才亮出了那本黑壳的笔记本，塞在我手里。

“我怎么会恨他呢？”朱莉就这么惊讶地反问着我，语气像是在嗔怪一个对浅显常识都很无知的顽童，她拖长了声音，循循善诱地对我说：“我——爱——他。”

说完她瞪大那双透明的眼睛去寻找女伴们的目光，似乎要为我的无知而向她们致歉。结果那几位大义凛然的女生反而纷纷躲避着她的扫视。

我抱着那本黑壳笔记本从病房里出来，整座城市被昏蒙的黄沙笼罩着。这个本子我惦记已久，如今打开，我在它的扉页看到了这样几行献词：

我总是向着坚硬撞去
有一天我撞向了你
从此世界打开了一道柔软的缝隙

在漫天的黄沙中，就像那天夜里的朱莉，我也终于抱着肚子蹲在路边痛苦得不能自已。就像硫混进了磷，或者锰遇到了汞什么的，我的体内也化学反应般地经历着那种无以复加的瓦解和裂变。我的影子软弱地跌落在地上，年轻但已经混浊。我恐惧地发现，就在我的面前，我的青春已经瘫痪了。我年轻的身体里已经有了尘世的痼疾，习惯于把无限丰富的生命归纳到几个庸俗的公式里，对别人和自己的爱情都充满了低级的怀疑，在还未迈出校门的时候，就怀着离丧的心情，只相信了欲望与诡计。

二十年的时间可以改变什么？朋友，敌人，交错的阳光和云影，万物熙熙攘攘，如果没有被记录在潘侯的那本黑壳笔记本里，那些先前的或是末后的，最终都会蒸发在子虚乌有的岁月里。

——而谁会在这个世界为我们数算日子？

我留在了西大。当我在那片高粱地里向潘侯举起了左手时，就已经与这个世界的坦途作别了。大客厅，钢琴，枝形吊灯之类的美梦当然于我无关了，更遑论什么沉默的保姆，那简直就像是一个讽刺。成排的书柜倒是弄到了手，不过却因此更加压迫了我栖身的空间。潘侯让我所经历的一切，使我过早地感受到了造物的严酷与神奇。这很要命。我认为差强人意，自己能够比较正确地教育我的学生，提醒他们别老想着大客厅之类的玩意，这只会让你失望。

依然是上天作弄，朱莉成了我的妻子，当然，你也可以将此视为如愿以偿。我们有了自己的儿子，学会了接受和承受。有时不免也会萌发逃之夭夭、浪迹天涯的念头。飞机我们还是没坐过，不是坐不起或者没得坐，实在是因为在这个世界没有一块地方值得我们爬上云端——飞过去。

那片上帝的废墟已经被改造成了闪烁着欲望火焰的酒吧，但是依然有鸟在它高耸的尖顶之上盘旋。那些天空上的事物依然如故。

我第一次见到潘侯时，他除了将我定义成为了一个唐朝人，还将我概括成“忧郁”。这一点，回想当日的情形，我自己都找不到凭据。我忧郁了吗？似乎没有。但是，当我读到潘侯的这一段记录时，毫无余地，只能顺从在他的定语里。仿佛一切并不以人的意志为转移，当你在一个“雨人”的眼里是忧郁的人时，你就必定无法转圜的忧郁。

而朱莉在潘侯的笔下，最多被冠以了：谜。多年来她一直被痛经所困扰，这个“硫混进了磷，或者锰遇到了汞什么的”顽疾，在我眼里，好了吧，也宛如谜一般的可畏。

我们当然会时常想起老潘。在我的想象中，这个人当然是在栉风沐雨。朱莉很少做抽象的评述，这个如今只穿平底鞋的中学物理女教师，安静地活在由记忆延续而来的当下之中。就是说，朱莉成为今天的朱莉，是历史原因形成的。

我曾经带着朱莉回访过那片高粱地。初冬时节，收割后的土地满目疮痍，覆盖着一层薄薄的白霜。一切都被抹去了，让我的记忆都变得十分可疑。我从未对朱莉提及过，那天在这里其实我原本可以把老潘给她带回来。因为对此，我自己都渐渐没有了把握，不能肯定地说出，这不是出自我弥留时刻的呓语。同时，面对着朱莉，我当时的动机，也经受不起这样的拷问。

每天清晨我们都一同在校园的操场上慢跑。我不止一次想要突然发力，但身旁的朱莉一次又一次以她历史原因形成的冷凝矫正了我的步伐。我们就这样雷打不动地跑了将近二十年，我也慢慢觉得这个朱莉，嗯，是挺矫健的。

潘家没有停止过对于潘侯的找寻。一度，在我们这座城市的政界，散布着这样的一个传闻：只要你能找到某一位失踪者，你便会得到隆重的提拔。但我已经被隔绝在这件事情之外了。这件事情于我，永远只限定在了虚拟的意义里。

我在一张虚拟的大幅地图上追踪着潘侯行进的路线。众所周知，面对着地图，我们的左边是西方，他就这样一路向西漫游。我那想象中的红色铅笔一路向左，向左地拐出去。我想知道在红色铅笔的箭头抵达终点之前，是否会有那么一个瞬间与老潘的步履重合在一起。倒是校门口潘侯留下的那只足印，部分满足了我的这点臆想。它差不多已经被磨平了，更多的只是在我的记忆里栩栩如生。有时我趁着四下无人，就会将自己的一只脚踏入那个足印。那时候我通常是有些鬼祟的，举起的那只脚试水般地落下去，浅尝辄止，稍有感触便飞快地收回来。我是真的像一个老家伙一样，害怕自己这一脚踏进去后，就跌进颠沛流离的壕沟里永远回不来了。那么我是在凭吊或者缅怀什么吗？

不是。我只是怏怏地表达一下自己的抗议。至于抗议的对象为何物，例举起来就颇费踌躇了。

我常常会生出潘侯就在附近的念头，和我隔了一条街，或者就在人行道拐角的另一端。为此我常常在大街上被一些擦肩而过的流浪汉所吸引，只要他雄健高大。我发现，在我们的城市里这样的人物还真是不少。某一天我情不自禁尾随这样一个人物到了一家小旅馆，他进去了，正当我准备离开时却从同一扇门又走了出来。此人刚才一身褴褛，转眼却衣冠楚楚，判若两人。为了让自己平静下来，我险些进到这家小旅馆登记一个房间稍事休息。但我没这样做。我怕自己从这个魔术盒子里钻出来时也变得面目全非。

有一年校庆，学校征集来大量的老照片搞展览，一位当年的有心人提供了一张珍贵的照片。在这张照片中，若干位油头粉面的小老头和穿着裙子的小老太太坐在那间曾经名动一时的小餐馆里，各自安静地面对着自己眼前的豆腐白菜。毋庸置疑，画面的中心正是当年的潘侯。他侧坐在镜头最边缘的角落，却理所当然地统摄着画面的精神气质。当年的老潘坐得直挺挺的。多么令人惆怅啊，在他的比照之下，这张黑白照片中所有的年轻人，都是如此的苍老。

前年我带着学生们去邻近的一个县实习，县委书记拨冗接见我们。当这位地方首脑出现的一刻，我几乎要在瞬间失控。他大步流星地向我们走来，在我眼里，全是潘侯的音容笑貌。他只差撞在墙上了，正是因为这一点，才没有令我失态。他叫潘伯，原来潘侯还有这样一位孪生的兄弟。这位兄弟就像他们的父亲一样，让人在其面前总是有种被宽大了的滋味。我成功地克制了自己，没有在其后的酒桌上向这位潘伯去打听那一位潘侯的消息。但我不能不想起我的老潘。显然，如果老潘也能大步流星且毫无阻碍地行走在这个世界，他的道路也必将是顺达与通畅的。

但是老潘你原谅我，我还是愿意将你定格在栉风沐雨的路途上：那本你遗留下的黑壳笔记本不久就被我填满了。我找了外观大致差不多的本子继续写。我尽力模仿着你的语速和文风，但是里面的差别却是心知肚明。当你将我记录成“唐朝人”时，绝对没有幽默的意思，同样，当你记录某人望天而“天上有云”时，同样也没有抒情的念头。你只是在勤奋地记录，没有哲学野心，不过是给这凌乱的世界定定位，本着与之建立起一座桥梁的恳切。而对于我这个学中文的，提起笔来先要杜绝虚构，杜绝幽默和抒情，实在不易。何况，当我耽于这样的记录时，更多的动机是出自于：遁离。我所做的，不过是给自己整理出一份索引，按图索骥，好让自己逃逸到世界的背面。于是，如上事实这样进入到了我的黑壳笔记本里，他们就此也会如同那条我们曾经谈及的小狗，在不经意的时刻，被我们悒郁地想起：

某日，流浪汉，小旅馆，摇身一变。

某日，校庆，照片，苍老。

某日，县领导，谈笑晏晏，酒量很大，酒后憔悴。

浮想中，二十年后，当潘侯再一次站在我面前，他一定毫无改变，穿着条绒外套和懒汉鞋，双手插在上衣口袋里，嘴唇不自觉地挛缩着，仿佛随时要吹起口哨来的样子。他开阔的额头保持着勇于撞向任何一面南墙的坚实质地。这个上帝遴选出来的孩子终获全胜，他活在时间的褶皱之外，不受岁月的拨弄。

我们面对着面。校园里从来没有像此刻这般阒寂，宛如一座渺无人烟的空城。

这个从天而降的人告诉我，他一直在奔跑，跑了无数个200步。

“知道我是怎么找回来的吗？”他举起自己的左手，响亮地说，“向左！向左！”

还是众所周知，一个人这么一往无前地跑下去，必然会跑回自己的起点。地球啊，是圆的。

“你别站在风里头！”

他突然严厉地断喝了一声，仿佛要把我从现在解救出来。仿佛我这么百感交集地看着他，这么心照不宣，这么眼巴巴的，就是在等待他给我鼓气，帮我跨出这一步。有那么一阵子，我真的看到了有一条灼亮的弧线温柔地横亘在我们之间，也真的感觉到了那种即将濒临的自由。

但我该怎样才能蓄积出那股冲刺的决心？

真让人伤心，我这个学中文的，尤其在日益成为一个学中文的老家伙后，只能以这样的方式结束我的回忆：不过将一切写成了一篇寓言。而在所有的寓言里，岂不是总有这样一些人，只能如此不合时宜地相继到来与离去。

后记

这本集子收入的小说,对我而言别有意义。譬如前五篇短篇,是以平均两年一篇的频率发表在《天涯》这本刊物上的,前后历时大约有十年之久,而这十年,基本上囊括了我个人写作史的前期。在这里,我将它们汇集在一起,用以向《天涯》这样的刊物致敬;《怀雨人》是这本集子里唯一的一部中篇,这部小说我一直留着,没有收进自己任何一本集子里,这次我不仅略显"突兀"地将它和一系列短篇并置在一起,并且还以它做了书名,可见我对它的重视之情;而《平行》,算是我最新的作品,也许你可以从中看到我的努力。

集子里旧作占了很大的篇幅,如今重新打量这些小说,我似乎看得到昔日的那个自己,那个使出浑身解数去搭建私人小说版图的自己。那当然是一个美妙的时期,一个雄心勃勃却又战战兢兢的小说家出发了,打点行囊,这些作品就是我当年口袋里的碎银和武器。那时候,我几乎一夜就能够写出一个短篇——万幸,我并没有因此放任自己,谨慎并且自尊地没有去粗制滥造——那种蓬勃的创造力，如今追忆，甚至会令人忧愁唏嘘。对于旧作，作家们往往会心有懊悔。据说，马尔克斯始终还在修改他的《百年孤独》——他常常会在旅途中对着自己的这本名著圈圈点点；我所喜爱的小说家薛忆沩更是将修改旧作当成了一份严肃的文学事业，他曾兴致勃勃地跟我谈及对于旧作中某个词语修改的心得——他如切如磋，如琢如磨，力求准确，准确，更准确。我对这样的同行充满了敬意，充分理解并且赞同他们的严苛。对于自己的旧作，我也常常怀有羞惭之心。但是我想，对于完美的追求，永无止境，趁着精力尚好，姑且先将精益求精的劲头用在新的作品上吧。而且，我也乐于留下一些遗憾，立此存照，使自己瞻前顾后的时候，还有一份原初的参照物。

我所喜爱的小说家布洛克曾经在一篇文章的末尾写道："主啊，曾有一段时间，我每天早晨服用一粒绿色药片，似乎只有那样才能集中精力，提升写作水平……请帮我远离它们。"写作经年，如今我和这位小说家境况相同，不同的只是我所依赖的药片是红色的。那么我也想在此祈祷，请求上帝让我有勇气不依赖任何化学药物的帮助。如果上帝足够仁慈，我还想继续向它祈祷，请他让我在这本集子付梓以后的写作中，不怀有任何一种与小说艺术无关的奢望（这里面包含了对于名利的渴求与对权威的迷信），从而让我不至于因为怀有了这样的妄念而蒙受羞耻。

我还想借用布洛克的话结束我的这个后记：

我现在是作家，我做的是自己毕生渴望的工作，不需要谁的批准，只要有可写的题材，有写作的技能，我就会一直写下去。

2015 年 4 月 30 日　香榭丽